壹周书库

XIANG

YIDUO

LIAN

NAYANG

MENG

像一朵莲那样萌

陆渭南 著

江苏大学出版社

镇江

图书在版编目(CIP)数据

像一朵莲那样萌 / 陆渭南著. —镇江：江苏大学
出版社,2013.2
ISBN 978-7-81130-438-1

Ⅰ.①像… Ⅱ.①陆… Ⅲ.①中国文学－当代文学－
作品综合集 Ⅳ.①I217.2

中国版本图书馆 CIP 数据核字(2013)第 029014 号

像一朵莲那样萌

XIANG YIDUO LIAN NAYANG MENG

著　者/陆渭南
责任编辑/林　卉
出版发行/江苏大学出版社
地　　址/江苏省镇江市梦溪园巷 30 号(邮编：212003)
电　　话/0511-84446464(传真)
网　　址/http://press.ujs.edu.cn
排　　版/镇江文苑制版印刷有限责任公司
印　　刷/扬中市印刷有限公司
经　　销/江苏省新华书店
开　　本/787 mm×1 092 mm　1/16
印　　张/16.75
字　　数/228 千字
版　　次/2013 年 6 月第 1 版　2013 年 6 月第 1 次印刷
书　　号/ISBN 978-7-81130-438-1
定　　价/48.00 元

如有印装质量问题请与本社营销部联系(电话:0511-84440882)

目
录

第一辑

众里寻狼千百度

　　屈原的小秘在对掼蛋严重失去兴趣后，踏破铁鞋,誓死要觅一只狗狗养,狗狗的标准是样子像狼但不是狼。

　　打上成功人士标签的屈原的小秘突然对狼抛橄榄枝,甚至认同作家姜戎先生认为的,狼或许是我们炎黄子孙的图腾,其释放的信息应该是:狼的形象正在或已然走向正面。

　　与一杯红酒说起狼,他一双智慧的小明眸突然被点亮了,说,小学时就读到中山狼,东郭先生冒死救了它,可刚把它从布袋里放出来,它就要吃掉先生,真是忘恩负义。

　　被洗脑的一代,果真废了,至今仍抱着小学生逻辑。知道狼是这样的东西,为毛要救它呢? 就如同蛇不是个好鸟,为毛要把冻僵的蛇放在温暖的怀里? 这不是调戏人家吗? 难道就看着人家小花蛇窈窕,楚楚可怜? 这不明摆着要考验它的意志吗? 饿得快咽气了,有道美味在嘴边,没有早一步,也没有迟一步。

　　直到鲁迅的时候,浙江有个青年妇女人称祥林嫂的,徘徊在人生的十字路口,她叹息说:人生的路哇,为毛越走越窄? 刚说完,儿子就被春天的老狼叼走了。

　　写狼最生动的要数蒲松龄,《狼》是这样

写的：

有一个屠夫，做完生意晚归，走着走着遇到狼了（那世道，很生态）。

两只狼，一公一母，谈对象呢。谈情完毕才发现时间过得真快，饿了。就尾随屠夫，不一会儿就到城郊结合部了（城建规模很小，估计人口不足10万）。

屠夫怕了，就扔骨头，狼吃完了还是跟随。很明显啊，两只恋爱中的大胃狼要干一票大的，把屠夫吃了（可怜的，屠夫本来想把剩下的骨头熬汤给孩子娘补身子的）。

读者朋友在很早的时候就知道这故事，在这里集体温习一下。

屠夫坐到草堆旁，喘着粗气，小心脏怦怦直跳。母狼坐在屠夫面前，含情脉脉，想着屠夫心肝的味道，想得忘了神。屠夫突然跳将起来，拿着杀猪刀，瞬间就把男狼的心上狼捅死了。他又转到草堆后，发现男狼正在打洞。

蒲先生讲的是寓言，事实是，男狼为了讨好心上狼，是不会等到屠夫放下担子才下手的。

如今的职场界，正在流行一种培训，主题是：如何训练出一支狼性的团队。

求职服务类节目《脱颖而出》，可谓场场步步惊心。最近两期播出的是30万年薪招聘明星女保镖，一时惹得媒体热议。

17位美女应聘者在魔鬼训练中，上演了一部现实女版《冲出亚马逊》，选手之间的争斗与互踹又分明是一部活生生的《宫心计》。

在三亚海滩，女孩子们突然穿越到人类直立行走之前的时代，四肢爬行，爬慢了，即有咬牙切齿的男人用大头靴直接踢过来。一系列训练与测试，匪夷所思，惨无人道。美女们终于变成了号叫的母狼。

有个湖南女娃，身板小但狼性足，在海中一块漂浮的木板上要把身大力不亏的选手撞下水，湖南女娃就像疯牛似的用头顶着人家的肚皮，使足蛮力，为小组出线赢了一票；在双臂被反绑，用嘴啃咬烤乳猪的环节，有的女娃只咬下一小块皮，但湖南女娃咬下了一只蹄子，又赢了一票；在8人组团解救人质时，只有她一人是卧底,直到解救人质接近成功的最后一秒,她像潜伏在羊群中的狼一样跳出来,把人质扔进了海里。

职场,等同于硝烟弥漫的战场。

企业之间的竞争的确到了惨烈的程度,因此,企业的管理者们梦寐以求,想找到狼一样的员工,单打独斗稳准狠,协同作战强有力。渐渐成为职场主角的"80后"杜拉拉们,在残酷的现实面前,渐渐培养起了沸腾的血性,懂得爱拼才会赢,认定不是你死就是我亡,相信他人即地狱。

三国时,安徽亳州人曹操写了一首《短歌行》,表达了他求贤若渴的心声。因为得不到贤才,他就天天喝酒,还坐马车到城门外,搂着一棵树招魂一样地喊:贤才,你在哪里?不要犹豫啊,到我这里来吧!要位置有位置,要几斗米有几斗米。

曹先生浓浓的人情味把自己感动得眼泪哗哗的。

一现代企业领导也要觅人才,他在表达心声时说:一个团队要发展,没有狼的贪、残、野、暴的精神,在残酷的竞争中就会被撞得头破血流,败下阵来。团队推崇、提倡的狼性文化,就是要在浪尖上求生存,在浪谷中图发展。

狼啊,知道不,满世界都是召唤你的声音。

狼啊,就当你是个老朋友哇,也让偶心疼,也让偶牵挂。

狼啊,回来吧,回来哟。费翔回到春晚深情呼唤。

满耳朵都是,猫听到头疼。员工们全被整成狼样,然后狼群去公关。想想吧,假如一枝黄花要买份保险,可爱的小母狼像万能胶一样粘着,从早到晚,从周一到周日,一枝黄花会迅速崩溃的;假如丁卯湿人要办一张美容卡,本来也只是想祛斑,结果小母狼为了扩大业务,让她减脂、削脸、开双眼皮、挖酒窝,以丁卯湿人这么有主见的"白骨精",她不拂袖才怪;又假如一杯红酒要改善住房条件,才到售楼处,一群母狼心怀狼胎地趋前、紧跟、前后包抄,一杯红酒一定落荒而逃。

倘若只知像狼一样,把服务对象当做草原一样去征服,当做美味一样去夺取,失去了真诚,缺少了人性,结果将是任其变数种种,终逃不脱徒增笑耳的结局。

你看你看　狗的脸

　　如今,在我们生活的任何一个角落,都可能有一张狗脸。你见或不见,它都在那里,或美态,或丑态。

　　4年前美豆豆下载了韩国影片《人狗奇缘》,郑重地请本猫鉴赏。美豆豆在两天后才想起问猫:请说实话,哭了没?

　　猫答:稀里哗啦。

　　狗狗的世界复杂透顶。你不养它,不知道深浅;你养它,更不知道深浅。

　　"粉狗族"评出了十大人狗情缘电影,前三甲为《我与狗狗的十个约定》《导盲犬小Q》《天堂之门》。狗狗们以其彻底的忠诚直击人们最柔软的内心,成为人类的朋友。

　　闲草是一位"白骨精"。在她人生最低谷的时段,有人抱了一只小东西给她。一招中的,她迅速沉溺。忘却了一切,与狗狗相依为命。狗狗是她唯一的宗教。不要任何应酬,眼泪只流给它看。开口就是"我家王子",不容任何人说王子一句不是。关心狗狗远比关心女儿多,一眼也不看家里那口子的死相。

　　然而,好狗也不长寿,王子突然夭折了,在三岁零三个月的时候,死于狂犬病。

　　泪飞化作倾盆雨,闲草哭得有曲调有词

汇,诉说着她的长篇中年人生坎坷故事。接下来的一周她天天两眼红肿,悲伤抑郁,瘦了一圈,人像风干了的雪里蕻。可怕的是她还小声嘟囔:真想跟王子走了算了。

真个是:问世间,狗为何物,直教人生死相许?

晚间散步,总会遇上隔壁秦先生遛狗。他50多岁的年纪,人还没到二线,狗却遛得有声有色。站在你面前,总说他的狗事。朋友送给他时,纯种比利时牧羊犬才出生一个月,还没有断奶。他像带孩子一样养着小狗。为了这条狗,搬了两次家。一下班就回家,回到家先要陪寂寞了一天的狗玩玩具。

养狗人一家亲,见面就谈各自的宠物。而且是一个同盟:不吃狗肉。如果听说养狗的某某吃狗肉,立刻肯定此人品德有问题,恶劣到不可赦。有人问养狗人:请问你吃羊肉吗? 你吃牛肉吗? 你吃兔肉吗? 羊就可杀? 牛就可杀? 兔就可杀?

他们不理你,拿一个大白眼瞪你,明显瞧不上你。

狗狗是养狗人的情人。狗狗勾起魂来比职业小三儿还厉害。

忠是狗狗的本能,只要给过它一点恩惠,它就永不忘;狗狗是个孩童,只要看到你,不管它是在散步还是与别的狗狗打架,它都会撒欢儿到你眼前,逗得你心花怒放;狗狗不说任何人一句坏话,是个君子;狗狗不嫌家贫,你给它什么它都满足。

有人写了一个帖子,试图说明狗狗比老婆更可爱:

狗不会哭

狗喜欢到你家来玩的朋友

狗认为你的歌唱得都很不错

你回家越晚,狗对你就越热情

狗的父母不会来探亲

狗觉得你喝醉的样子很有趣

狗不会那么阴险……

狗狗成群,风化问题就来了。狗们不是公主就是王子,不是美女就是帅哥。血统高贵或半高贵的狗,是不能乱性的。

一枝黄花捍卫她家的花儿是有名的狠角儿，花儿9岁了，还是处女狗。花儿发情期间，一枝黄花心情总是糟糕，但还是坚持不让花儿与任何对它垂涎三尺的男生狗得逞。她说：你晓得不？乱交，会生出不忍卒睹的串子来！但一枝黄花又比较人道，没有带花儿去结扎。本枚猫本来不理解，并对一枝黄花灭狗欲有微词，且认为在人类不孕不育医院遍地开花的当今，女生狗狗也不是被一泡就中彩的。哪知一枝黄花正言道：这种事小心为好，生条杂种，送不出手，只好捂在手里，天天看它们那些怂样，多懊悔。

话说还真有这样的事。最近读吴念真的新书《这些人，那些事》，其中说到作者十五六岁的时候给主人家遛狗，他的小伙伴给另一家主人遛狗。两个人玩得忘记了狗事，猛一抬头主人家爱之如命的狼犬身上正跨着一条惨不忍睹的串子，而且很明显杂种狗刚刚完事。他本来还心存侥幸，哪知没多久狼犬有了。就这样他被主人暴打一顿并逐出了门。

吴念真不忘来一句，说：人的世界，性非常乱；狗的世界，正经交配。

最近有个住别墅的朋友，抱怨每每开门见狗屎。朋友夫妻俩是文化人，经常熬夜。狗狗与狗狗的主人却是喜欢起早摸黑的。朋友夫妻想抓到拉巴巴的狗竟是不能。就这样，心灰了，最近，趁着楼价在谷底，正想买房搬迁。

地产开发商们总是用些特别的字眼来形容他们的楼盘。当你用正常的阅读水平来理解时，你会很纠结。但有一个词用得却十分精准：纯墅。

"纯墅"字眼见得多了，才知道开发商强调得对。你把别墅买在多层、小高层、高层混杂的楼盘里，你本来是以为鹤立于鸡群，哪知，你花了别墅的钱，与多层享受的是一样的配套。比如车位，你家的车车进了自家的车库，但小区的路上全是多层、小高层、高层业主家的车车，他们付极少的钱就有了一个固定车位。再比如花坛、水景、小桥、假山、绿地，别墅业主看到的与多层业主看到的是一样一样的。当别墅沦落到进入多业态楼盘,就如同名贵狗狗进入草狗群,想纯都难。

纯种与杂种相遇并产生好感,那是防不胜防的事。在狗来说,命是一样的。就比如乡下狗,它们也许没有名字,但一样忠诚,一样热情,一样怀旧,优良品质也绝不逊色于纯种名贵狗。开发商是深谙一些人情世故的,他们标榜纯墅,他们建天价别墅,无非是想排除其他,让绝对多金者住进去,美其名曰:保守尊崇者的私密。在那样的纯墅里,树木是名贵的,花儿是名贵的,狗狗们是名贵的。

有人语重心长地说:走一走西柏坡,看一看就知道国人远没有到把狗贵族化的地步。

且慢把甄士隐了

　　自从芙蓉姐姐的 S 造型惊动国人视线，歪打正着晋级为 VIP 人士后，她的人生有了五彩。接着，口吐狂言的凤姐高调搏击现实，抗衡权贵，挑战拼爹时代，成功当上了一名挣美金的洗脚妹。离车模兽兽名声大噪只隔一年，另一名女将干露露以其不惊悚不能活的勇气，露了个彻底，也赢了个绝对。

　　人们曾经以为这些本属草根的女生脑残、疯魔、丢人、恶俗、二逼，等骂到词穷时，才发现真正失算的是自己，聪明的是她们。

　　商业社会，铜臭熏天，"人红"意味着什么？

　　很少有人怀念隐士了。隐士文化大多与文人脱不了干系。有人一针见血、铁面无私地说：文人在这个时代就是一截阑尾。

　　从秦汉起，人们就忙着打隐士这张牌了：大隐、中隐、小隐。本宫（即本枚猫）相信史上打"隐"字牌的古人如恒河沙数，但绝大多数都挂掉了，只有极少数策划成功了。

　　比如小隐者，焦光。

　　焦光是个什么人呢？东汉的，又叫后汉。在一般国人的历史知识小卡片上，焦光与同时代的班固、蔡伦、张衡等是不能相提并论的，但在镇江人的脑海中，东汉的隐者非焦光莫属。

焦光千里迢迢从山西来到镇江,吃、喝、拉、撒全在焦山里。他戏称自己是"蜗牛之隐"。六六,你瞧,人家焦光在汉末就说自己"蜗居"了。

焦山当时叫樵山,相对市区来说蛮偏的,但景色绝对一流。"山中何所有?岭上多白云。"这是隐者看到的景。看到景,说明心是静的,性是闲的。

汉献帝曾三次下诏书请焦光出山做官,但他不愿和腐败的朝廷同流合污。

其一,皇帝三请焦光,可见他是个人才,皇帝是多么有诚意;其二,皇帝怎么知道焦光居于焦山,保密工作做得太差;其三,三诏不仕也就算了,还要嘀咕人家腐朽。这一定是教科书作祟。一提封建社会就是腐败、黑暗、昏庸。即使腐败得像辆破车,人家东汉这辆车还开了196年。

焦光在偶们镇江的山里做什么?打鱼、砍柴、读书、看日落、听潮声、呼呼。工作压力全无,拿到现在,谁不愿意?而做官呢,无非是钩心斗角、压力山大,最后还不得好死。

"往返三凤诏,生死一蜗庐。"人家焦光就不走,跟焦山拼了。

隐,就是政治秀。他焦光这一隐,名垂千古了。

歌颂隐居的人,大多认定做官是名利双收的好事。做官那么好,而且皇帝亲自哭着喊着求他做官,他还逃。后人如果确定做官是件坏事,还歌颂隐者个毛啊!

再说个许由洗耳的故事。

相传尧帝自知体力不支,急着找接班人,好把位置禅让给他。第一次,尧帝想做许由的思想工作,哪知许由赤脚狂奔。又一次,尧帝差点逮住他。作为山野之人,许由脚力大胜于尧,这一次他跑得比兔子还快。尧说:来撒,做州长何如?没那么累。许由不肯,还到水边洗耳朵,说做官一词听都不想听,听了都是污耳朵。一个叫巢父的人看到这一幕,就臭他:你就装吧,老在皇帝面前转悠、撩骚,故作清高,沽名钓誉,这次洗耳朵为毛呢？嫌官小了吧？不想做官就到山里潜伏下来，动不动就跟老尧童鞋撞个满怀，你这不是存心的吗？

许由出大名了，一直红到现在。如果当初他不是采用迂回术，让大众炒作得热火朝天，而是真正潜到深山，谁知道他是哪棵葱呢？

巢父的话揭示了隐士的悖论：真正的隐士注定无名，早已湮灭在历史中，留下名字的"隐士"大多只是秀给世人看的。

老谋深算的古人早已洞悉真相："隐"与今人的"秀"异曲同工。古时人口少，躲猫猫也好找，隐了也白隐；现在人多，大海捞针，你不秀就拉个倒。

传说尧未得许由，四方人士皆推荐舜。尧风尘仆仆找到舜时，那后生正在洪洞县某垄亩间耕地。脸朝黄土背朝天，汗流浃背，老黄牛走得慢吞吞的。

这个故事充分说明：你不做官自有人做官；你不想出名，自有人想出名。

再说干露露。露露，露了，全露了。这一火，财源滚滚，乌泱乌泱的人等着看她最后的一块遮羞布何时不翼而飞，众人一边抨击人家没有道德底线，一边口流涎水等着看好戏。一边是骂声不断，一边是身价飙升。干露露母女关起门来数钱数到伤。

前有标兵，后有追兵，露迟了保不准就轮不到你露了。而前辈兽兽貌似已死在沙滩上。

一杯红酒在本宫文里作为反面人物已有段时间了，但这一点儿也不妨碍本宫崇拜他，给他打勾。作为与时俱进的奋发青年，他高歌猛进，积极向上，奔波忙碌，夜以继日，闪光点密集。

近期，"舌尖"很忙。作为一个专属名词，现在其用途之广、出镜率之高让人忧虑，这个词是不是从今往后会让人倒胃口，还是两说。

说到底，谁也不知道一杯红酒的舌尖多累。天天吃请、请吃，舌尖如此精彩又如此无奈。

一杯红酒经常表示出心疼自己的舌尖，劳动强度太大，有时特别想念家乡丹阳乡间的农家菜。可是农家菜早已背叛了他,涂脂抹粉,添油加醋,肥腻不堪。

尽管如此,一杯红酒并没有想过隐居。他说:半年不吆喝,就成木乃伊了。谁还记得分一杯羹给你!

通向成功的象牙塔道阻且长。干露露及其彪悍母亲深谙其道,选择了一条"捷径"。干露露的身后,一定有无数的"干露露"。在"隐"退出江湖,"秀"兴风作浪的今天,干露露成功的模式将带来多大的负面影响?本宫以为,这才是值得追问,值得反思的大问题。

六六才女　可以横行

"一夫一妻,一定是性能力特别弱,一个女人都对付不了的男人想出来的。"某出版社给蔡澜先生出了一本谈话录,在《关于婚姻》这一篇,录下蔡先生的话后加了个编者按:不苟同。

"我父亲那辈人,见了面,不问你好吗,而是问娶了多少个太太。"

"才短短的四五十年,便搞成这个样子。"

蔡先生说话很调皮。现在的男人,有多少娶得起二房三房的,即使娶得起,他敢吗?

仿佛是为了呼应,注水杂谈《妄谈与疯话》里说:"现代婚姻是一夫一妻＋婚外情＋同性恋＋嫖娼。"这话要是传到古代一哥孔子那里,他一定撞楠木柱不想活了。

女人选夫,就像挑西瓜。年轻女子往往要挑大个的、甜的、新鲜的。中年女人手上只要有片西瓜就知足了。在六六嘴边,中年女人十分不堪,活着已属丢人现眼。六六只有30多岁,木子美这个年龄时称自己是饱满多汁,正宗少妇。六六说:男人,有钱的,不听话;有才的,坏脾气;英俊的,多无能;综合分高的,抱回家不得安,像抱了颗定时炸弹,是女人都盯着她手上的宝货。得意之人说话容易绝对。没钱的、没才的、丑的、综合素质差的,谁要? 单身算了。六六自己抱着老公觉觉,让别人守空房,老不厚道。

自从看过《王贵与安娜》《双面胶》后,猫又看了《蜗居》。等《蜗居》看到第33集时,猫紧急叫停:打住! 再看一眼六六的电视剧就吐,再看一眼海清就吐,重度不爽。就像从前看韩剧,多少个夜半三更鸡不打鸣的时候,看韩剧,一部又一部地看,直到看《我的名字叫金三顺》时,猫还是很受用滴。可是,等看到第6遍《说不出的爱》时,饱了,多看一眼就吐。太完美了,太说教了,不能再上当了。

猫以为,看什么电视节目关乎隐私。有的人就喜欢看A片或暴力片,看完出门,一脸正经。

介绍六六时,常见这样的字句:原名张辛,安徽合肥人,1995年毕业于安徽大学国际贸易系,毕业后从事多年外贸工作。1999年随丈夫到新加坡,从事幼儿教育。闲来无事,以"少妇六六"为笔名开始在网上撰文,一时间,受到网友热捧。

六六迅速红了,火了,写神马都大卖。

六六是个肥妇,说自己是D罩杯时,估计忽略了腰粗的烦恼,让所有细腰女子找不到地缝钻。中国的女人,胸大腰必粗。想D罩杯＋蜂腰＋肥臀,那是万万不可能滴。

六六定居新加坡,先生是个数学博士。中国的基础教育把一个个优秀男娃教育成人后,拱手送出国门,还顺便带上一个个同样优秀且怀揣一颗狼子野心的女娃,远走高飞。

少妇六六到了什么都好得不得了的新加坡,有了闲愁就晾在网上。她随兴写,没有呕心沥血,没有通宵达旦,也没有熬出白发。《王贵与安娜》写了15天,《双面胶》写了30天,《蜗居》40天就写完了。玩儿似的,全没有路遥、王蒙辈便秘般的硬挣状,且内容通俗易懂,适合大范围传播,如果不红彤彤的,群众都哭着喊着不答应。

在《妄谈与疯话》里,六六忍不住横行了一回,毫不掩饰对自己的赞许:"我觉得我写短篇的功力比长篇强,文字越短越见功力。我写短篇的语言更有嚼头,更精练,更巧妙些……"

"最近再读曾经让我痴狂的王安忆的作品,已经看不下去了。"六六看不下去王安忆的作品,是将其与韩寒比较着说的。看来六六对中老年女人是不待见的。她说自己要可着劲儿地游戏人生,活50岁也值,反正人生赚够了。

听听这是什么话,50多岁的女人活着,仿佛已是厚颜无耻的事了。

才女一横行,路人皆侧目,六六那里早已做了铺垫,说自己是神经大条的女人。

话说六六买了一条丁字裤,晚上穿着在老公面前走来走去。她自恋道:PP很圆很挺呢!

自从《蜗居》热播后,六六自称是"黄色六六"。《蜗居》在网上发帖时,是叫《房事》的,结果人家有《房事》在先,只好改叫《蜗居》了。

六六在上海举行她在国内的首次演讲,在现场搞起突然袭击,将"我为什么写《心术》"的主题改为"捕捉G点"。六六还希望能像李安一样,拍出她心里积攒十年宏愿的《色戒》。她的写作生涯开始于"中国两性论坛","为了有机会跟大家交朋友,我就开始了我的情色小说的写作生涯"。

猫是相信的,"中国两性论坛"诞生过无数写作高手,一张帖子动辄几十万、上百万点击率。跟帖的粉丝们熬红了双眼彻夜建高楼。为了不让粉丝们爬楼闪了小腰,好事者还会把热帖置顶,剔除跟帖,粉丝比纸质书的读者多出几百倍、几千倍。

出名要趁早,脱衣也要趁早。脱了,红了,挣钱了。脱迟了,只有自娱自乐的份儿。

六六融入主流里,将畅销书写作进行到底。猫有理由怀疑,此小妮子一定换了马甲,潜伏在某坛子里,津津有味地继续她的黄色系列,一旦有了感觉,迅速"从良"。

最近,汤唯在戛纳红地毯上走过,网文说她不慎走光,大腿根部自己跳出来亮相了。拍过《色戒》的汤唯还怕走光?镇江人要集体反驳:这是讲故事哄小把戏。一篇流传已久的网文说,舒淇让脱掉的衣服一件件又穿上了,猫好生喜欢。

借出位的言或行炒作自己,搏一个沸腾的知名度,赚钱是硬道理,票票是硬通货。猫丝毫不怀疑六六的智商。

婚姻里的愚公移山

最近看镇江民生频道播出的《闪婚》。那个为了家庭鞠躬尽瘁的叫秀英的女人，让作为观众的猫感觉她下一秒一定就疯了。可是她撑着、挺着，在疯与没疯的边缘歇斯底里，动辄歇斯底里，整天歇斯底里。每次看到她言语纠结、情绪失控，就心疼。这是一个多么认真地经营家庭、多么认真地过日子的好女人啊！可是，八面来风，儿子不省事，女儿不省事，媳妇很来事。她的男人古先生在家看报、出门钓鱼，对其他事一概装聋作哑。

这就是传说中的婚姻。

有一个姓郑的漂亮女孩，住在桃花坞斜坡上去的那一带。她说天天看到一对夫妻，黄昏时互相搀扶，相濡以沫的样子让她心动。她向往那样的爱情。

七八十岁的老夫妻，还在闲坐说爱情？

老夫妻一道出门，一个坐在轮椅上，一个推着。有人就抒情了：那是怎样一幅人间夕阳红啊！猫嗤之以鼻：那矫情，她哪里知道内幕呢？

比如说《激情燃烧的岁月》：一个山沟里的犟小子走上了战场，提着一颗脑袋，拼出了一个盖世英雄，顺利抱得美人归。结合了，便是改造与被改造的开始。改造资产阶级小姐要比改造寒窑妻子难度大得多。除了观念相距甚远，言语间的碰撞也强有力得多。女人让他洗洗再睡，他哪里肯！刚结婚时还好说，时间一久，他就不那么遵守了。不洗怎么的？大老爷们一个。单单这一细节，就可以扯啊扯啊扯一辈子，直到都懒得说了，直到说不动了。好了，妻子不说了，他就来劲了，你改造不了他啊，他就真的不洗就睡了。你不说，不代表你赞同啊。他我行我素，你心里就不高兴啊，不高兴就影响婚姻质量了。如果女人还是很强硬，你想想，一个战场上死都不怕的人，有什么能镇得住他？他抵抗到底，而且因为你有硬度，他还找到目标了，还来劲了，就像在厨房里拍一段黄瓜，把略有硬度的你拍个粉碎。所以，一年又一年，红颜变黄花。所有的争吵都像攻克山头，一百次、一千次地进攻，她几乎完败，他几乎完胜。疲了，放弃了，投降了，她痴呆了。留着思想干什么呢？留着与他争吵吗？于是，他独占婚姻的成果，他成了说一不二的家庭独裁者。而这时，家庭终于高奏和谐曲。战胜方不禁要说：早知今日，何必当初？放弃抵抗，这辈子多好。

于是，无数个年轻、漂亮的小郑就看到了夕阳下老夫老妻携手漫步的身影。

其实，他刚刚完成了五十年的愚公移山，把她给改造了；其实，她老年痴呆了，孩子一样满脸堆笑，前尘往事俱忘却。

说说那部《亮剑》。一个要在小院里种葱种蒜，一个要植紫藤。这本来没有对错，但李云龙说什么、做什么都是对的。于是，一个人剥夺了另一个人的发言权，一个人侵略了另一个人的思想。家庭中的两个人，总有一个是弱者。对强者的改造，一天不行，一年不行，就用一生。愚公移山就是这么个理。愚公是个可怕的角色，一根筋，倔到底，还玩命似的。革命工作中遇到这样的主儿，算倒大霉了！他油盐不进啊，他不改初衷啊。智叟奈他如何？如果把愚公比作现在的某些领导，那你就知道他领导下的几百、几千号员工过的是怎样水深火热的日子——只能跟他一起披星戴月地挖山不止。

看《金婚》数遍。本来是折服于张国立与蒋雯丽的演技，两个耐品的角色,尽显人生真味。哪知时隔这么久,突然拿它来立意。剧中文丽年轻时也够作的,但奈何不了老伴水滴石穿的韧劲儿。金婚时两个人头发的花白程度都一样。营养学家说,头发的黑与白取决于膳食结构。吃甜食容易白发,跟遗传关系反而不大。婚姻中的两个人,旷日持久,有一天揽镜打量,容貌也竟有那么几分相像。这愚公移山的成果真是令人不寒而栗。即使配偶帅呆了、酷毙了,猫也不愿被对方局部克隆啊!活着活着,找不到自己了。

都说"岁月是把杀猪刀,你和我来嗷嗷叫"。

宜家猫对于婚姻的态度如同对于人生的态度:蛋腚。不追求完美,喜欢模糊。婚姻里没什么原则,没什么大是大非,一切以和谐为主。婚姻中的夫妻,无非为衣食住行,无非是一个较为固定的合作团体,但总有一些人是一丝不苟的,他们讲原则,他们以不变应万变,誓死捍卫着自己的个性、喜好。哪怕言语上的你来我往,也争个高低。比如临江城市的百姓饮食上喜欢吃鱼,烧鱼时放大葱还是放小葱,放一根葱还是两根葱,都有得吵。吵着吵着就升级,剑拔弩张,火药味儿迷漫。总有一天,一方战胜了另一方,一方沉默了,弃甲丢盔。原因是:她(他)老年痴呆了。

今天跟老痴叫上板了。年前去了一家老年公寓,那里的工作人员介绍说:老痴占了三成。

近些年来,我们已经接受了越来越多的"×商"测试:"情商"(情绪智力)、"财商"(认识和驾驭金钱运作规律的能力)、"健商"(健康商数的缩写)、"网商"(领略与驾驭网上信息的能力),现在又来了个"爱商"。

虽然谁也没在学校里学过"爱情"这门课,但作为知识的一种,爱的能力也需要"好好学习、天天向上"。其实,让一个人爱上自己,或者说,让一个值得爱的人爱上自己,并且长久地爱上,是一门课程,其难度并不亚于微积分、编程以及破译密码。

婚姻专家陈彤说:"有的人适合婚姻,有的人不适合。而每个人喜欢的婚姻方式也是不同的,有的喜欢欢喜冤家的模式,有的喜欢相敬如宾的模式。不可能所有的婚姻都是举案齐眉式的,而且你也不能说只有举案齐眉的婚姻是幸福的,可能对于有的夫妻来说,举案齐眉的婚姻是最无聊、最乏味、最不可忍受的。"

猫以为,婚姻里降低期望值,培养自己的悟性,睁一只眼、闭一只眼,日子会好过得多。哪怕他把你当作一生的宝,放在手心里,你也不要去改造他。愚公这样的人,猫不喜欢。

倒追　追来一大爷

　　初为人母的白领芹姑娘,最近有些郁闷。老公是她闺密的亲弟弟,当初,是她先对他产生好感的。无奈一年后,对方并没有主动追求她的意思。在闺密的策划下,芹姑娘示好的话被带给了那个后知后觉的男生。就这样,芹姑娘落下了"倒追"的心理阴影。月子里,男人依旧外出应酬,没有耐心陪她说话;不管她是不是需要休息,他都开着电视看到深夜。于是,芹姑娘旧话重提,悔不该当初"倒追"。她提醒女孩子不要轻易去"倒追"男生,即使真的喜欢对方,也要让他来追求自己。

　　有不少人呼应此观点,说无论如何,女人被爱会更幸福。

　　端午放了三天假,南通一同学捎来一本书,是关于董小宛与冒辟疆的。这两个人的故事,坊间流传的版本实在太芜杂了,原先就看过不少,结果是一头雾水。有人说董小姐就是一只鸡,但也有人把她写成一圣女,更有离奇的说她就是董鄂妃。

　　三国、六朝、明末、清末,历史上有不少乱到极点的时期,朝不保夕,人人自危。

　　明末的董小宛是秦淮八艳之一。旧文里写到她,无一不用貌若天仙来形容。那时的达官显贵经常带着她去黄山或其他地方旅游,吃大餐,想来生活过得挺惬意。阅人无数,自然识得人中龙凤。送了几次秋波,就成了冒辟疆的小妾。

衣来伸手、饭来张口的如皋人氏冒先生,接受完女人的倒追后,心安理得地做起了大爷。

即使作为一个小妾,董小宛也是高兴的,下厨给老冒做"诗菜"侍候着他的胃。因为兵荒马乱,冒家要逃难,不带小妾,只让她看家护院,她居然也同意。后来老冒的参地实在看不下去,老冒才带上她一起逃难。冒先生疾病缠身,小宛则是衣不解带地服侍。去世时,小宛宛才28岁。

冒老了的时候写了本书叫《影梅庵忆语》,回忆起董小宛的好,比如用一小壶芥茶淘米饭,采摘初绽的花蕊,将花汁渗到香露中。她腌制的咸菜能使黄者如蜡,绿者如翠。她做的火肉有松柏之味,风鱼有麂鹿之味,醉蛤如桃花,松虾如龙须。

爱一个男人,鞠躬尽瘁,死而后已。老冒真有艳福。

可老冒独不提小宛的死因,让后世争论不休。

《影梅庵忆语》里一些事是可以考究的,比如这咸菜。董小宛与冒辟疆的故事蓝本发生在如皋,那里甜中带脆的萝卜干不仅吃出了状元郎,还吃出了全国闻名的长寿之乡。这功劳是不是要归功于董小宛呢?她那样致力于萝卜干的腌制工艺,虽然只供她的郎君一人独享。

倒追的故事并不甜蜜,小宛付出了生命的代价。谁道情深不寿呢?南宋就有现成的一对,陆游与唐琬。唐姑娘太痴情鸟,在沈园偶遇前夫,回家就一病不起;而陆游在古代文人里面则是相当有名的长寿先生。

虽然是陈年往事,但许多人仍记得当年王菲欣赏窦唯才华,一路追到北京,不惜放下天后的身段,住在四合院里,每日帮窦唯倒马桶。可是两年后,窦唯高调劈腿,随之和王菲结束婚姻关系。

倒追,成了他可以伤她的理由。

男追女,隔座山;女追男,隔层纱。古人总是有一些自以为是的陈规。其实情况恰恰相反，倒追其实挺难的，常常让男人怀疑：天下掉下个林妹妹，这样的好事怎么砸上我的头了？这大胆女子投怀送抱意欲何为？

男人就这副德性，患得患失！

倒追的经典案例就是张爱玲。汉奸文人胡兰成年老时写了本《前世今生》，洋洋得意地写张爱玲如何倒追，送照片给他，后面写了一行字：见了他，她变得很低很低，低到尘埃里，但她心里是欢喜的，从尘埃里开出花来……

要不是胡氏爆料，谁会知道这段公案？

其实，爱情中的两个人，总有一个人先放低身段，放低身段的这个人就是主动者。对胡兰成来说，因为张爱玲的主动，他便没有约束，而她似乎也不能约束他，由着他风流成性，实在受不了时，也只能自己退出！

女追男，经常以分手而告终，女人带着或失望或决绝或解脱的心，离开。而被宠坏的大爷，未尝不曾怀念。胡先生到了日本，躺在日本情人的怀里吃着饼干，仍想着如何大海捞针一般找到张爱玲。

倒追的女人一般都曾经十分自信，但渐渐地，当她奉献完一切后，发现，她培养出了一个大爷。这大爷从来不用走进她的内心，以为她就是一名冲锋陷阵的钢铁战士，像万里长城一样可以抵挡一切；她也完全不用情感安抚，痛苦的时候，要么是在作，要么就是生理周期。

爱一个人爱到成了一粒卑微的尘土，而后开出花来，有这样的希望就继续吧！如果没有，趁还有一口活气，赶紧的撒开脚丫子逃跑吧。

最近有个热播剧叫《家，N次方》，里面有个叫赵雯的雷人，不是倒追的爱情她还不吃进。而为了倒追，可谓贱到骨子里。在她，这叫做死而复生之术。真替她揪心，千万别低估了那大爷的脾性，发作起来，可不好伺候。

当胸器无人喝彩

　　有人说,男人来自东土大唐,女人住在西方净域,男人、女人心底都住着妖怪。

　　话说东土大唐有个北方男子,一不开心,就到亭子里抚琴长啸。亭子,四面通透,风可进雨可进。经常是傍晚,落日时分。琴声幽怨,有一个可爱的姑娘蹑着步子趋前,扑闪着大眼睛打量。

　　冯唐在很早的时候,就写了一本书,叫做《十八岁给我一个姑娘》,鼓励年轻人好好谈一场恋爱,莫待无花空折枝。

　　抚琴长发锦衣男,不就是现在最忙的四阿哥嘛?这个可爱的女子,可不就是小若曦嘛?

　　摇身一变,何晟铭变成了陈建斌,闺密婀娜早就抗议了,说《甄嬛传》里一群美貌女子,哄着一个獐头鼠目的老男人,凭毛啊?

　　《宫》里18岁的四阿哥,到《甄嬛传》里,经过好一阵鬼混,到了快要闭眼的时候了。这个史载看奏章最多的雍正皇帝,在《甄嬛传》里,每每为晚上宠幸哪个伤透了脑筋,3000名佳丽,像个谋财害命的大组织,皇帝经常力不从心;3000名美女的青春胴体,靠他一个肉身来救赎。皇帝真的很忙很累。

　　女人们是多么耗人心血啊!她们窝里

斗、无事生非、争风吃醋、钩心斗角,更有意不在皇帝的嫔妃,劈腿、养猫、念佛、想损招让皇帝早些见鬼。你看,你看,四阿哥快断气了,他用足了气力,情意绵绵地要嬛嬛叫他一声"四郎"。嬛嬛想:不就是一枚衰男吗?一辈子玩弄女人于股掌,还想得到一份真爱。这厢四阿哥闭不了眼啊,如果一辈子最爱的女人心都不在他身上,人生也太荒唐鸟。3000个女人算个毛啊!雍正硬撑着不闭眼,嬛嬛索性来一招狠的:孩子他爹不是你。

四哥那个内牛满面啊!头一歪,人没了。

今年春上,花儿朵朵,阳光暖和。有一群东土大唐男人到北京看车展,专门去看干露露的胸器,还故意把人家的姓氏读成干部的"干",奔走呼号"去北京胸展看车"。

一群健康男儿,他们如果不去看胸,干露露裸到最大尺幅的巨乳就会像牡丹花一样独自凋零。这种绝情的做派,东土大唐男人拿不出手。

猫近期比较多关注两个人:

高晓松,女人的蓝颜知己。

冯唐,女人的梦中情人。

安妮宝贝一直以揣摩别人的心理精准而著称,她说:我敬慕那些温柔的轮廓洁净的人,他们仿佛已经是一种完成。但我会喜爱那些面目安静却暗藏不羁和顽劣的人,他们的心还走在路上,还在等待被损伤和重塑。

安妮宝贝说的是两类男人,前一类,青春完成时态,代表人物是高晓松;后一类,青春进行时态,代表人物是冯唐。

高晓松的《如丧》,眼下正在各书店的热销书榜单前三甲挺立着。许多人在微博里发表着三言两语的读后感。在天下熙熙皆为利来的当下,当真还有人如此夜以继日地捧读书本,真是感人的一幕。高晓松带领一个庞大的团队,进行着心灵的栉风沐雨。在这里,让我们把掌声送给他。

高晓松写了一代人的青春及其青春没了后的来不及心碎。

在看守所的日子里,晓松白天思考,夜里思考;雨天思考,晴天也思考。他想:40岁的男人,什么都不是如来,而是如丧。

丧,失也。又,想到风头十分了得、盖得他无法呼吸的冯唐,于是说出了古人的话:既生瑜,何生亮。

高晓松们是应该有些泄气的。40岁一过,50岁像刘翔似的,跑得可快了,一眨眼就蹦到眼前了。

冯唐的名字,有些花间词曲的味道,再加一个"冯唐易老,李广难封"的典故,一叹青春如白驹过隙,二叹怀才不被明察。

有个文学男,网名是"姓那的清朝人"。某天,在冯唐的微博里网友写了一大段:我是如此高兴,净手焚香,端正坐姿,专等饕餮《天下卵》。但看完《天下卵》,失望了,就像当年看完余华的《兄弟》失望一样。我还是爱你的《北京,北京》《万物生长》,就像爱余华的《活着》《许三观卖血记》一样。这失望,在这微雨的阴天里,把一口气闷在心里,要好好地吃一顿,要好好地找个闺密聊天,要好好地飙个车,要好好地做点坏事,才能缓过来。

人家掏心掏肺了,冯唐却不客气,只一句:俗人,滚!

这态度猫喜欢。爱读不读。海明威就是这么对待所谓专职评论家的,只说不写,一写见拙。况且,都什么年代了,以为还可以读到《红楼梦》啊?跑到人家山门叫板,还要人家笑脸拱手还礼说"多谢"。

书呆子,不是好东西,尽拿了语言犀利的小刀子捅人心窝。但一杯红酒见猫拿扫把撵人,清了一下下嗓音,劝道:偶们的眼睛渴求惊天巨作的时间已太久,请原谅偶们错把冯唐当雪芹。

冯唐是读医的博士,对荷尔蒙有着深刻的解读。所以,他写《不二》《天下卵》。一干人读着,暗地里狂欢:可以与《肉蒲团》媲美了,呵呵。

有专职评论家说冯唐是"一身非法的才情",喜欢用撒野的文风写大姑娘、写老流氓、写峨冠博带的嫖客、写落雁沉鱼的暗娼……这让饱食终日的中国作协作家们个个执手相看泪眼,无语凝噎:妈的,这孙子,怎么能这么写?!

与《肉蒲团》媲美?当真稀罕?

随便哪一个春江花月夜,用手电筒照照,哪个旮旯里不蹲着个李渔、金圣叹、西门庆?在满大街齐B小裙一叶障目的当下,《不二》同样算个毛。

这似乎才是值得童鞋们思考的现象,如果东土大唐来的猪八戒们免疫了,看见胸器不垂涎,后果如何呢?

屌丝男也有样本

于志德去上海出差,回来时带了一盒黄泥螺,打算送给张副市长也就是自己的岳父,结果老婆大人不屑地说:爸爸不吃这个牌子。于志德顺手把黄泥螺扔进垃圾桶里。半夜,于志德扒拉出黄泥螺去了段芹那里。段芹不爱吃黄泥螺,但架不住情人面对面的含情脉脉,从了。

使君有妇,于志德后半夜溜回家。因为夫妻关系不睦,迟归的理由都懒得编。这厢,一瓶黄泥螺让段芹上吐下泻脱了人形。

以上说的是热播电视剧《浮沉》片断。

本宫当然不能全面了解中国家庭现状,更不知道中国的有些男人在情人床上的时间是不是多过在老婆床上的时间,反正不作为的中国丈夫法律是不会惩罚他们的,而心在不在老婆身上丈夫们已疲于掩饰。

光阴总是似箭,媳妇统统熬成了婆。与昔日隔了一道银河,但还是记得 long long ago 写毕业论文的事:试论《红与黑》。

To be,or not to be?

满脸青春痘,勉强温饱,学子们想的可都是大问题;待到生命里有了暮气,却尽是掼蛋摘桃遛狗一类的小事。人生,真正是穷极无聊,不说也罢。

《红与黑》是法国19世纪杰出批判现实主义作家司汤达的代表作。小说以法国波旁王朝复辟时代为背景,以平民知识分子于连·索黑尔与上流社会的斗争为主线,描写了他从18岁到德·瑞那市长家当家庭教师开始,到23岁因枪伤市长夫人而被送上断头台为止,短短5年间的生活历程。

时隔太久远,又是个外国屌丝,竟是抹泪也没由头。

真正一等一的花样美男,只因不肯伤了贫贱人的自尊心,夸父逐日一般追求人生价值。其间少不得违心出卖爱情。地球上的阶级社会,阶级社会里的种种职场,总是急躁不已,不肯给屌丝男们充足的打拼时间和公平的机会。

确信,在当下的中国,于连式的男孩并不鲜见。他们是哭着要月亮的孩子,奔跑,跌倒;再奔跑,再跌倒,粉身碎骨也不放弃。

宿命而已。托马斯·沃尔夫写道:从躺在摇篮的第一天起,我学会的第一个动作,就是向门外爬去。

呜呼!

燕雀位,鸿鹄志,怎一个纠结人生!

于志德,是道地的于连式人物。在2000多号人的大型国企内,一个青年工人想迅速上位,完成从屌丝到高富帅的转变,只有依傍。就这样,他抛弃了灰姑娘段芹,选择了副市长的女儿张丽。

副市长的女儿从不拿正眼看他,视他如同空气。这也许不是她的错,因为他利用了她的感情,他给予她的感情明显是不够热度的,是他凉薄了她应得的爱情。

一个蜷在失败的初恋里不肯走出来的女人是愚蠢的。正所谓可怜之人必有可恨之处。段芹在貌似事实的婚姻与家庭里寂寞地欢颜与落泪。那个初恋男人投入到金钱与权柄的怀抱,同样凉薄了她的爱情。如果没有相应的回报,他是不会善罢甘休的。而段芹,给负心的男人留着灯、留着床、留着身子,其实不过是不甘心接受被抛弃的事实。

这个有家的男人,摇身一变成为情人后,大摇大摆地自由来去。这个女人为了他不结婚，没有交际，没有朋友，是一个隐身的另类女人，但相当忠贞。显然，如果不忠贞，她做情人的地位都不保。能出卖婚姻的男人，说人话，能跟他谈爱情吗？

久而久之，这个男人心安理得。权在手，情在心。只盼着卧薪尝胆，锥子出头。

于志德在岳父的授意下，得到了国企改制的实权。7个亿的改制费也由财政局拨到了企业的账户。位高权重的岳丈果真瞧得起这个满腹心事、目光游移的屌丝男？无非是借他之手官商结合。一旦不可靠，立马踢他出局，连同婚姻。

于志德在饱受冷眼后，一颗高傲的心更加坚定，想尽办法加速敛财。

以卵击石，于志德迈出去的步子根本收不回。

但无论何时，不要忽视了中国权贵们的智商与容忍度。敢于挑战权贵，就是自取灭亡；而敢于欺骗权贵女儿的感情，那就是逆天。白富美们绝对不会像初恋的灰姑娘那样关起门来揾热泪。

于志德很快被双规，等待他的是监狱生活。只是在被押上囚车的一刻，他高喊一声：我要检举张副市长。

瞧瞧，多少恨！

于连把罪恶的子弹射向了市长太太——他的情人德·瑞那夫人。在走上断头台之前，他放弃给自己申诉的机会，只求速速离开人间。

段芹从于志德个人奋斗路上的助手变为了障碍，遭到再一次抛弃，从此在人们视野里彻底消失。这个可怜的女人再也输不起。

男女的情爱，即使能度过七年之痒，还有十年之痒、十五年之痒在等着。

品德苍白、野心不死的屌丝男得逞了，新的情人在每一个路口花枝招展地恭迎；失败了，连小三也养不起。爱情也许从来都是这个模样。

So,童鞋们,跟着本宫集体温习这段话吧:

如果不努力发展自己的全部人格并以此达到一种创造倾向性,那么每种爱的试图都会失败;如果没有爱他人的能力,如果不能真正谦恭地、勇敢地、忠贞地和有纪律地爱他人,那么人们在自己的爱情生活中也永远得不到满足。

——摘自弗洛姆《爱的艺术》

鹅卵石是这样炼成的

有同事绰号叫屈原的小秘,14 年前,20 郎当的年岁,刚刚踏上社会,浑身都是干劲儿,满脑子都是为社会主义建设添砖加瓦的想法。冬天的时候,他捧着一个茶杯,望着办公桌自言自语:工作如何才能开展得有声有色呢?大姐你帮帮我!大哥请你不吝赐教!写个总结,挑灯夜战。领导交办一件事,他一个电话打到《人民日报》去。天不怕地不怕,大有屈原"路漫漫其修远兮,吾将上下而求索"的感人精神。同事遂毫不犹豫地送他绰号"屈原的小秘"。这种劲头,一直持续到他结婚生子。终于有一天,也是捧着个茶杯,他两眼发呆,叹曰:这人生到底是怎么回事呢?信仰些许动摇,累了。但对人生的思考没有停止,这时,作为过来人的宜家猫建议他研读一下他的"导师"屈原的《天问》。有学府里的教授考据了 30 余年,最后眼睛严重疾患,要鼻子凑到纸面上才能阅读,仍求索不已。

关于朋友拓荒牛有个段子。当年也是刚走上工作岗位,意气风发,走路小跑,给一把手做文字秘书,年终的时候写总结,收集材料一个多月,要真枪实干了,拥了一件军大衣,在办公室熬通宵。第二天刚走出机关大门,就看见亲爱的娘抱着保温瓶送早饭来了。精壮小伙,小脸憔悴,为了提神,一夜不知抽了几包烟,舌头上烫出了几个泡。还别说,写的报告就是有质量。后来,几任领导都赏识拓荒牛写的材料。拓荒牛不止一次地实践着拥被通宵达旦的惊人的励志之举。

时代赋予人的烙印,有时就像胎记。读屈原名言长大的人,被路遥的《平凡的世界》感动过的人,把《钢铁是怎样炼成的》当作枕边书的人,就像人生之途上给自己加了紧箍咒。他们以为,只要坚信"宝剑锋从磨砺出,梅花香自苦寒来"的信念,就一定能到达成功的彼岸。

物是人非。二十年过去了。当年眼睛里坚毅的目光,现在散漫了;当初铿锵的步伐,如今迟疑了。

屈原的小秘早在本世纪初就下海了。天天微醺,言必称利润,腹部严重隆起。在经历过"三高"的折磨后,生活质量大打折扣。又是在某个冬天,他义无反顾地走上了健身之路,伸出双臂,撸起袖子,让一桌人瞻仰他的短二头肌;伸出掌心,让身旁的美女看他打高尔夫磨出的老茧。在美女们的尖叫声中,屈原的小秘怡然自得。犹如当年醉翁亭的太守,物我两忘。

拓荒牛是另一个套路。打牌。早些年玩炒地皮的时候,他计较到逢炒必吵,人人都要服从他的规则。多少个春夏秋冬,沉湎于此道,乐不知返,不知夜色已深沉。如果对家出错了一张牌,他会不顾颜面,上课一般铿锵说理,面色赤红,即使对方是女性也照批不误。如果遇到不服数落的,重则甩牌走人,轻则让纸牌复位,解析一番。

当镇江的茶楼酒肆掼蛋之风吹起时,拓荒牛做了第一批响应者。逢请必到,到则分秒必争。这时跟他讲光阴似箭,他领悟力特别强,嚷两声:吃什么倒头饭,先开打。饭前二四六,饭后一三五。遇到中途打手机、发信息的,他劈头就是训:相好啊?男女关系啊?掼蛋认真点行不?如果屡教不改,就将手机没收。与他打对家,下游不要紧,关键是要看他的牌出牌,把牌出到他手里,此一等了得;不要做他的拦路虎,不该出牌时按兵不动,此二等了得;牌技固然重要,更重要的是态度。要有认真的态度,积极开动脑筋的态度,开小差是大忌,此三等了得;切记,轮次!多走一轮是一轮,对方少走一轮是一轮,这就需要随机应变,把有限的资源不停地组合,此四等了得;拼搏精神,上了阵不拼怎么行?牌桌如战场,有力量你就做铺路先锋,做坦克,荡平前进路,没实力你就退居二线,在对方扛炸药包发起总攻时,偶放冷枪,把对家按在战壕里,让他有劲使不出,此五等了得;找准对家软肋,你出单张他没有是不,那抢回发球权,拆了对子也要发单张,让对家抓耳挠腮,急得撞墙。拓荒牛有着良好的古文功底,软肋一着,定是学习了庄子先生的《庖丁解牛》,"以无厚入有间,恢恢乎其于游刃必有余地"。

对家美女举着小手发言道:首长,不就是打个小牌嘛,不来房子不来地,这么个打法,熬灯费油,动脑费神,比上班都吃力。拓荒牛斩钉截铁地说:上班算个毬?再说了,玩都不认真,不积极,玩不好,还奢谈工作!

年轻时,就像登山,憋足劲儿往上爬,爬啊爬,多一个台阶总是好的。无限风光在险峰,伟人就是这么说的。中年时,知道点中庸之道了,凡事不能太拔尖儿,再说生命不息战斗不止,也不是本朝的风尚。中年巧巧一过,眼花了,看报纸都费劲,老革命了,后生一茬茬地往上拱。这时,做什么最好、最识时务?当然是健康娱乐了。打牌的优点在于:低碳、益智、变化万千,其乐无穷。它不是乱搞男女关系,不是行贿索贿。它不需要多大的场地,也不需要长途跋涉。它小玩娱情,不用担心玩物丧志。

拓荒牛把写工作报告的成功经验带到了打牌一事上,总结得头头是道。

俱往矣,数风流人物,还看今朝。一点儿不假。

绚烂之极归于平淡。至理名言。

昔日风吹浪打,今日闲庭信步。从追索到回归,从意气风发到修身养性,时间恰好是一代人。谁能指责他呢?你能指责他们么?

闺密凶猛　谨防入室

除了"伪娘",这世界只有男人和女人。男人全去征服世界了,无事可做的女人便只有征服男人。女人的成功有两条必不可少:有一个好孩子,健健康康的;有一个好男人,历经风雨驳蚀,对黄脸婆审美仍旧没有疲劳。

猫身边本来有这样一个幸运的女人,大名叫采萍。直到2009年2月13日,她摊开的家庭簿上,晒出来还是两条最IN的幸福:男人一款,成功有型;儿子一枚,成绩优异。然而,某一天,当她走进自己的家时,看到了惊天一幕:闺密与自己的男人滚在一起。

采萍不哭不闹,只求第二天夫妻俩带了本本去办离婚。

男人像一堆牛粪被采萍铲到了令人不齿的垃圾堆。一年后,2010年2月14日,国人最喜庆的日子,那款偷吃窝边草的男人与采萍的昔日闺密堂而皇之地步入婚姻殿堂。俨然一对人间温暖夫妻,脸上溢着光彩。采萍这里杀人的念头都有了,每每夜半想起,心头滴血,仇恨咬啮,神经发痛。

多少年前,看香港女作家尤今的文章,里面有一句话:不管男人在外面怎么疯,只要他还记得回来。

女人有很多种,生得漂亮、出身高贵的,

容易把自己当公主看,但公主的爱情未必比得了灰姑娘。做女人要有智慧啊! 台湾的女作家喜欢这样劝人:长得好不如嫁得好,嫁得好不如经营得好。过来人苦口婆心的。再说了,这世上谁人比得了希拉里,她男人不是一样偷腥! 忍功,这是为人妇的必修课呢!

当然,这样说话有人是要强烈反对的,尤其是那些爱情有洁癖的圣斗士们,她们手中无时不拿着一柄长矛,捍卫婚姻的同时,把长矛直刺坏女人的心窝。偷吃窝边草的女人就像人民公敌,见一个秒杀一个。但不争的是,偷吃的女人仍旧如过江之鲫,前赴后继,这真是令人头疼。怎么办? 只能像一枝黄花所说:如果还舍不得把自己的男人丢到大街上,那就要像保卫珍宝岛似的,日夜站岗放哨。

有奔五的朋友看电视剧《奋斗》,怕别人笑话她童心未泯、观赏水平有待提高,逢人就此地无银三百两:我是为了懂得下一代啊。这口气一听就知道多心虚,拿电视里的故事当教材。嘿嘿,忘了提醒,按那故事了解“80后”“90后”,是要南辕北辙的。猫看电视不忌口味,看着看着就喜欢并同情那个纯情的小女生米莱了。为了她又看了《我的青春谁做主》《杜拉拉升职记》,王珞丹,这小女孩有戏,鉴定完毕。米莱什么都拥有了,还有一个百分男友陆涛。米莱在夏琳面前,小嘴儿夸个不停,陆涛千般好。结果某一天,陆涛站到夏琳面前,真个是在第一秒内两人就注定逃不脱对方的情网。米莱用了几年时间来忘记,但无济于事。一份热乎乎的爱情就这样被闺密独吞了。

电影《大红灯笼高高挂》上演的是另类闺密大战。阴差阳错,命运把三个女人码到一个窝里,共侍一夫。一把老茶壶,要灌溉三只杯子,这矛盾激烈得不亚于三国杀。三姨太是一个活色生香的戏子,被一个老男人拾漏子一样藏到家里,烟熏腊肉一样挂着,几个月才吃一口,三姨太欲火被憋得,干脆出墙去透气。哪知对手们正虎视眈眈地等着找茬儿,结果三姨太生生被擒并塞到了井底。

有时闺密就是抢劫犯,就是盗寇。指望男人一生不犯桃花,那是很傻很天真。男人之所以可爱是因为他是活生生的人,不是神。

海南有一种树叫做一剑封喉,这树有一奇,要两两相生,长在相距不远的地方,一棵树源源不断地供给另一树所需的营养,直到一棵树长大,另一棵才可以死亡。闺密掠夺,来自同性之间,看不见,但残酷。

So,总结如下:

一、不要试用闺密的老公。自己高兴快活,别人伤心欲绝,这是造孽行为。

二、不要抢闺密的恋人,抢来的东西,用着也觉可耻,果真到了寡廉鲜耻的地步,那男人就不知当你是什么人了。古人云,兔子不吃窝边草,君不知现如今兔子不这么想了。世道如此险恶,猫只能劝姐妹们,把身边的男人看牢点,再来点媚术,收了他的余粮,下了他的腰,软了他的腿。

婚姻美满的女人,要时刻牢记这样几条宝典:

不要把单身的女人带回家,说不定她就是害群之马;

不要把自恋的女人带回家,万一她说,你家男人对我图谋不轨。纵然你不信,也够闹心的;

不要把太美的女人带回家,她会把你的小小幸福击得粉碎而毫不心疼;

不要把不幸福的女人带回家,你家不是疗伤院;

不要把八卦女人带回家,她会散播一个又一个传说……

唉唉,这年头,本来就不该把女人带回家。

好你个衣不蔽体

10多岁的时候,跟祖母和小狗一起坐在屋前晒太阳。阳光哗哗地亮眼,于是就幸福地问:奶奶,奶奶,旧社会白天没太阳吗?这个问题太让人纠结了,天天耳边都是"黑暗的旧社会"。黑暗不就是没太阳吗?奶奶就是从没有太阳的旧社会过来的,所以在新社会一到冬天就坐在屋前晒太阳。祖母说:有太阳啊,跟现在一样啊!

应该看猫狗打架的年纪,一不小心问了个高深的问题,奶奶是个不识字的老妪,哪能借来当教授使?

猫幻想着穿越,经常做白日梦。要是能够穿越到民国去,见到我祖母年轻貌美时的样子,亲一亲她,人生是多么奢侈地幸福着哇!

再比如,看有唐朝元素的影视剧,里面的女人口只一点红,拢着,撮着,很有挑逗与提示意味,她们一定想象着男人会把小红嘴当作樱桃、水蜜桃、黄桃、糖果……再比如,穿抹胸。唐朝美女都肥胖,所以抹胸站得住。现在演艺圈的女人也穿抹胸了,许多女星刚出道时,是"平原公主""太平格格",过了几年,便是呼之欲出之丰满状。硅胶立大功了。唐朝时女人还没有顶着半边天,她们的职业就是勾引男人。香肩必须大面积裸着，所谓衣不蔽体。可怜的唐朝男儿，那时没有"万艾可"，没有补肾丸药，长寿不易。铆足劲儿应付贪得无厌的女人，累垮了身子快活了女人，还以为讨了便宜。

去年才认识一个词——事业线，说女人的乳沟就是事业线。今年遇上了新问题，女人们纷纷露 PP 沟与腹股沟。无非是生理沟，娘胎里带来的。国外的女人咱们管不了，也弄不明白。她们躺在沙滩上或草地上，像猫狗一样撒欢儿，露三沟都保守了，只剩一丁字。新浪首页上有一张照片，配的文字是"怎么放肆怎么来"。照片上一女人穿了火红的三点式，在草地上打着滚。但那是异国风情。国内的女人们也勇敢地露了。一国内的国际巨星，也在沙滩边，穿红色的比基尼，给一个熟得过头的法籍男友展示腹股沟。可怜见儿的，身子小模小样，事业线实在拿不出手。那大情圣终于觉得寡淡，换肥腻的去了。

过去看到"衣不蔽体"这个词，心中总不免小含酸。后来看一个外国摄影记者拍的中国人的照片，国人裤腿上肩膀上打着色系不一的补丁，人全瘦了巴叽，情绪便决堤了，舍不得我们的先辈，穿着这么破烂还笑得没心没肺。要是他们不笑，一脸愁容，本枚猫的心里还好过些。偏偏没心没肺的，缝着补着，也一定要蔽体。好你个祖宗，穿着百衲衣，吃糠咽菜，还那么的要老面子，有骨气，小心肝实在受不了，一抽一抽地疼。

时光的脚步一滑，下去远了。平脚裤变成了丁字裤，旗袍变成了吊带衫。贞节女系列变成了小三方阵。改朝了，换代了，应该有些新鲜的取而代之，这也不奇怪。

一蔬一饭，宝马香车，这是两种选择，不一样的爱情观。说起来是感情，实际上是价值取向。

一蔬一饭里的女人有几个例子。比如，一个读来的故事。说 20 世纪 50 年代有一对夫妻，脾性不睦，老捏架。妻是个烈性子，一引即爆；男人是个暴力男，拳脚相加。可是，生娃却连生五胎，仿佛乐此不疲，刹不住车。这对夫妻的小女儿受不了老夫妻你来我往地干仗，责问了：都仇人似的，为什么还生了我们五个？老太婆心里恨不得老头子遭到千刀万剐，但还是给他做吃的,买了老白干,往他面前杵。

有性没爱情,有性没高潮,身体没有意志,那时的女人真有能耐。

高尔基的《童年》《在人间》《我的大学》又有了新版本。高尔基无比慈祥的外祖母一辈子都在忙碌。她生命的形式除了忙碌就是生孩子,从能生到不能生。在生育年龄里一直都在大肚子。

在旧式的婚姻中,拿着高倍放大镜也找不到爱情元素,偏偏互相忠贞万分。即使男人长年在外,10 年也聚不到 30 天,别的非分之男也不能染指。那年月,男人女人们仿佛伏尔加河边的纤夫,脖子上套着绳索,使出吃奶的劲儿,斜着身子,往前艰难地拱。他们是生活的牛马,是孩子的牛马。

时代不同了,吃千辛万苦,女人们不愿意。

还没半毛关系,女孩就问,有房吗? 有。全额付清了吗? 是。有车吗? 早有了。硬件具备了,爱情仿佛也来了。猫就思考了:这是为嘛呢? 新式女子不要爱情只爱物质了吗? 都俗不可耐?

你老老实实的,到末儿了给你一座牌坊;豪宅住着,LV 拎着,生活富裕着,你选哪一样呢? 恐怕 99% 的女人会不顾一切地扑向后一选项,还有 1% 估计是脑子彻底进水。

猫向来不用老脑筋看新事物。如果这个社会一切向钱看,那你不看钱,你就是鸵鸟;如果你成为钱的奴隶,为钱栽了,那是你无能。君子爱财,取之有道。女人生存于这个物欲社会,要么像杜拉拉一般以智慧取胜,还来点损人利己;要么芙蓉姐姐一般,走极端路线,以小搏大,心一横,老娘跟你拼了。

综上所述,女人以乳沟作为运作资本,谋取未来的衣食足,合情合理。何况女人衣不蔽体的时间段很短,等都泡泡肉、"咕咾肉"了,手臂呈琵琶状、棒槌状了,悔之晚矣。

世上事,一物降一物。男人的进化程度超出了光有事业线没有脑子的女人的想象。有钱的男人固然惜命,没钱的男人正算着孩子的奶粉钱。至于官人,也许裤带松着,但口袋捂得比谁都紧,他们吃别人的喝别人的还外带,习以为常。倘若哪天官人出手大方,包完二奶包三奶,那就离被抓起来不远了。

饭局里面有乾坤

当下媒体越来越和谐了,但作家们不识时务得很,他们是这样说的:中国人的荷尔蒙,三分在床上分泌,七分在饭局上迸发。激情万丈、唾沫横飞的饭局上,貌似喧哗的大多数,你真以为他们情投意合、肝胆相照? No,No,No! 其实他们是不甘寂寞和害怕寂寞的大多数,在频频交杯与争先恐后的埋单争夺战中得到一种共犯的安慰。

对待社会现象,如果有一颗平常心,笔锋自然婉约一些。猫是这么认为的,你怒发冲冠了,剑拔弩张了,拍案而起了,脸红脖子粗了,像"电波怒汉"万峰那样,在直播中怒骂物价局监察分局局长:"不好好为人民服务就滚蛋、下去!"效果不见得立竿见影。局长滚不滚,那也要组织上说了算。迂回着、委婉着、艺术着、和风细雨着,说不定潜移默化了。就像对一个沉疴多年的人,下猛药无异于谋害。

吃饭事大,出局事更大。你瞧不起人家面红耳赤、推杯换盏、酒醉伴糊、段子文化,人家吃饭还不带你。

如今的饭局贵得很。猫每月也小请请客,包间雅环境佳菜式新的饭店还真不好找,有些好的饭店去了两次,就会嫌格式老套。

上次一饭局，身边坐一中年男，下一道菜没上来，他就报菜名，屡屡如此。面对惊诧不已的猫，这位仁兄不动声色地说：无他，来得多耳。单一、刻板、雷同，即使山珍海味也厌倦了。这好像在说婚姻里的某种情形。

安排饭局是头疼的事。镇江地儿不大，饭店屈指可数。城中的、城外的、郊外的、农庄的、开发区的、世业洲的，大致一码就清楚，哪家的菜什么风格，招牌菜多久没换了。猫一朋友网名叫山高我为峰的，做大生意，周一至周六，基本在饭桌上过，猫有阵身体亏，走路都快没劲儿了，就恳求山高我为峰有合适的饭局就叫上本人。结果，猫真的天一擦黑就奔饭局而去。鲍鱼、木瓜、基围虾……老朋友似的天天见。一个月下来，走路更慢了。半夜即醒，口干舌燥，失眠乏力黑眼圈。想想饭局上挤笑脸，时间之长；点头不已，频率之高；营养过剩，消化之累；乌烟瘴气，肺部不适。山高我为峰老谋深算地叹息一声：兄弟我江湖上漂容易吗？是的，是的。这位仁兄要让别人喝好每晚都先把自己撂倒。据外人透露，其饮酒过度，内功尽废，家之婆意见可大了。

中国人的饭局意义甚大，所谓人脉，所谓圈子，所谓社会关系，所谓资源，所谓一个人的能量，所谓友谊，所谓生意和交易，最后通通绕不开饭局。有些饭局还可能毫无意义，完全是某些人手里有权，无聊得慌，临时吆五喝六上了酒桌。这种饭局也有高潮。比如，有一两个女生，三分姿色，七分经验，来事了得，同事兼下属最好，那酒喝得热闹、情色、暧昧、亢奋。谁家有什么事，了如指掌，小叔子做什么的、小姨子漂不漂亮，都是谈资。食、色皆性，健康滋润的饮食男女，酒桌上眉来眼去，暗度陈仓，心照不宣。有作家就说了，酒桌上调情，类似于公然通奸。这似乎刻薄了。至于酒足饭饱各自怎么回家的，有修养的人是不问的，硬挺到酒店大门外，握手不放，滔滔不绝，久别重逢似的，其实下午还在一个大楼里上班。挥挥手不带走一个女人，终于回家了。其实走不了多远，蹲着的扶着的躺着的都有。第二天见面，面色憔悴眼圈黑黑但话不饶人，都说自己不是一斤就是八两。

饭局是个江湖。有组织,有派系;有巴结,有结交;有承诺,有阴谋;有称兄道弟,有采阴补阳;有大哥的女人,有高官的小蜜;有掏心掏肺的真心,有虚头巴脑的假话。像一场戏,众生世相,生动鲜明。

饭局无休无止。

但无数事实证明,饭局之后,合不来的人依然拧巴,寂寞的人依然寂寞,得胃病的人依然有胃痛,醉倒的人还有机会再醉,家庭不和的人依然无望改善,该花的钱依然得花,收获的新名片如同弃妇,但总算——喧哗不已的饭局让寂寞的大多数找到了浪费时间的方式。

美眉不爱陶大哥

　　只是因为无意中看了芒果台一眼,就被胖妹湘湘电住了。身材骇人,脸呈饼状。主持人这份工作是要有相当底气才行的,猫在想:湘湘的自信将从何而来呢?

　　节目叫《称心如意》。美眉与妈妈组成超庞大阵势把亲来相,每次一小枚男生或怯怯或斗士一般上场。猫视力有些缥缈,但还是看出了男生们紧张地握着拳头。这回上场的帅哥,目前在北京工作,个子一米八,戴眼镜,年薪10万。老家是隔壁扬州的。后来妈妈上台助阵了,掏心掏肺地说:哪个姑娘要是嫁给我儿子,一辈子享福。不信试试! 典型的好妈妈呀!

　　一开始,美眉与准丈母娘们看这枚男生都笑逐颜开的。但后来,小伙子说:不想在北京工作,喜欢二、三线城市,向往隐逸生活。

　　问题大了,美眉们争先恐后地批评他:没理想、逃避、没担当。男生的辩驳是越描越黑。女孩们像离窝的大黄蜂一般,穷追不舍,越战越勇。口舌之战的结论是:该枚男生只宜在家做饭,与乡下妈妈一起看日出,种种葵花和韭菜。

　　好端端一个有为青年,好不容易上了个重点大学,在北京也奋斗好几年了,但生活成本太高,房价太贵,他准备到二、三线城市发展。可无情的美眉们篡改得也太离谱了。

观众是知道答案的。但话语权呢?

美眉们说:

饭,我是会做滴!

你在地里采菊花,难道让偶打天下?

与你一起扛铁锹啊,亏你想得出来。

乡下的妈妈不是来助阵的,纯属添乱:买房子做什么? 我家有房子。我家乡下有 100 多平方的房子,为什么要贷款呢? 钱放在手里,想吃吃,想穿穿,想用用,多好呢。

可怜的娘,她那点钱,怎么谈得上随心吃穿用? 那些有几幢别墅的,照样想吃吃,想穿穿,想玩玩。

观念差了十万八千里。

最后锁定了一个姑娘,翻开交友宣言,傻眼了,丈母娘的画外音:小伙子必须年薪 50 万,必须在北京有 100 平方的房子,必须是全额付款。

三个"必须",严重伤及自尊。

善良的娘眼里含了泪花花,情绪低落。

请来的嘉宾不错。眼看着美眉们对大款怀着无限憧憬,他们提醒说:大款就是从千千万万这样的小伙子中产生的。在二、三线城市生活有什么不好?

猫重新阅读了安妮宝贝的《素年锦时》,看到了这样一段动人心魂的场景:女人牵着狗狗,走在夕阳里,地里有数十种花正开着,男人在给庄稼浇水。

妹纸们,请你擦呀擦亮眼,那地是男人家的,那些花全是他一手种的。可是,人家城里有大笔大笔的生意,人家不在乡下种花的时候总是在天上飞,到这个或那个城市谈生意。人家日进斗金。

而女人,只要有一个小小的店,店里迷漫着香水味,整天都放着久石让或小野丽莎的音乐。男人像倦鸟一样,在黄昏时开着奔四或宝马来接她回家。

她像一件瓷器或一朵云,他把她捧回家,公主一样呵护着。

安妮宝贝就那样光天化日之下说着梦话,结果美眉们全信以为真。她们睁大一双美瞳还让她们的妈妈们也睁大一双眼睛,四处搜索这样的男人。

这些男人哪里是人?分明是苦命的蜜蜂、欠揍的驴、永远处于发动状态的战斗机。一会儿天上一会儿地下,一会儿五星酒店一会儿挑着两只粪桶,一会儿请美眉吃剔骨牛扒一会儿请她吃自己种出来的生态圣女果。

准丈母娘们哪里是生了一女娃,分明是若干年前不小心下了枚金蛋!

有网络语说:走小三的路,让小三无路可走。这话是对广大黄脸婆们说的,也是对欣欣向荣的小四们说的。小三们抓住了当代财富路上的英雄,殊不知这些英雄当初何尝不是两手空空?是他们背后的黄脸婆们慧眼识珠,悉心调教,才使这些大男孩成长为成功人士。这边小三们迅速人老珠黄,那边小四们螳螂捕蝉,黄雀在后。如果谁都想做小三,这独木桥何以承载就成问题了,小三们被淘汰的日子就为期不远了。

也许不应该怪台上如花似玉的美女宝贝们,在这个无限仰视财富的年代,谁愿意苦等一穷二白的男孩长大呢?难道祝英台化蝶真的那么美?美眉们早已不相信传说。

英法小说读过不少。《呼啸山庄》说的是吉卜赛弃儿希斯克列夫的故事,他被山庄老主人收养后,饱受凯瑟琳哥哥的侮辱。但这个吉卜赛小伙子的眼中永远燃烧着不屈的光芒,他爱凯瑟琳胜过爱自己的生命。但残酷的现实及女人对于物质与生俱来的爱好,让希斯克列夫伤心欲绝,最后远走高飞。

《马丁·伊登》说的也是这样的故事。可是,当出了大名的马丁回来后,对曾经高不可攀的 Rose 却引不起半点欲念。女人如花,只绽放一季。Rose 谢了。

希斯克列夫有了钱,成堆成堆的钱,可以买回整个呼啸山庄,可是那个姑娘已嫁给了别人。爱情变成了绳索,把一个人送上了复仇之路。

把 50 万年薪当作先决条件的美眉，是不是真的不在乎爱情？而一旦明白真情无价，那个为她可以赴汤蹈火的男人还会不会在原地等她？

当爱情成了咒，伤怀的不仅有男人，还有女人。

猫一直不明白陶渊明为什么不热心于做县令，一大早就想着回家种菊花，或者是文人改不掉说谎的老毛病，一边做着官，一边说着回南山种黄豆的昏话。县令好歹算是成功男，虽然不在一线城市工作，但女生们迁就着也愿意嫁了。但如果辞官归田园居，那不客气地讲：灭你没商量。

头痛的述职报告

前一阵刚刚国考,一百多万人同赴考场。本着一贯好学上进的精神,猫买了几本公务员考试用书。一晚看完一本,一晚又看完一本,猫超龄了,没资格亲临考场,所以翻书如翻脸一般快。有道面试题是这样的:当你的直接领导做错了一件事,作为下属你如何做才能既能纠正他又让他下得了台?

一考生是这样答的:

一、人非圣贤,孰能无过。我们要允许领导犯错误。

二、如果经过仔细考虑,还是认为领导是错的,应该在合适的时间和地点,以适当的方式委婉地和领导交流、沟通,提出自己的看法。

三、如果领导坚持己见,而领导的错误又不很严重,应该服从领导,毕竟领导有丰富的工作经验,或许他有自己的道理。

四、如果事情严重,违反相关法律法规,或者会给单位和人民的利益造成损失,在说服不了领导的情况下,应该向上一级领导反映,阻止领导犯错误,也是对他的一种爱护。

五分钟答一道题,思考一两分钟,然后流畅且有层次地表述三分钟,对面坐着七位考官。扪心自问,考生心理压力是很大的。而实际生活中，做比说更难。比如有一个领导说了多年的"辣手"："这是一个辣手的问题"、"处理起来很辣手啊"……围着他坐的有副局长、处长、主任，谁都想纠正领导大人，可是谁都不说。一个大学毕业生，好不容易争到一个职位，他敢当面纠正领导吗？

到年终了，领导们都要写述职报告。头疼啊！没有一个领导喜欢写述职报告。中国特色，毫无意义，劳民伤财。领导们做其他工作比如拍板决策、人事任免、外出取经，那都是游刃有余的，是相当心情愉快的，但让他写述职报告，就纠结上了。能够明天写，今天晚上绝对不动笔，能够下个月交差，这个月的最后一天还憋着，直到第二天要交稿了才如同上绞架一般。

比起工作报告一类，述职报告还是有一些私密的，小人物都喜欢听领导述职。有个领导去年讲了五大方面，今年肯定还是五大方面；有个领导去年说搓麻将属小来来，不犯法，今年还是小来来；有个领导去年家里没有嫁娶之事，没收礼金，今年还是。多数领导说自己的优点时显得很为难，但尽管谦虚还是罗列了一二三四条，让他说缺点，那就更困难了。有时，领导最贴心的下属会善解人意，帮领导找错，或者干脆帮他写，结果缺点说成是太不爱惜自己的身体，从来没有休息日。领导点头认同，叹一声：唉，我这个人事事争第一，样样求完美……下属一次又一次做心痛状……领导哪有缺点啊！离神只有一尺了，离崇高只一厘米了。

看一个电视剧，里面有个男话剧演员被众粉丝追捧，感觉像在天上飞。有一天晚上，有一个女观众等到八更八点，终于等到了男演员，女观众告诉他一句话：你不能再"臭"下去了，你每次台词都说成乳臭未干，"臭"应该念 xiù。那个男演员无地自容，说了一句：我快与世隔绝了。

给领导提意见，如何劝告，这在古代是一门学问。中学语文课本上有这样的篇目：《邹忌讽齐王纳谏》。邹忌很美，动物们看到他都会因幸福而离奇地死亡。邹忌做齐国第一美男做得闷气了，有一天，城东边来了个大胡子，叫做徐公。徐公也很美，野史上说，很多少女因为趴在墙头上看徐公跌断了腿。邹忌心态十分不平衡地四处询问："我好看还是徐公好看?"大老婆、小老婆、客人都说："当然你好看，他太丑了!"

恰巧第二天邹忌就看到徐公了，正面看，侧面看，后面看，邹忌发现徐公绝对比自己好看，就找齐王喝酒去了，说:大王啊，我长得没有徐公好看，但我大老婆、小老婆和客人都说徐公不如我好看，他们都在说谎话呀。你治国的时候要注意这个问题啊!

齐威王被漂亮的邹忌一忽悠，很快就晕了。邹忌劝谏领导少犯错误，少听花言巧语原来是有私心的，见齐王很赏识他，趁机介绍了很多亲戚到齐国当官。

《论语》中有句话叫"小人之过也必文"，意思是说，小人犯了错误一定会加以掩饰。而《孟子》中也曾言，现时的"君子"比以前的"君子"差得远，不仅要将错就错，还要寻找各种漂亮的借口来开脱错误。再往后，干脆从理论上认定"人主无过举"——王是不会犯错误的。今天的人们，是否扭转了局面，学会了以正确的态度对待认错、纠错呢? 会不会把"人主无过举"的适用对象扩大到"各级领导"呢?

司马光在撰写《资治通鉴》时，专门在书里写了一段文字批评"人主无过举"的始作俑者叔孙通:做君王的人，本来就不以不犯错误为贤明，而以改正错误为美德。叔孙通的论调，"是教人君以文过遂非也，岂不谬哉!"

眼下正是领导忙于述职的时候，如果还在为找不到缺点而头疼，猫以为这述职往轻里说是一场秀，往重里说就是一场谎言比赛。"知耻者近乎勇"。英国有位哲学家说:羞耻心是所有品德的源泉。领导干部们不妨在写述职报告的时候，就跟自己过不去一回，客观地对待自己一回。请相信这一点:勇于承认错误的领导，述职时一定能赢得更多的掌声、更多的民心。

掀一掀古人的面具

行走江湖的人，难免有人生胎记。

邻城扬州人，腹中稍有墨水的，向外人介绍时都会把唐才子杜牧挂在嘴上。活灵活现的，仿佛杜先生前一秒刚从扬州某条巷子翩然而过，嘴里还有富春茶社三丁包子的余味。扬州无疑是杜牧的人生胎记。

小杜在扬州机关做秘书，而立之年，血气方刚。当朝宰相牛僧孺，有时也到扬州享受沐浴文化。小杜的爷爷是前朝宰相，牛宰相自然关心小杜就多一点，派了10个人天天盯着小杜所作所为，并做下记录。盯梢人发现，不得命了，如传闻说的一模一样，小杜沉醉于烟花柳巷。牛僧孺说：杜啊，看样子有点萎啊，古语有云"精尽而亡"喔。

光阴似箭，岁月蹉跎。从小十分了得的小杜，一晃中年了，仍是个秘书，那个悔啊！他跺脚捶胸，流着泪说：十年一觉扬州梦，赢得青楼薄幸名。49岁时就一命呜呼了。

So，童鞋们，小杜的"二十四桥明月夜，玉人何处教吹箫"是个什么创作背景呢？

So，重口味的女作家说了，古人，就不要装神弄鬼。你杜甫就是个落魂公务员；你李白就是个韦小宝；你屈原爱慕楚怀王，搞基不成玩跳河，咱正常点行不？你李清照赌瘾太大,天天搓麻,赌资还很大;还有在北固山办公的辛弃疾,怀才不遇,举报不断,据说是玩弄女性,生活堕落腐化。

面具一揭开,今人做思考状,本来还自责人生太失败,哪知名垂青史的李白原来是个凡夫俗子;屈原就是个自寻短见之人;辛弃疾在镇江工作了 15 个月,并没有为老百姓作多大贡献。

柳永的胎记似乎是镇江。史书上无一例外要写上柳先生死于润州。简历不长,却非要写上这么一句,意味深长啊!

话说福建人柳先生闯到了江南,平时工作不累,游山玩水然后填填词。阿朱阿玉阿姊阿妹等女粉丝成群结队,喝喝酒 KK 歌。柳永有才华,群众基础深厚,有时不免动心思,说到底五六品的闲职,郁郁乎不得志,要是连升三级多好啊!话传到皇帝耳朵里。皇帝挥挥宽大的袖子说:你柳永,主旋律的东西从来不写,填填词还算个一技之长,Please go on!

So,柳先生从此一蹶不振。

镇江人至今不知道如何给柳永定调子,死在这里又怎的?难不成是镇江人民的荣幸,要举城欢呼?而且不竖雕像不造公园,史书里照样坚挺地写着:柳永死于润州。

才女玉搔头从山东来。猫与她第一次碰面,是一翠衣白裙女子,端庄了得,收放有度,让人敬而远之。开口自我介绍:与易安居士同乡,步了嫁轩的后尘,来到镇江。

一时怔忡糊涂,当着人家的面儿也不宜找面墙狠撞。莫非清照穿越了?

李清照在暮春的雨天,让贴身的丫头卷了帘子看海棠凋谢了没有。丫头说:更艳了耶!清照说:一定是绿肥红瘦。Do you know? Do you know?

18 岁时,清照与宋徽宗崇宁年间宰相赵挺之的三儿子、21 岁的赵明诚结婚。明诚是著名的金石学家、文物收藏鉴赏家及古文字研究家。伉俪情笃。有一次明诚感冒,喝了点儿柴胡饮,竟没了命,当时才 48 岁。

清照被迫改嫁。熟人介绍,以为错不到哪里去,哪知第二任丈夫却爱家暴。

"生当作人杰,死亦为鬼雄",多么执拗清高的女子,怎能任男人挥老拳,于是离了。

一段确凿的史实是:秦桧的妻子是李清照的表妹。秦桧做南宋宰相近20年,大权独揽,不可一世。

南宋时有个小人叫王继先,是个医生。当时的皇帝赵构,与杜牧一样,业余爱好是在扬州当妇女的床上用品。赘述一句,养了3000后宫的皇帝何尝不是女人的床上用品?传说金兵突然进犯时赵构受到惊吓,不能生育。王医生把找回赵构的生育能力当作毕生的事业追求,找壮阳药找得不亦乐乎。

赵明诚研究金石,又是收藏大家。王医生就想了:这人家里值钱的东西很多啊!于是想法子巧取豪夺。

其实李清照找找她的表妹,表妹再给秦桧吹吹枕边风就行了,但李清照拒绝阿谀拍马。结果李清照在与王继先的官司中,竟是败诉。

说到这里,不妨说说拍马。

古人拍马,今人也拍马;男人拍马,女人也拍马;有的人拍得顺溜,有的人拍得不顺溜。

比起杜牧这样的男生,女生李清照是有气节而没有奴颜的,是正面教材。

作为扬州古今旅游文化的权威代言,杜牧的嘴脸如何呢?

唐朝第一帅哥李德裕在37岁时得到红头文件,出任润州刺史、浙西观察使,管辖今天苏州、常州、杭州、湖州一带。

李德裕到地方,首先是努力做出政绩,其次是等待时机回京做宰相。

杜牧与弟弟杜凯感情深厚,为了替弟弟安排工作,杜牧多次写肉麻的信给李德裕,夸他是盖世英雄。这样,杜凯得到了聘用,在润州任幕僚。

等李德裕受排挤时,杜牧却撰文攻击李德裕,说他是枚"旺鸡蛋"。

可很快李德裕又得到了重用,人家还做宰相了,杜牧迅速变脸,大唱赞歌。

猫言:如果说拍马是一种人生,那么自始至终拍一个人,那还算有坚守,有情义。如果见风使舵,始乱终弃,古人咋的? 一样预祝他没有好下场。

有用之人恁是得瑟

隔空与兴化美女"织围脖"。

她说：偶就不明白了，为什么有的人霸住他原先的一份工作，苍蝇似的赶都赶不走。他应该选择属于自己未来的生活。

猫问：这现象你年轻轻地咋就注意上了？

兴化美女幽了一默：明明是高血压、糖尿病、前列腺炎"三有"老男人，还爱个抛头露脸，一有机会发言还愤青。

其实谁谁谁身边都有几个这样的人：喜欢官位，明明单位里领导和同事都请他喝过退休酒了，依旧像"不落的红太阳"，一直依在那个位置上，直耗到他的继任都临近退二线了，他还在那里屹立着。还有的人，挖空心思弄到一点政策，谋到一个研究蓝藻之类的冷僻闲职，便煞有介事，也大会开开，小会聚聚，发发章程，搞搞活动，貌似有声有色。如果与现任领导在某事上有交叉，一不请示二不沟通，视而不见，还梗着脖子说话：哪有前辈跟后辈汇报工作的理？

这里面的情况很复杂。猫是"小人常戚戚"，瞎操心。

著名主持人白岩松发现了一个问题：我们的手机里只存有用人的信息。这些有用的人，几乎都是活在人生舞台的主，小到股级干部,大到部长、市长。

当我们谴责别人越来越功利、越来越冷漠时,其实我们也不淡定。我们同样伸长了脖子,尽找有用的人搭讪。

小悦悦事件,知道的人全在抨击。

遇到老人跌倒的事情,还是选择回避。

我们习惯了批评别人,护自己的短。我们开口闭口说别人不道德、素质差,其实我们也已到了道德的底线。

丁卯湿人是个有正义感的人,她说遇到老人跌倒,一定会上前扶起,不是说自己有多高尚,不讲"老吾老以及人之老"的大道理,也不是要做榜样青年,而是出于人内心的善良。

一枝黄花说,不见得满大街都是行将跌倒的老人,何况,如果老到一碰就倒,走走就倒,他自己会在床上躺着。怎么就到了人人自保的地步?

白岩松不开微博,他说,开了微博读书的时间就没有了。猫无法与他比定力,但对这句话深有体会。习惯于在网络上走马观花,习惯于中国式的围观看热闹。对什么事情都掺和,都慷慨激昂。在网络上浪费大好年华,换来的是夸夸其谈,身体毛病百出。其实乔布斯或卡扎菲,与我们的温饱没半毛关系。

这真是一种新俗。

但网络灌水让所有网民找到了好感觉,成为参与其中的一分子,有归属感。网络给予了人们话语权,这个话语权与姚晨享用的是同样质地的。

也就是说,只要有一个ID,他就是一个有用的人。

一个有用的人,就有指责别人的权利。

比如,溧阳某干部在微博上与小三卿卿我我商量开房事宜。围观者众,且个个兴高采烈。遇到此类糗事,要想赢得同情,那比登天还难。

镇江某干部与小三在办公室扭打之事,像一阵风刮遍了小城不说,网友们还迅速站到了小三的立场,对某干部进行口诛笔伐。某男就这样成了公敌。张三不认识他,李四与他没有交往,他也没调戏过王二麻子的老婆,但张三李四王二麻子统统对他踏上一只脚。法院算个毛,检察院算个毛,网友个个都是从政法大学科班出来的,而且都可以一锤定音给别人定罪。网络杀人,果真巨有快感?

有糖尿病、有高血压症、有前列腺炎的"三有"男人们还在发言,讲的事猫已说不出年代。那年代他们是英雄,抛头颅,洒热血,江山是他们打下来的。英雄是不下火线的,至今,他们仍端着冲锋枪一样,是对社会有用的人。霸着一个位置,说着陈年旧事。

林语堂说,当工作历程结束后,我们就是过生活。这是必然的过渡。再没有建树的老人,他也有充分的权利与资格安度晚年,享受天伦之乐。

温情得让人落泪。

一个曾经的部级干部与一个曾经掏大粪的老人,70多岁了,有什么区别呢?生活的目标越来越一致,一张健康单比什么都重要。再得瑟的有用之人也不得不服:寿命对每个人都是公平的。

上海发生了一件事,房价跳水30%,一桌人声音提得很高地在讨论,一男宏论:开发商太缺德了!

猫像看外星人一样看他。

这个社会处处都有笑话,很多人的确越活越搞笑。他不知道自己是哪支队伍的。房价虚高,炒房客嚣张横行,"北、上、广"赶人出城,蜗居者悲伤度日,他不痛苦,却希望开发商hold住房价。

不自觉地就站到弱者群里,站到自己认定的强者的对立面,然后唾沫四射。

不知道易中天是在什么场景下说出"百家争鸣是因为礼乐崩坏"的?我们庆幸自己不是礼乐崩坏的始作俑者,但千万不要推波助澜。一个人就是一个信息源。沉默,有时是一种美德。

如果一个人总是抱怨太忙了,拽得不行,不与他打交道。

如果一个人天天都是应酬,电话打爆,不与他打交道。

如果一个人对网络事件总是有话要说，谨慎与他打交道。

　　如果一个人，实在过于能干，对人类过于有用，那么在 QQ 上删掉他，不要在微博上加他，一次也不去踩他的博客，绝不主动给他打一次电话，任他或她在记忆里风干。

　　当然，在许多有用人的通讯录里，猫早已被 delete。

职业病　把人祸害了

　　阿莲在老火车站坐上了出租车,她要到梦溪广场去。司机大哥沿运河边儿走,没有过珍珠桥。阿莲说:左转,快左转。开车的不听,说左转要罚款,标识虽然没挂,但前两天已执行了。阿莲很不高兴,说她也开车,可以左转,一直到她下车为止仍意犹未尽地数落。

　　阿莲喜欢什么人什么事都听她的,认为凡事她都是对的;阿莲从不表扬人,她觉得做对是应该的,做错是绝对不应该的;阿莲觉得你做错了,不给你指出来,那是对你不负责,即使是像买菜这样的小事,芹菜多少钱一斤,你说太贵了,她也要纠正说:不贵,现在房价多贵啊!如果你说现在房价太贵了,她立马说:也有不贵的。

　　一不小心,与"如果体"撞车。

　　一小美女择偶,声称一不嫁教师,二不嫁医生。这观点与为人父母者背道而驰。平心而论,这两种职业,社会上的人是多么眼馋啊!

　　原来,这小美女的妈咪是教师,爹地是医生。真是应了"哪里有压迫,哪里就有反抗"的老话。

　　最有职业毛病的是官,大大小小的官。官们都是从小卒子起步的,从前也许平易近人,喜欢结交朋友,讲话比较直爽,但随着地位的升高,尤其是有的人像一根藤那样攀缘而上,到了一定的位置,那情形就变了,失忆了,架子端得自己都看不到高度了。不爱搭理人,懒得与不在同一个高度的人哼叽。但掉转身子,看到上一级领导,立马堆起笑脸,无比谦卑,无比职业,让人终于记起:哦,原来是张家老二,小时候喜欢把鼻涕擦在袖子上。官,也是一种职业,不知多少人深陷其中,忘乎所以。

当官的人在位时间长了,他就不是人,不是一般的人,而是神。讲话拖腔拉调,莫名其妙。一次,一官做年终总结,偌大一个会议室,响彻了两个小时"啊-啊-啊",会议室有回声,麦克风效果特优质。会议室里,有掩耳的,有频繁如厕的,有昏昏然假寐的,有咬紧牙关的,用尽智慧抵抗一句一个"啊"甚至一句两个"啊"。一个可怜的晚上没有休息好的中年男人,被他"啊"得血压上升;一个要带娃儿的青年妇女,被他"啊"得小脸儿煞白,疲倦不堪。

这职业病如果带到家里,妻儿可就遭罪了。妻受不了,提前更年期;儿受不了,小学就逆反。一般在单位说一不二的官,到了家,要么沉默不语,要么居高临下。一川烟雨是一个讲话刻薄但最接近真相的人。她说,那种白天板着个脸,走路看到群众都皱眉头的人,应该分配给他一个会作的小三。让风情万种的小三折磨他、消耗他、柔化他,这样单位的下属们才有好日子过。这样的小三全单位人都愿意送锦旗给她,表彰她为和谐作出的贡献。

猫很不赞同一川烟雨的做派,认为她是比较损的坏孩纸。一川烟雨鄙视猫的浅薄,拽拽地断言:官腔太足,不苟言笑的官,与LP嘿咻都一个体位。猫实在听不下去,严厉地指出这已严重超出职业病探讨的范畴。

一川烟雨去上海定居三年半了,多么怀念她那些信口雌黄带来的快乐啊!

有人以为家庭主妇没有职业,应该不会有职业病,大错特错也。

家庭妇女的职业病,典型特征是歪叭。你回到家,基本上就免开尊口了,她会说来话长,从一根丝瓜的挑选说到一锅鸭子汤是如何熬成的。其二是主人翁姿态。你夹着公文包包进门,她命令你换鞋鞋,如果你胆敢没有换鞋就纵深两步,那天就要掉下来了。说你油瓶倒了都不扶,整天吃现成的,天天光头洁面地去上班,从来没有珍惜过她的劳动。在你喝着茶看电视剧的时候,她蹲在地上抹地,不停地叫你抬腿挪身子。家里一二百平方米的每个角落,都有她深深的烙印。你就是一个寄居者,坐享其成者。即使你百依百顺,像只小绵羊,那也没办法。

好像你是一个无能的不劳而获者。

其实,你只是下班了,不得不回家;夜深了,不得不睡觉。

其实你不需要多大的地方,也不需要一尘不染。

其实你乱糟糟的书桌,带给你从容与淡定,但是她渗透你,改变你,扭曲你,把你的东西全码得一清二楚,动摇你的意志。渐渐地,你不读书了,不写字了,成了降臣。

家庭妇女的职业病现象十分普遍。

人们总是一往无前地往前冲,这不,一眨眼,又新年。你似乎刚刚写完一年的计划;你似乎刚刚被扶正做了科长;你似乎刚刚下定决心,要做一两件了不得的事证明人生的意义,但刹那间,年尾了。

一摊子事情等着你。要做最头疼,但中国国情里最广泛的一件事——年终总结,仿佛你不从德、能、勤、绩、廉几方面把自己里里外外翻一遍,你就白活了。

你疲于应付。有了白发,有了皱纹,有了肚腩,时常失眠。

就这样,你没有思考的时间,你渐渐职业化、角色化、僵化,你随波逐流,最终,嘴脸可恶,由内而外,全是老态。

猫是一个业余码字的,经常绞尽脑汁,文思枯竭。如果偶尔写出快意文字,那必定是职业病犯了,文人的刻薄,一览无遗。

第
二
辑

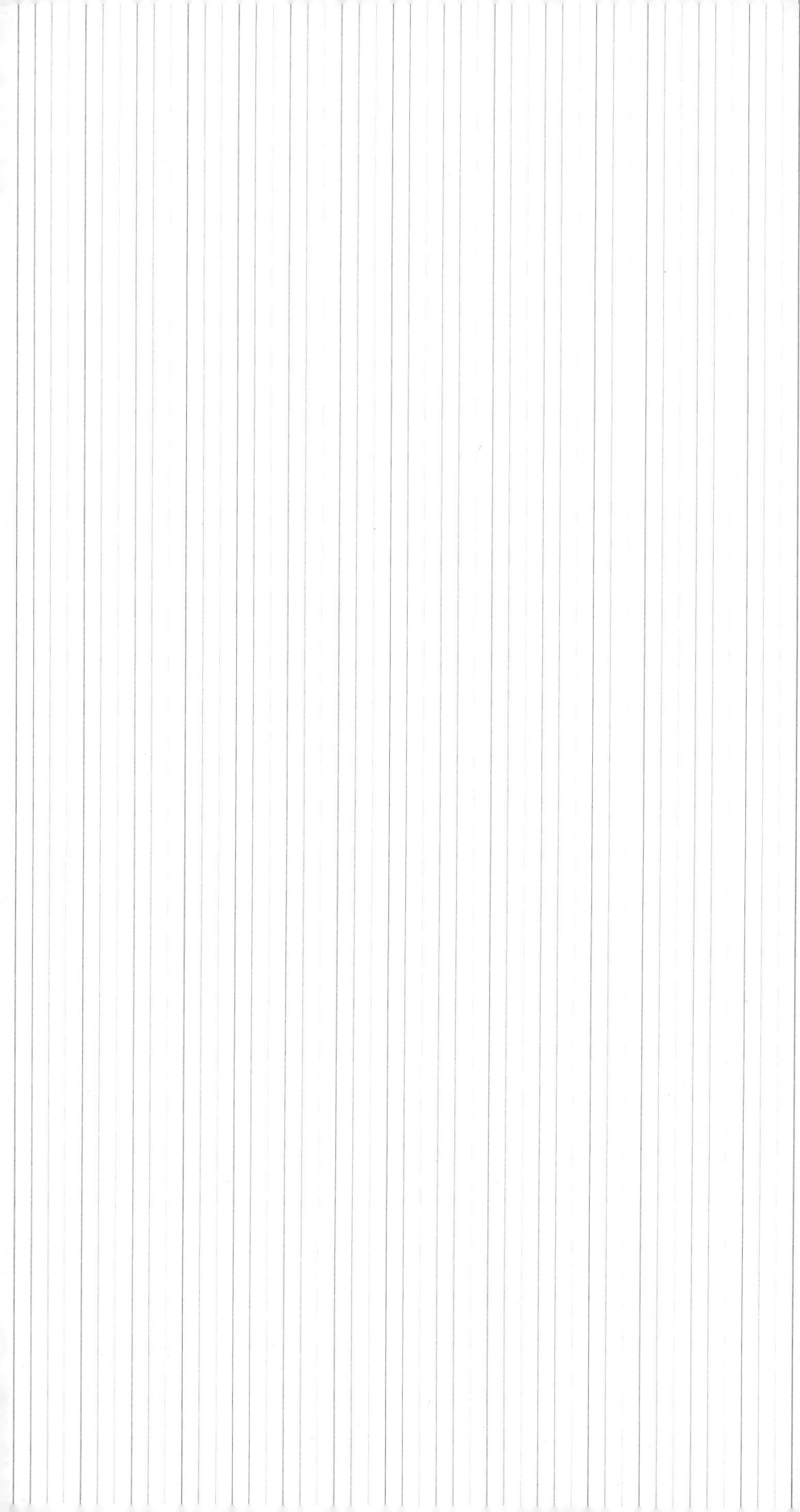

偶尔奢侈譬如失足

都说女人是祸水,but,祸水前面要加"红颜"二字。相貌平庸的女子大概连祸害的资格也没有。话说,身家过亿的周成海就是被祸水溺毙的。论理,周成海面相喜庆,团团的像只包子,怎么拿起屠刀眨眼成刽子手了?面且被杀的女子还是自己好不容易追到手的,为了追她,还送了一套房子给丈母娘。

这年头有人说,男人没有房子,如同女人生不了孩子。够损的。这周成海非但有房子十几处,还奉献给丈母娘一套,想想应该有一个美满的结局。But,才两年多就男女双双命赴黄泉。而这之前感情指不定破裂到什么程度。

周成海的妈妈不喜欢白静,理由一千条,但儿子不听,非要娶回家不可。最后周妈妈气得心脏病发住院,媳妇闹离婚闹到医院,老太太一气之下,干脆彻底闭眼,把户口迁到阴间去了。

这教广大的婆婆和千千万万个准婆婆情何以堪,何以堪?且,怪不得人家女娃,是自己生出来抱大的、寄托了无数美好希望的儿子舍不得放手。

最近,猫随一团去了一趟沪,见到沪上最高档的房子,单价每平方米 8 ~ 11 万,一套三四百平方米,平层。镇江本土发了财的地主们也住着别墅,它们高调地矗立在镇江老百姓艳羡的目光里,围墙圈着,果树种着,结了果还经冬不摘。上海的豪宅没有围墙,平面铺开400平方米。想象吧,展开你早已枯萎的想象力吧!

这一伙人也算是见过世面的,推开五六公分厚的门,东瞅瞅西瞅瞅,连门后都扒开来看看,探雷似的。敢情是汉白玉铺的地?敢情是镀金的门把手?女主人的鞋屋有150个鞋格子?等介绍到保姆有专用电梯时,某小个子男生分明要倒伏了。此乃镇江本土公务员小哥,挤得头破血流才考上的,祖宗三代都烧高香感谢过政府感谢过党,他一年的总收入才四五万,不够人家买一平方米的。而且人家这精装修房子,一平方米花掉装修费1.2万元。

人与人的差别怎么就这么大呢!富人之富,走进豪宅,竟是连梦都不敢做,毕竟这梦做得太大了。

国情如此,少数巨有钱的人占有巨大的物质财富。经常看到这样的宣传,号召每个人节约一分钱、节约一滴水、节省一度电,看到富人的生活,才知道穷人的俭省犹如小块头蚂蚁要搬掉一座山。

但也有节省的,比如某多金男在超五星级酒店用早餐,只喝了一杯水就走人了。猫与小猫凝望那个位置半天回不过神来。再看看偶尔走进超五星酒店的老王头,碟子里堆得小山包似的,两者一比,那位帅哥无疑是节约标兵。

久雨之后,那一天阳光灿烂。猫与一个团又到了南京的紫峰大厦。一群人站在88层高的楼下,张大嘴巴仰望。一眼镜帅哥是这里的工程师,曾看着这个庞然大物长大,他说为了防风,大楼的顶部蓄积了5700吨水。超越极限速度的电梯,32秒内达到顶层。

是夜,猫与小猫二人住进了这家超五星级酒店内。站在72层看南京夜景,妙!不可言传。为了不刺激追求吃喝玩乐的闺密,猫硬是忍住没往微博上传奢华场景。从超大TOTO浴盆爬出来,感觉比杨贵妃雍容千倍。小杨童鞋没有暖风机,没有莲蓬头,没有大理石地面,没有自动升降的浴帘。再说早餐有200多个品种,仅此一招就可将慈禧打趴,她正餐上100道菜,就被后人诟病到今天,还说她把大清国玩完了,把百姓吃穷了,奢靡不可恕。

奢侈是几千年来遭到狠批的事,比如魏晋时石崇与王恺斗富就成了反面教材。

"我讨厌的地方一是不干净的厕所,二是太精英荟萃的沙龙。"梁晓声写了一篇文章,14万人参加了转发。中国的厕所是个大问题,这里暂不讨论。精英聚会是谁也请不动本枚猫的,首先得有一双闪亮的高跟鞋,其次得有一身高档服装,其三得做面部保养,其四得做一下头发,其五得拎一只名牌小包包,其六得练习婀娜走姿,其七得学会颔首微笑,其八……偶的个亲娘,岂不折煞我也。But,目前为止,精英聚会一概没有联系本人。

猫从不诟病奢侈。价值观多元化的今天,百姓胸怀赛过大海。

一伙人又被抛在了江宁某一楼盘前。一大妈尾随着积极地看样板房并不时地发表看法。购房的梦想一定燃烧她好些日子了,怀里一定揣着15万左右的巨款,今天也许就要下手了,先预约登记,再咬牙给个首付,然后把十多年来从牙缝里抠出来的集腋成裘的钱砸套房子出来,给儿子娶媳妇。

大妈进了厨房,她拉开这个门,点点头;她拉开那个门,又点点头,整体橱柜而已;走到阳台上,她侧身看了看天,又点点头。看到样板房的主卧时,她彻底欢呼了,道:这个很好!89平方米的普通公寓,就这样打倒了有着浓重江宁口音的大妈。

站到销售人员面前,大妈问:菜场在哪块?

瞧瞧,迅速进入角色了,多么可爱,多么可歌可泣。住上这样的公寓,她一定快乐得像个老天使,然后做出笋烧肉、土鸡汤这样的菜肴。合家团聚,其乐融融,这是她乐意畅想的奢侈生活。

忽然有美眉惦记起几千万元一套的豪宅来,担心它八竿子打不着一个菜场。另一个有着丰富经验的美眉笃定道：家庭司机开着宝马载着会说洋文的保姆去买菜，坐专用电梯回屋做饭。美眉又担心，豪宅的男女主人，他们也像贫贱夫妻一样在家一日三餐吗？如果不是，保姆就无所事事，司机也无所事事。司机跟保姆闲着也是闲着，就一起做饭、一起看电视、一起回忆家乡，夫妻似的。

同行中最帅的男人央求着快开电梯，电梯认人，得有专用卡，感应对了它才服务。最帅的男人急急站到楼下的空地上，大口大口吸氧。可不，金笼子似的，一伙人全气短胸闷。

话题回转到文章开头，为毛白静贵妇天天歇斯底里呢？当物质武装到牙齿的时候，难道心灵特别空虚？如此说来，血案的始作俑者竟是"奢侈"二字？

奢侈是把双刃剑。

给眼睛以星级礼遇

古人话真多，这次古人又云："貌似潘安，才比宋玉。"潘安有多美？没有 DV 可以让现在的女人一饱眼福。为什么只提女人呢？因为女人好色有甚于男人。佐证如下：

潘安与西晋文学家陆机齐名，号称"陆才如海，潘才如江"，并且出版过个人诗集若干。潘安是中国第一美男，只要上街，就被围观，堵车现象经常发生。美少年潘安走在街上喜欢臂挎一把弹弓，也不是真打猎，端的是一个范儿，与今日之男女夏天脖子里弄一条围巾有类。女人们看到潘安的身影，就疯狂地向他扔水果。潘安坐在敞篷车里，每次满车都是桃李杏，那时生态好，水果养人，从此潘安更是秀色可餐。

这是女人群体好色的故事。

宋玉写赋体，老有名了，如《登徒子好色赋》。有人说宋玉好色，他就写了这篇赋来驳斥：谁说我是登徒子啊，我家隔壁住了一个美女，不夸海口地说，她的美举世无双。她天天骑在墙头上贪婪地欣赏我的美色，三年啊！我硬是没动心。

这是女人好色的个例。

证毕。

西晋是生产美人的时代，京城洛阳满眼

都是美男美女。

"目遇之而成色",这是苏轼《前赤壁赋》里的话。好色除了是一种态度,有时还代表男男女女身心是健康的。《诗经》里说的"好色不淫"即是这个意思。经过文化大洗礼的人,谈色色变,心理多少有些阴影。什么时候看到美女,理直气壮地口中流涎;遇见美男,能够尖叫出来,那阴影就消除得差不多了。

猫做学问实在是心不在焉,经常怀疑自己究竟有没有学问。比如,如果被问我们的民族有史以来哪个朝代百姓最穷?我就说不上来。西晋时有钱人玩斗富的游戏;唐朝不必提了,当时综合国力全球第一;史书记载大宋时百姓家的钱用不完,用来串钱的绳子都烂断了;新中国成立前,广大劳苦大众有的剐树皮吃。

温饱思淫欲,这话也是古人说的,刻薄透顶。

色与好色,一字之差。

以上说的都是浅表层次的眼睛待遇。

有人问,屈原的小秘是谁?

屈原的小秘,一双慧眼饱经沧桑,面部表情总是义正词严,凛然不可冒犯。看到他便想起鲁迅的名言:我以我血荐轩辕。他投身于新闻战线,用犀利的笔触抨击流弊,以张力十足的文字激浊扬清,但层出不穷的麻烦事也让他徒唤奈何。于是年纪轻轻就夺得了"屈原的小秘"的称号。

人们看世界的角度千差万别。屈原的小秘用高度的社会责任感,对客观世界作深刻反思,用他的骨灰级偶像屈原的话来说,"吾将上下而求索"。求索,是件枯燥的事,对于女人尤其不宜。但屈子之徒大抵有一颗赤子之心。诗人艾青说:为什么我的眼里常含着泪水,因为我对这片土地爱得深沉。

屈原的小秘从复旦大学新闻专业毕业后,先是到了一家国企做一把手的左膀右臂。但终究觉得才华不得施展,于是琵琶别抱。

屈原的小秘双眼所看到的,比平庸之辈看到的要深广得多,也有格调得多,所以应该给他的眼睛挂超五星。

庆幸的是,这世界总是不乏精英人士,他们的脊梁撑着天地。在他们冲锋陷阵的庇护下,有人可以打牌,有人可以好色,有人可以炒房,有人可以游山玩水。

比如,一枝黄花。有很长一段时间不提她了。作为猫生活圈子里的精神领袖,本猫一向觉得她的人生是睿智的。

为了让眼睛看美好的东西:日出、开在园子里的花、屋檐下的藤、森林、溪流、笑脸,她一个人行走在中国的山水间,穿越在中原、华北、东北……她不需要三人行,不需要耳边有别人的赞叹,她一向独自判断。

由此证明,一枝黄花的眼睛所得到的待遇是五星级的。

猫在中学以前,是个绝对盲从的人。《史记》里说,刘备双耳垂肩,双手过膝。现在想想这怎么可能呢,这不明摆着是有病吗?但我那时却深信不疑。

再比如说,徐州人氏项羽是重瞳子。考据的人说历史上真正的重瞳子有六人:仓颉、虞舜、姬重耳、项羽、高洋、李煜。仓颉,为黄帝造字的圣人;虞舜,与尧帝齐名的贤君;姬重耳,春秋五霸之一,晋文公;项羽,西楚霸王;高洋,南北朝北齐建朝者;李煜,南唐后主,著名词人。

玩不了穿越,也不能大逆不道说祖宗的不是,只能闭着眼睛背诵"舜目盖重瞳子,又闻项羽亦重瞳子"。重瞳子是一只眼睛里有两个眸子。这不是眼疾是什么?郭沫若童鞋更损,他解释说:项羽脾气暴躁,动不动就气得目眦尽裂,很容易成为对眼。对眼即斗鸡眼。

拍马屁,睁着眼睛说瞎话。中国官场拍马屁是一种传统,一本《官场现形记》尽显拍马的嘴脸、手法与语汇,今人与之一脉相承。但现在的官场,毕竟讲科学得多,如果一个下级拍上级的马屁,来一句:某长,你长了一对重瞳子!某局,你双臂真长啊,都快过膝了!某长,你头上云朵全成五彩了!领导不被气晕才怪!一定呵斥你:什么眼神!于是,你的眼睛一颗星也赚不到。

亲们,察言观色,你有吗?你没有吗?

劳心者 VS 劳力者

《潜伏》里有个男人叫吴敬中,官大,成熟,识时务。这些还不算,他最大的特点是会扒分。往家里顺烟土、金条、美元、古董、字画甚至车和工厂。虽说剧情反映了国民党撤退前官员的腐败,但有评论者说,吴站长的家庭模式最为牢固,最为理想。

吴站长的老婆把男人运回来的东西不停地兑成金条,换成田地,置成房产。

吴站长与吴太太不仅缔造了一个富裕的家庭,还结成了经济共同体。

这些姑且不论,剧情而已。话说像吴站长这样的中国男人,保留了中国传统家庭的诸多元素,像男耕女织,男主外女主内之类,不一而足。

男人作为劳心者,在一次次大浪淘沙中胜出了,官位一级级提升。

做官为什么?各人心中的答案五花八门。说出来的冠冕堂皇,放在心里的俗不可耐,但有一点是肯定的,那就是官人身不由己。今天在这个会议,明天在那个会场;今天被这件事拖着,明天被那件事绊着;上午跟这个人谈话,下午找那个人谈心。这些都是劳心的事。当官的人要是没应酬,那就离歇菜不远了。为了形势一片大好,当官的人颇费思量,那就是面相冲和,举凡不是原则的事,一概只点头不摇头。如果真有个把激进分子把唾沫星子喷到官人的脸上,把手指触到官人鼻梁上,那官人也是面不改色绝不还口的,不得罪,但心里早已有了对策,给这个极其不靠谱的人下了定论:重用是没门了。

官人的心胸绝对不比一个扫大街的宽广。

劳心者中的佼佼者就这样有了自己的地位,像多年的媳妇熬成了婆。

熬白了头,熬出了老奸巨猾,终于可以扬眉吐气了,可以小小地横行了,在偌大的会议室声音响亮地说着话,爽朗地发出笑声,会议想开多长就多长,话想说几句就说几句。魅力和光环就这样诞生了。

于是就有小女人眼睛都看直了,所有小男人都进不了她的视线,眼前只有一个成熟的官人,举手投足皆牵心扯肺。

吴站长就是这样一个人。一撮人站得直直的,看着吴站长的嘴巴,仿佛里面吐出来的每句话都是金科玉律。

吴站长回到家又是另一个版本。太太把拖鞋放到他脚边。吴站长吃饭了,太太把饭盛到他面前。吴站长洗了澡澡,太太一时忙,忘了把裤头头放进浴室,遭到吴站长一顿数落:蠢女人,这样的小事都干不好!早晨,吴站长要出门了,太太把包包递给大人。

吴站长在宽大的椅子上坐下来,秘书已经把茶泡好了,点了一支烟。吴站长想,今天好像有点空嘛,找个谁来谈谈心呢?某某很拽嘛,几天不露面了,想要脱离组织脱离党?翅膀真硬啦?某某某处理的那件事,油水多少难道能骗得了我,这些天应该让我有些进账了吧?某某某反正就那样了,让他继续坐冷板凳,几年后就退二线了,不把老子当回事,他就真不是回事。

吴站长真是闲了,一伸脚,看到皮鞋不像平时那样乌亮乌亮的。

这蠢婆娘也跟我过不去啊,一双鞋也擦不好!她想干什么?转念一想:不对啊,昨天洗澡澡后,发现裤头头实在太紧了,跟她嘀咕了要换条大号的,没重视嘛!袜子一旧穿在脚上分明是嫌大嘛!在外面拼死拼活,一分钱也不往口袋里装,悉数交给她了,穿一条宽松的裤头头都没成功,穿一双舒适的棉袜都没成功,很让人泄气啊。

其实吴太太是故意的。她想:我天天在家,像只老蜜蜂一样忙到西忙到东;你一个大男人寄生虫似的衣来伸手饭来张口,油瓶倒了你都不扶,在家你还继续做领导?再说了,你挣钱难道是我一个人花?我一个人花得了吗?还不是留给你儿女,孝敬你父母。退一步说,我是你老婆,不是你佣人。佣人用劳动还能换来客客气气,你对我颐指气使,呼来唤去,大哥,能给点儿尊重不?

一个劳力者就这样把劳心者给制住了。吴站长挣钱钱回来,不就是想吃好穿好住好嘛!如果吃的东西很寡淡,穿的东西很搭浆,挣钱就没动力了。

官人的脸色稍解,有时也开始哄哄蹲在地上抹地板的老婆大人。

爱慕吴站长的小女人真正是没得机会。吴站长与吴太太在几十年的摸索与实践中,达成了高度的默契。你看到的穿着整洁的吴站长,从头发梢到皮鞋尖都是太太的手笔,与其说你流着口水欣赏吴站长的好风仪,不如说你在赏识吴太太的手艺。你偶尔被拨冗到吴站长家办了件小事,看到了吴站长吃喝拉撒的窝,红木桌椅亮亮的,大床超级豪华的,灶台一尘不染的,那个家是你梦寐以求的,但你的脚再小也插不进那个家。

男人分放养与圈养。放养的男人,独立走四方,穿着打扮,经济往来,一律自理。出个远门,箱包打点得有条不紊,是劳心劳力者的结合体。这样的人,红颜无数,应付裕如。圈养的男人,就像一只散养的鸡,白天在外面遛达觅食,天一擦黑本能地就想回家。脚步在楼梯口这么一响,夫人一张白了了的脸就出现了,拖鞋放到了脚边。

劳心者回到家就缴械,本质上是个在外打工的,家里那个劳力者掌管着一切。高兴了让你吃饺子,不高兴了,就像《潜伏》里的另一个角色——翠平,她板着个脸,桌上只有三样:一碟萝卜干,还是粗枝大叶的,没有切碎,没有淋两滴麻油;两只大碗,一只里盛着稀饭,另一只里也是稀饭。

吴站长活在上世纪40年代。当下的劳心者(着重指当官的),为数不少的男人生活技能并没有多大进化,如果一不小心官位升了又升,在家里更是弱势,家用小电器一概不会用,菜不知到哪里买,到最后真成了劳力者的附庸,寄生在老婆身边。

温泉虽好　不要贪泡哟

　　猫、一枝黄花、润州一钗忽然想学一回杨贵妃出浴,于是搭了便车去南京泡温泉。

　　汤山因泉兴镇。冷瑟的二月,那里温泉生意异常红火。

　　三丫换了泳衣,天鹅一般踩着碎步下了池,像速冻饺子老半天才暖和过来。

　　三丫很珍惜这难得的一泡,每个汤池都亲身投入。仰面朝天,想入非非。

　　一枝黄花说:要是身边躺个心仪的男人,也不枉花铜钿来一趟。猫说:抠门的婆娘,花这么小的钱还敢有花花肠子,送你一个范长江吧。一枝黄花说:你恶心我。

　　泡软了,四肢无力,气若游丝。出浴的一刻,牙齿直打战。冷啊! 旁边走过穿长羽绒衣的妹纸,侧目而视。

　　披了潮湿、冰冷的毛巾一阵狂奔,去了最烫的池子,水温摄氏 41 度。后背渐渐暖和了。手搭凉篷,望出去三丈远,人家男人与人家女人全一对一亲昵地泡着。有一对鸳鸯,男人背上两排青紫圈圈,女人背上也两排青紫圈圈。这火罐拔得。

　　再一次芙蓉出水,润州一钗打了一个趔趄,一枝黄花打了两个趔趄。

　　突然想效仿小杨。旁边两钗听话听声迅

速分饰侍儿角色。大庭广众,半裸三丫,自导自演小杨童鞋"侍儿扶起娇无力"一幕。无奈两侍儿不中用,抛下假装贵妃的猫,丢下一句"死猪似的沉",便撒丫狂奔寻找温暖去也。没有唐明皇,哪个池子也没有老李头,这厮如此不经一泡。假贵妃出浴一幕,宣告演砸喽。

猫对李隆基没什么兴趣:一是他太老了;二是很不励志,跟女人谈恋爱,班都不上;三是把江山弄丢了,没本事。

从前看《杨太真传》,替小杨姑娘37岁就一命呜呼可惜。

小杨姑娘不干活还钱多多,天天吃香喝辣。人红是非多。有次穿了长裤在城墙头策马,这一策策出事情来了,李隆基看了一眼就醉了。小杨的美,有文记载,像毒药一般,美得邪乎。小杨童鞋有一次躺在院子里的躺椅上一边看书,一边晒着太阳,老李头一看四下无人,就对小杨下了毒手。

60岁的老男人,耍心眼得到了26岁的天下第一美女。1200多年过去了,人们还在往老李头身上吐唾沫。

小杨远远比不上刘邦的老婆吕雉,不如武则天,不如叶赫那拉氏慈禧。一是她们拿捏得住男人,不做男人的玩物;二是她们替男人夺天下或自己治天下;三是她们不玩短命。

野史是这么记载的:出生在公元719年的山西永济人杨玉环37岁那年,被她的丈夫唐玄宗李隆基赐死了,原因在于她太美,美到误国!其实杨玉环在16岁时,原本被唐玄宗的第十八子、年约16岁的寿王李瑁纳为王妃。杨玉环与李瑁结合后第4年,唐玄宗宠爱的武惠妃死了,后宫3000美女都不能使玄宗满意。太监、心腹高力士向玄宗推荐寿王妃杨玉环。

在杨玉环21岁并结婚5年之际,唐玄宗给自己的第十八子重新找了一个老婆——左卫中郎将韦昭训的女儿,并令杨玉环到太真宫出家,号太真。再5年后的745年,杨玉环其时26岁,唐玄宗"父夺子妻"册封比自己小34岁的杨玉环为贵妃,自称"朕得杨贵妃,如得至宝也"。

安史之乱时,老李带着小杨逃命。以当时的情形,老李真的是救不了她。But,即使如此,男人也绝无独自活下去的借口。照爱情法则来说，唯一的选择就是用身体挡住箭矢，成为美人的盾牌，让两人壮烈地死在一起。

虞姬死了，楚霸王却活着，像话吗？林黛玉死了，宝玉也注定非出家不可。《泰坦尼克号》中死掉的那一个当然必须是男孩莱昂纳多。

所以说，李隆基等于犯了两重罪：一是伦理道德叛徒，二是爱情叛徒。

猫十分不喜欢杨玉环。凭她一棵嫩草，她的三位姐姐也因色应召入宫伺候皇帝，分封为韩国夫人、虢国夫人、秦国夫人，她的弟弟杨国忠还做了宰相。这种裙带风以及小三狐媚把现在的官场风气都搅坏了。至于她的谈吐、她的眉目、她的渴望，后人一概无法想象。

现在的布衣裙钗不稀罕做贵妃。

从春秋末年至现在，关于洗澡的案例有两个：一是孔子的暮春三月，春服既成，浴于沂，咏而归。猫纠结了 N 多年，孔子家住山东，农历三月，60 多岁一文弱老男，是断乎不能扑通一声跳下水的。为了验证"浴于沂"的月份，很多学者好一番考证，胡子都研究白了；二是杨贵妃的赐浴华清池。这华清池，不用说现在一定是西安临潼区全体人民的财产了。在这里不做免费宣传。

猫撰此文，主旨有二：一是杨贵妃的人生过于满，满则招损。而对于年轻时就十分出色的唐玄宗来说，晚年的昏庸是不可恕的。《诗经》开篇《氓》里写道，一种叫斑鸠的小小鸟儿十分爱吃桑树果子，吃啊吃啊，醉得不省"鸟"事，一个叫张三的农夫好鸟肉这一口，于是天天去桑田里捡醉鸟。古人就说了：凡事不能沉湎，泡温泉也一样；二是孔子在晚年，突然对以往席不暇暖地忙工作觉得不值。现如今一些社会精英玩命似的工作，把自个儿的身体当挖不尽的矿藏，愚公似的一直在挥锹，这种行为，孔子不答应。

又，有学问做得偏的说沂水是温泉。

我们的心多么顽固

说女人四十豆腐渣儿。四十岁的女人不生气,因为豆腐渣儿也有营养。说男人要是不说谎,母猪都能上树。说谎的男人不生气,因为说谎的男人保护了情人还维护了家庭。主席多少年前就告诫大家:半边天们就别在这方面客气了嘛,毕竟时代不同了,男女都一样。说说谎,更健康。

一枝黄花去了扬州,突然对杜十娘同情不已。一伙人高高兴兴地吃鸡煲,她却以每五分钟一个闪回的频率叨叨:太不理解鸟,杜美美自己就是一大款,为嘛不早点从良了呢?杜美美是京城名妓,不知接待过多少过路的富一代、富二代,发财不要太容易啊,为嘛不夜以继日地揽银子?男人哪有银子安全?名妓可以充当高级白领了吧?天天有男人抢着搂搂抱抱,搂搂抱抱里也有爱情吧?

一伙人狂鄙视,一枝黄花噤声。

一枝黄花替古人担忧,很影响我等吃鸡的情绪。

金牛座的猫怔忡了几天,惦记那百宝箱,说光一件夜明珠就不止 5000 两银子,怎么就怒沉了呢?再说了,早些给了绍兴公子李甲,置地兴业,夫妻双双把家还,董永七仙女似的你耕我织,哪里有被转手卖给新安富公子的惨烈事件发生。

多少年前,闺密丁卯湿人劝猫看了一些禁书,禁书里所谓的富二代大多生于江浙一带的地主家庭,耕读传家,但到底觉得做城里人更高贵些,所以农富二代便进京赶考,结果就有在简陋客栈公子挑灯夜读,狐仙出没的故事,就有杜十娘相好李甲的故事。农富二代进了妓院,千金散尽,赶考泡汤,功名不遂,老地主在家吐血不止,地主婆出面变卖田产。其实农富二代回到家,一样可以高枕无忧、饭来张口,李甲居然要带杜十娘回家过日子,这回是男人天真还是女人幼稚呢?

王安石是个成功男。王安石没了多年后,才貌双全的杜十娘想必读过先辈的"春风又绿江南岸",百宝箱就扔在"京口瓜洲一水间"。"沉箱亭"在瓜洲渡不远,风雨驳蚀的旧貌,是处安静的景。

"沉箱亭"碑刻云:明朝万历年间,繁华的北京城里有个青楼叫春光院,春光院里有个红极一时的名姬叫杜十娘。杜十娘原是大户人家的小姐,幼时被人拐卖到春光院,十七八岁时出落成天姿国色,琴棋书画样样皆精,惹得京城中的王孙公子、达官贵人纷纷慕名而来,一个个情迷意荡,一掷千金在所不惜……

一看这些故事,就知道传记者多么矫情。大凡烟花女子,只要是国色,那一定不该在此等环境。大户人家,家丁数十人,怎么就看管不住一个女婴,又怎么到了妓院?这就是通病了。比如现在的娱乐场所,大凡漂亮、清纯的女子,多半家境实在困窘,要完成大学学业,不得不做陪唱陪喝的事。

谁信呢?都做妓了,还给自己披一件纯情的外衣,尤其可恶。果真男人智商如此低下?不过是唯心而已,觉得即使嫖,也嫖了个干净的,没有辱没自己。

柳如是、苏小小、李师师、陈圆圆……日子过得风生水起,贞洁美名远扬,良家妇女都眼红。专事男人,不是眼睛一闭,上刀山下火海只来这么一回,而是年复一年。如果说欢场如火坑,那么她们是被荼毒、伤害、践踏、凌辱的,而书里又说王孙公子个个被服侍得情迷意荡,那只能理解为表扬这些妓们敬业精神了得。

谎说千年,懒得较真。

许久没有关注赵薇了。有记者问她,最喜欢自己演的哪个角色,她说,是电视剧《一个女人的史诗》里的田苏菲。因为这句话,猫完整地看了这个剧。

"如果爱他,不想放手,就别放。"这是田苏菲坚持爱情的做派。

1947年,16岁的小菲懵懵懂懂地和同学一起参加了革命,成为文工团员。小菲是个"戏疯子",虽然没有受过正规的训练,但颇有天赋,一登台便忘乎所以地全身心投入,很快就名声大噪,旅长都汉爱上了她并想娶她。都汉能够给小菲许多女孩子都艳羡的地位、权势,然而小菲却并不看重这些。因为她从看到欧阳萸的第一眼起就喜欢上了他,他恰好就是她喜欢的那个样子:大眼睛,高鼻梁,颀长的身形,他的"狷狂、柔弱、放荡不羁、细致入微",更是击中了她的爱情死穴。

欧阳萸出生于上海世家,心地清高孤傲,性情优雅忧郁,有着天生的风流倜傥的贵族气质,他用修长的手指弹奏贝多芬的《月光曲》,家里时常聚集着一大帮男男女女倾慕者。

小菲的爱情曲折、沉重、孤单、屈辱甚至卑微。当革命运动接踵而至时,欧阳萸总是受到冲击和批判,追随者作鸟兽散,每当这个时候只有小菲不离不弃地痴爱他。物质匮乏的时候,她宁肯自己不吃也要把营养品送给丈夫;挖空心思地去弄吃食,甚至半夜三更去郊外钓蛤蟆;她精心算计着每天的生活开支,为了得到演主角那每月6元钱的伙食补助和4两红糖给欧阳补补虚弱的身体,她鼓足勇气去给剧团书记送礼;"文革"中丈夫被批斗,她坚持天天送饭;丈夫劳教时,她宁可从大主演降至锅炉工,也不与丈夫划清界限,坚持隔段时间就去探看。欧阳萸在经过了漫长的精神漂泊后终于心甘情愿地与她相濡以沫,共度余生。

一个女人执子之手,与子偕老,竟然如此艰难,却又因这艰难而愈显珍贵。当欧阳萸羞涩且忘情地看着田苏菲,像看初恋情人时,田苏菲赢了爱情。

人的内心是多么顽固,肉体是多么坚定。所以,假若身陷欢场,咬舌可以自尽,撞墙可以血流,绝食可以身亡,锦衣玉食怎坠其志?哪有在欢场如鱼得水,使达官贵人乐而忘返,百宝箱里财宝无数,伊却高洁如莲花的?而如果杜十娘真的爱李甲,自然有周旋之策,哪有性子一起就把价值连城的珠宝倾倒长江的举动?说到底,她爱自己胜过爱李甲。

此文不为批判杜十娘。

风就这样把人吹旧

某报组织了几个小编大话《男人帮》。有一女编说:你看看,那个坐怀不乱的余则成,到了这里面竟成了歪叽歪叽的琐碎男。孙红雷一演员,角色让他娘他就娘,角色需要他 Man 他就 Man,真人与顾小白毛个关系!猫实在看不了《男人帮》。

但人们都在说《男人帮》,猫就心虚。为什么不那么的热血沸腾呢?但总算找到了一句垫底的,某编说:宁可看《李春天的春天》,征服梁冰那才叫有成就感。她还说:顾小白的人品是个负数。跟什么人在一起,代表的是你的品位。有网友开骂说:顾小白,你干嘛不去 S。看看,仅一个顾小白,就让她血压升高。

赵宝刚坚定不移地拍青春爱情忽悠片,这次大概是集自己几十年人生之经验,来了个男人私密大起底。但让那些本身就很作的女人捧着当恋爱宝典,居心不良。

情,发于真心,才最感人。做出来的爱情,练出来的爱情,送你一份,你接手不?

猫的脑子里最近有不少杂烩。刘心武《续红楼梦》,看得小脑缺氧,在这里,隆重地介绍给睡眠有障碍的童鞋们,那是相当管用的,捧一本刘氏"红楼",片刻追梦到苏州。

刘氏版《续红楼梦》炒作了一阵子,圈内动静不大,圈外更激不起共鸣。

2011年的雨水特别多,所以初冬时节的阳光让家庭主妇们格外珍惜。闻闻,翻出来的冬衣还有霉味。雨的好处是让人怀古。比如,读李商隐的诗《夜雨寄北》。

亲爱的隐说:"何当共剪西窗烛,却话巴山夜雨时。"猫明白,诗里说的全是相思。

这样的夜晚,与恋人天各一方,你懂的。

人与人的缘分,有时是擦肩而过,有时是见面不相识。人与文章也是。有的文章,竟是数度遇见,比如这篇《古人真的可以三妻四妾吗》。

新浪微博正在征集穿越短剧。猫削尖脑袋也不知道要穿越到哪个朝代。宋朝?先是以瘦为美,后是以三寸金莲为美,猫不瘦,且天足惯了。唐朝?以胖为美,猫不胖。魏晋?战乱频仍,好不容易诓到一个满意男子,他又骑着马儿上前线了。汉朝?一部《美人心计》,让天真无邪的猫吓得打战。女人互掐起来,天昏地暗,日月无光。

但偶尔穿越了去,考古一下,那本枚老猫定能成为一代文学博士、历史博士、哲学博士等。比如,把甲骨文的字全认得了;比如,拥有《瘗鹤铭》全文;比如,收藏了满屋子的名人字画……

古人果真全有三妻四妾吗?此类问题,对于穿越过的猫来说,是小菜一碟。于是猫天天开国学课,讲古代人物轶事。太有才了,天天霸住讲堂的话筒。

猫决定以后不批评古人,也不诟病今人了。比如说有人好逸恶劳,有什么不对呢?人的天性就是这样;比如说游手好闲,怎见得不是好事?总比大贪污犯假公济私往家里扒拉财物强。而日理万机,夜以继日,如果用来搓麻将、熬夜上网,断乎不是好事。说某某某"不学无术",谁规定人一定要学而有术呢?养花种草,没什么不可以。而一肚子学问,逢人就卖弄,人家会绕着你。

这个转来转去都看到的帖写着：古代东亚地区，尤其是在中国，一夫一妻制是一个基本原则，法律上多有规定，自秦汉至明清，一直如此。唐律规定，有妻再娶者徒一年，若欺妄再娶者徒一年半。其实，古代民间虽有纳妾的习俗，但原则上纳妾只施行于王公贵族间。一直到"大明律"才规定"庶人于年四十以上无子者，许选取一妾。"

提出"存天理灭人欲"的宋代理学家朱熹就认为"一夫一妻"乃是天理，而"一夫一妻多妾"乃是人欲。从法律规定到士人倡议，一夫一妻依然是核心。

猫不敢说写诗的人都多情，但晚唐诗人李商隐在感情上分明是坚定不二的。他身居遥远的异乡巴蜀，写情诗给在长安的妻子。如果他有妾几个，家里一个做饭的，路上一个陪聊的，异乡一个侍寝的，孤独个毛？早早洗了睡了，写什么毛笔字？

某某优秀童鞋，听说《大红灯笼高高挂》你是看过的，你客串一下教授吧，讲一讲它的积极意义在什么地方？

《大红灯笼高高挂》里，老爷的院子里先后抬进好几顶轿子，娶的是二房、三房、四房姨太太。它就这样对活着的中国男人和女人做了错误的婚姻、家庭历史知识普及。而情感不专的男人更是找到了撑腰的力量。当然，情感专一的人，也许并不是因为道德水准高得非常了得，而是因为跟了一个极品男或优质女，打死也不离，生活中活生生的例子，都是旧的。

如果将来的某一天，谁发明了一种机器，让时光倒流，向往一妻多妾的男人们真要犹豫了，冷不丁穿越到某个朝代，没吃没穿的女人全往你怀里扑，你跟韦小宝似的。佛家有语：情多不寿。何况你能活得过金山公园里的一棵银杏吗？你能活得过南山上一棵皂荚树吗？当猫在焦山看到那棵600年的枫杨树时，想痛了脑子也想不出，600年前焦山什么样？焦山上有没有和尚？

躺在床上，听窗外的雨，雨是旧的。

不用推窗去看，秋天是旧的。

落叶也是旧的。

冬也是旧的，即使下雪，也是见过的。

刘亮程在《一个人的村庄》里写道：在这个村庄里，房子被风吹旧，太阳将人晒老，所有树木都按自然的意志生叶展枝。

《男人帮》里，使尽三十六计与女人周旋的男人，你能比得过《诗经》里的"氓"吗？你能比得过西门庆吗？或者比得过贾宝玉吗？比不过。所以，你的花样是旧的。

老男人是片沃土

五一小长假,坐动车去邻城南京。车速每小时 300 余公里。疾如闪电,眼前有些错乱。适朋友来电,说为猫的另一朋友安排了一场相亲,能不能中午茶楼一聚。朋友号称有第三只眼,能看到"姻缘"二字,做媒是屡做屡成。话说此相亲男,中年后期,有车有房,年薪百万。择偶要求:温柔明艳,学历不限。"80 后"外加中晚期。朋友有些扫兴,抓住电话不放,喋喋不休,赶上咆哮哥了:他不是结过婚吗? 他有孩子吗? 都这岁数了,为什么要找这么小的? 猫把手机放到离耳朵一尺远的地方,仍听到朋友在嚎个不止。如此不淡定,猫只能少说为妙了。宜家猫知道,喜欢此中年后期男的小女生,蛾子一般多。

中年男就不能找个嫩的? 小 20 多岁怎么啦?《婚姻法》也没有说不许啊!

拿起动车上的一本杂志胡乱地看。精美的杂志,从头到尾都在鼓吹财富,香车、豪宅、黄金、股票、美景……在宜家猫眼里,全幻化成票子,哗哗哗数不完的票子。

无意中翻到一篇文章:《民国时期最为著名的一场情事》,说的是郁达夫与王映霞的故事。凭着《迟桂花》《沉沦》出了大名的郁达夫,1927 年 1 月 14 日,在上海尚贤里孙百刚家中见到 19 岁的王映霞。"杭州第一美人"何等美貌，突然玉立现形在浪漫文人面前，那个电闪雷鸣，郁达夫晕得顿时找不着北，好在可以扶墙。一清醒立马穷追猛打，情书写了一页又一页，肉麻的话滔滔不绝如长江之水。有好事者不愿意看到使君有妇的郁达夫犯错误，假传王姑娘要回杭州老家。郁才子于是候在上海火车站，目送一列列火车轰隆隆离沪，每一列都不放过。佳人杳如黄鹤。郁才子连夜坐火车到杭州火车站，迎接一列列火车呜呜呜进站。这痴情把郁达夫自己感动得一愣一愣的。

20 岁的王映霞以闪婚的形式嫁给了郁达夫。是年，郁达夫 32 岁，匆匆离了婚，做了裸婚男。这段婚姻轰轰烈烈开始，报章连篇累牍，路人皆知。一泻 12 年，却闹剧一样收场。郁达夫铆足了劲儿笔墨讨伐妻子，在王映霞晾晒的纱衫上书"下堂妾王氏改嫁前之遗留品"。王映霞有了强人撑腰也绝不示弱，针尖儿对麦芒，一时报纸发行量蹭蹭蹭上窜。终于把婚离了。映霞大姐说了一句告诫后人的话：姑娘们啊！千万别闪婚。锦缎似的青春韶华，千万别交给裸婚男，没有怜与爱的日子无法过啊……

1940 年 3 月，王映霞单方面刊登"离婚启事"：儿子三人，统归郁君教养。

离异、老男、裸婚，王映霞当真昏了头。有才情怎么样？闹离婚时打嘴仗，那可是句句见血彻骨。

50 多年前，著名画家徐悲鸿突患脑溢血，他倒在了妻子廖静文的怀里，模糊中悲鸿指了指胸前，廖静文从那里摸出了两颗糖。

悲鸿是在 51 岁的时候与静文结婚的。少言寡语的悲鸿脉脉含情地说：要是亲爱的你早出生 10 年，我再迟出生 10 年多好啊！他们之间相差了整整 28 年光阴。

1942 年底，重庆的中国美术学院图书馆需要一名管理员，登报招聘。年仅 19 岁的廖静文报了名。经院长徐悲鸿面试，一锤定音，她便被聘任了。那时 47 岁的徐悲鸿，在生活上有点狼狈不堪,衣服经常不洗,纽扣掉了也没有人给补缀上。廖静文看在眼里,疼在心上,有时就帮着徐悲鸿缝上纽扣或洗洗衣服,只不过出于同情而已。

都说老汉疼妻。悲鸿在闭眼谢世的前一刻,从宴席上带回的两颗糖,一颗给儿子,一颗给妻子。想,如果他的心可以分,也一定是这样分的,一半给爱子,一半给爱妻。

7年恩爱生活后,是长长的谢幕。当时廖静文刚刚年满30岁。

老男人有什么?地位、金钱、事业、见识、胸襟?老男人能给年轻女子什么?宠爱、依赖、锦衣玉食?也许可以。然而,老男人给不了白头偕老。在时间面前,老男人赢不了。

这话可能要让很多人笑话了,这年头了,谁还要白头偕老?谁心甘情愿从一而终?猫你是不是出土文物啊,也太那个落伍了吧!猫你知道不?现在的美少女们向老男人们发起感情攻势时,是这样表白的:"大叔,谈个恋爱呗!"

一番胡思乱想,车到站了。镇江到南京的动车,27分钟,不够做一场春梦。唉唉,小女生们,你们有运气遭遇"执子之手,与子偕老"的爱情不?你们经营得了一份平淡却可以一生一世的婚姻不?你要得了一个老男人的真实情感不?在牛粪一样肥沃的土壤上,花只开一季,可惜了了。摇摇头,回到现世,抬腿走向地铁,但见人潮汹涌,迅即被淹没。

老女　剩女

在宜家猫看来,剩女绝不是什么新鲜词汇。早在南北朝的时候,剩女叫老女。北朝有民歌:"驱羊入谷,白羊在前,老女不嫁,踏地呼天。"到了 20 岁还嫁不出去,牧羊女管不了那么多了,跺着脚向着天空绝望地喊道:苍天啊,大地啊,给我一个男人吧。我想有个家,不需要多大的地方。

剩女还是要分分级别的:25～27 岁为初级剩客,人称"剩斗士";28～30 岁为中级剩客,别号"必剩客";31～35 岁为高级剩客,尊称"斗战剩佛";35 岁往上,当尊为"齐天大剩"。

朝周围看看,每个人身边都能找得着剩女。剩女不是一道风景,是捂得严丝合缝的疼痛,看不到花开花落。猫有一同事,属"齐天大剩"级别,喜欢一身素色,青丝如瀑,浅一看,窈窕淑女,细一看,细纹许许。平时不见芳踪,但晚上掼蛋三缺一时,一喊就到。玩到多迟也不急着回家。此剩女十分自觉,从不主动邀请别人,据说一个人在家也不闲着,看美剧、做美食加上美容。自己照顾自己,十分的怜香惜玉。

还有一个剩女,"必剩客"级别,平时在班上,低首敛眉,可怜可爱,但一出单位大门,猛女一个,看什么心都不顺,吵架无往而不胜。经常有同事说:哎呀,那完全是两个人啊!细思量,也不奇怪,人家那叫自珍自爱。总不能在单位作风强悍,回家向隅而泣,这不好坏颠倒了吗?人皆有欲,欲是为火。泻火排欲是正途,不然就是冰山也有喷发的一天,到时伤人及己,一场小灾难避免不了。

最近看《大女当嫁》,小宋佳饰演的姜大雁34岁了,一家子那个急啊!妹妹嫁了,弟弟娶了,父母亲因为大女不嫁都快崩溃了。80岁的奶奶也加入到催嫁行列,鼓励一名初中毕业的出租车司机勇敢地往上冲。姜大雁有几次在别人的好心掇撺下光火了,大叫:就是土豆也要卖个好价钱吧?干吗这么急地把我往外推?拜金妹妹讽刺姐姐说:你要是土豆就好了,那不早就脱手了。

在我看来,《大女当嫁》不是什么特别好的片子,造作的痕迹还是有的。剧中出现了利益男、凤凰男、稚嫩男、风流男、务实男、潜力男六种完全不同类型的男人,他们轮番对老女进行轰炸,就这样让她失去了恋爱方向。剧中刘德凯扮演的是一个风流男,50岁出头,是一个广播电台的DJ。猫一边看一边纳闷:一广播DJ,只主持一档夜间情感节目,他怎么就要风得风要雨得雨呢?房子大得可以开夜宴,生活雅得像漫步云端。DJ的女儿在姜大雁班上做学生,小小中学生,长得如花似玉却十分风尘,到处走穴挣钱。DJ谈的对象都是30岁左右的。大雁的妈妈虽然急于嫁女儿,但眼看女儿就要投入老男怀抱,此时也不得不出面制止。DJ叫一声大雁的妈妈"阿姨",大雁的妈妈像被烫着了,惊得跳起来。大名叫党生的大雁妈说:别叫我阿姨,你比我还大两岁呢,好意思!DJ说:我身体很健康,完全可以给她幸福。党生说:这个年龄,还能生不?这下轮到DJ像被烫着了,他跳起来说:你这不是污辱人吗?在猫看来,50出头的男人还是相当有魅力的,也是完全可以搞定30岁的女生的。党生童鞋如此这般看不起50岁男人,要让多少感觉尚良好的男生暗自伤怀啊!

宜家猫在大学时十分痴迷南北朝民歌,尤其是看到北朝民歌,仿佛大伏天有一股海风吹来,神清气爽。那一年,高个子的张爱玲带着她的《沉香屑第一炉香》去找周瘦鹃,事后,才女张说看到周瘦鹃,犹如推窗看景,突然地眼前豁亮。北朝民歌给人的正是这感觉。"老女不嫁,踏地呼天"是《地趋乐歌》里的句子。南北朝是一个动荡的朝代,男丁多半战死沙场,女子严重过剩。此现实可以与《木兰诗》互读,木兰代父从军。宜家猫一直在思考一个问题,木兰是不是老女? 打了 12 年仗,去时几岁不可考,但"万里赴戎机,关山度若飞"的屡获战功的她不会是一个卖萌少女。12 年后凯旋,应该是"齐天大剩"级了。但天子都点头诺诺,木兰出嫁是不成问题的。

哪个朝代都有剩女。学者考证,最早的剩女出现在春秋战国。唐代也有剩女。唐才子刘希夷在《春女行》中写道:"洛阳儿女惜颜色,行逢落花长叹息。今年花落颜色改,明年花开复谁在。"唐代都城为长安、洛阳,合称"两京"。唐代的京城在全球是最有名的大都会。京城女子,换作今天,身处大都市,白领,不知何故也做了剩女。

南京的《非诚勿扰》真是火透了。读到博士、在著名大学任教的许贺,32 岁了还被剩着。一个 24 岁的无锡小伙,那晚一上台就锁定许贺为心动女生,好像是心有灵犀,许贺也为这个小帅哥把灯留到了最后一个环节。可是,在小帅哥陈述自己想找强势女回家管好自己时,许贺把灯灭了。在宜家猫看来,剩女怎么着都是姐姐级,不是小妈级。

剩女啊! 尴尬人总是遭遇尴尬事。

李白哥哥 带上我去旅游吧

　　话说某晚突然看了一集电视剧《杨贵妃秘史》，不料与李白撞了个满怀。那份激动直到站在皖南风景里犹在。

　　同行的东北小兄弟盯着宜家猫问：李白老婆做什么的？李白有后代吗？李白到过镇江吗？李白喝的酒度数高吗？

　　猫晃着脑袋说：诗仙李白两次入赘、两次同居，有过 4 个女人。李白有儿有女。据考证李白到过镇江 4 次。

　　东北小兄弟瞪大眼睛说，真的吗？他真的到过镇江吗？他到镇江住在哪里的？

　　纵观中国文学史，宜家猫最念及的便是李家的这个帅哥哥。他太有才了！太有情调了！太有魅力了！"达则兼济天下，穷则独善其身"，多么彻悟；"大道如青天，我独不得出"，多么纠结；"天生我材必有用，千金散尽还复来"，多么洒脱；"长风破浪会有时，直挂云帆济沧海"，多有抱负；"梦魂不到关山难，长相思，摧心肝"，多么痴情……

　　《杨贵妃秘史》里王洛勇饰演李白。只见李白斜挂一把长剑，穿着灰白长衫，义无反顾地朝水陆码头走过去时，小小的杨玉环直唤：哥哥，哥哥，你要记得回来看我。眼泪汪汪的。猫看到这里的时候脑子里有片刻黑屏。李白是这个样子吗,高个子? 大眼睛? 清瘦的? 目光和善的? 原谅猫对几十年付出情感的对象提点要求:李白应该是位肌肉男。

站在皖南风景里的时候,正是红五月,阴天。走在深夜的屯溪老街时心如止水,此等良辰美景供俗人任意遛达,应该知足啊! 夜宿桃花潭镇南泉别墅,"咿呀"一声推开别墅的后门,顿时一股清新之气扑面而来。一块石头立在那里:桃花潭。走两步,汪伦送李白的雕像栩栩如生,转身是森森江水。初夏的夜晚,水面上白色的雾气薄纱一般。问舴公:李白真的是在这里过河的吗? 过了河他要去哪里? 答:他到对岸看风景。极目远眺,近视的双眼只见绿云如墨。舴公不通文史,当然是乱说。

李白应了泾县县令汪伦的邀请到他的家乡看灼灼桃花。四月天,白天满眼原生态风景,晚上一桌无公害农家菜,几壶浊酒下肚,驴友李白一夜好睡,次日晨准备沿江而下,结果汪伦也起了个大早送客至江边,还情不自禁地扯开嗓子唱了起来。李白感激得涕泪雨下,心情久久不能平静,于是写下了这首诗:"李白乘舟将欲行,忽闻岸上踏歌声。桃花潭水深千尺,不及汪伦送我情。"

桃花潭上游是太平湖,一上午我们的船在辽阔水域向前、向前,只见山,只见水,碧空如洗。桃花潭的下游是芜湖。猫相信穿越时空与李白有了以上两次约会。

李白比杨玉环大了 18 岁。30 岁的李白带上 12 岁的玉环旅游天下,这样的选择在猫看来,才是明智啊! 玉环虽然荣华富贵,登峰造极,但 37 岁就告别人生,悲啊! 猫把旧书翻得哗哗响,一夕横穿到大唐。

3 年前有一年轻教授写了一本书,称李白是大唐第一古惑仔。李白是商人之子,5 岁随父由西域碎叶迁到四川江油。他练剑习武,学会了打群架。20 多岁"仗剑去国,辞亲远游",顺江而下,到了扬州。在不到一年的时间里,花尽了 30 多万银两。

24 岁时,两手空空、仕途黯淡的李白到了安陆,在小寿山中的道观住了下来。哪知,李白得到了武后时宰相许圉师的赏识。就这样李白裸婚入赘许家做婿,十年蹉跎。李白自以为是,不屑参加科举考试,一心想走终南捷径。李白挥一挥手,不带走一个婴孩,离开安陆,取道长安。天宝初年,唐玄宗刚宠杨玉环,李白以诗会友结识了当朝宰相贺知章。贺知章将李白引荐给了唐玄宗。皇帝见了李白的诗赞叹不已,直拍大腿,任命李白做了翰林。都说李白胸怀大志,一心想辅佐皇帝安邦定国。对此猫是不大信的。诗人也,顽童脾性,三分钟热情,听得了表扬受不得批评,又自由散漫多年。终于撂挑子不干了,天天翘班到长安街上喝酒,"李白一斗诗百篇,长安市上酒家眠。天子呼来不上船,自称臣是酒中仙。"一个翰林,怎么能够这样?离开京城时,李白扛了一大麻袋金银财宝,辗转到了山东,邂逅一当地 MM 宗氏,买了豪宅,生了儿子。5 年后,宗氏亡故,李白继续漂泊。

其实,照猫看来,李白只适合做情人,千金散尽的浪漫,无人匹敌的才气,忽冷忽热的情绪。李白不宜做官,这前人早有定论。

猫在寻踪李白的路上,发现了一个大秘密:李白好饮醋。有一次李白又喝醋了,喝完后把醋壶还给店家时,口占一首:"鹅山一鸟鸟不在,西下一女人人爱。大口一张吞小口,法去三点水不来。"

店家马上就解出了谜底是"我要回去",便与李白告别:"客官,886!"李白颔首笑道:"OK"。

猫十二分地愿意相信李白是漂到镇江了,满城的醋香激发了他的兴致。就像张果老有一次闻到奇香,按下云头下凡到镇江夫妻肴肉店,吃饱喝足骑着毛驴打道回府一样,喝了醋的李白,也许念起家乡了。猫看着李白单薄的背影,晃了晃脑袋回到现代。

身在酒桌 犹如肉搏

娘说,越来越修了,你。

猫有些挑食。小时候家里穷,没什么好吃的,等刚刚可以满足温饱,立马就挑肥拣瘦。关于这一点,娘每每说起来都咬牙切齿。计划经济年代,要拉扯大一个人,多不容易。

挑食的毛病随着改革开放和物质生活水平的持续提高放大了。比如:一道蟹粉狮子头,做得是相当地道,垫底的也都是好东西。猫不吃。一道野猪肉,明炉烤着,香气四溢。一枝黄花说:怎一个"鲜"字了得! 玉箸频伸,吃相贪婪。猫不吃。

突然不馋了。

一次饭局,按一桌 12 位客人,一个人两道菜,那就是 24 道菜。加上点心,加上羹汤,加上头菜分到每个人面前。有人能每道菜都吃遍?那他(她)就是传说中的吃货。

许多人早已践行,任它 24 道还是 36 道,二选一或三选一,只吃对的,不吃贵的。

突然知道祖先孔子也相当挑食。兴奋啊! 隔了 2500 多年,猫较好地继承了孔子的衣钵。

据考证,孔子是贵族后裔。父亲字叔梁,名纥,与正室施氏生了 9 个女儿,纳妾生一子,名伯尼,腿是拐的。孔纥 66 岁时又纳妾,这个 17 岁的貌美如花的富家小姐就是孔丘他娘。

67 岁得子,宠爱程度可想而知。基因优质,母亲颜美女在家排行老五,上有四个姐姐,都花朵似的。孔父上门求婚时,五朵金花中只有最小的仙女勇敢地站出来,面对这个贵族老头说:偶愿意。

话说,某个春风沉醉的晚上,一群人鱼贯进了一豪华包间。席地而坐。有鼓瑟女子低首敛眉地为宴筵伴奏。为首的是微胖界领袖。张口之乎者也,闭口之乎者也。

胖子坐在主席位上,高谈阔论,众人直乐,一个叫子贡的长发男子"然也,然也"地直点头。

这个胖子有十五个"不食":

鱼馁而肉败,不食;

色恶,不食;

臭恶,不食;

失饪,不食;

不时,不食;

割不正,不食;

不得其酱,不食;

沽酒市脯,不食……

据说,孔子时代国民的平均寿命只有 40 岁。但他老人家活到了 73 岁。因为他的挑食,有毒的奶粉、有毒的银耳、有毒的金华火腿都没有伤害到他。

如今,我们敬爱的领导们做不到这一点。倒在杯子里的不是茅台,就是天之蓝或者进口拉菲。心里也怀疑:不可能啊!中国人口众多,又个个好酒量,能把长江水喝枯了,能把黄河喝细了,哪有那么多真酒?领导们多么不容易啊!他们把最宝贵的躯体当做应酬的硬件。这勇气与行为相当于战争年代的肉搏战士,刺刀见红,壶壶穿心,杯杯要命。这原始硬件是老母亲给的,为娘的知道了,心是要疼的;这原始硬件,是要给妻幸福指数的,为妻的知道,心也是要疼的。但王局不喝张局不喝李秘不喝赵秘不喝,气氛还要搞不?高潮还要不?

众所周知，山东人孔子是一名公知，经常坐着马车到处跑，一会儿到河南，一会儿到山西，走到哪儿吃到哪儿。所到之处，粉丝尖叫声此起彼伏。平时，他是山东腔，但出了山东界，孔先生就说普通话。春秋雅言，河南话流行，有类于现在的普通话。

酒过三巡，菜过五味，这位大名叫做孔丘的胖子兴奋了，用河南话曰："觚不觚，觚哉！觚哉！"

翻译成2012年版的镇江话就是："出鬼了，酒杯都已经不是酒杯了蛮，酒杯啊！酒杯！"

孔子没有喝高。他在叹人生：酒真是个好东西啊！有了酒，人生真是有滋味啊！

对着酒杯喊酒杯，这跟一川衰草是一个德性。一川衰草平时文质彬彬的，有时还翻出斜条纹领带系上，过马路从来不闯红灯。但一到酒席上就管不住，他通常是说镇江话，等说普通话时众人就知道这位爷又高了。只见他歪歪倒倒，不是碰翻杯子就是乱搬椅子，梗着脖子喊：酒呢，酒呢！

夜半时分，一川衰草喝得踉踉跄跄。被后生们架着，软弱得像个孩子，有时还嚎两嗓子。真蛋疼。

猫在"五一"节，捧本《论语》，边打瞌睡边研究。南山一翁知道后掩嘴葫芦而笑：这年头还读古书。

小时候，孔子听妈妈的话，立志要出人头地。后来终于发迹了，做了鲁国上卿及鲁国大司寇，俸禄"六万斗谷子"。有一回孔子给处级以上领导干部做知识讲座，语重心长地说：家里如果有老人快70岁了，就给他吃点肉。

孔子是有肉吃的，他教一个学生通常收十条肉干作为学费。所以，味道不正的，他不吃，如臭豆腐；看起来恶心人的，他不吃，如旺鸡蛋；不时令的他不吃，如韩国泡菜；烹饪不当的，他不吃，如本来该清蒸的红烧了；佐料太多的，他不吃，如剁椒鱼头；街上现沽的酒，他不吃，那多半是假酒。

这晚，只见孔子从豪华包间里走出来，众人少不得揖别再三。孔子在转身的一刻，心下得意：嘿嘿，七分饱，酒微熏，微博上说今晚有流星雨，南子已等在西津渡。

万人如海一身藏

好比一个人走江湖,十万八千里,遇不到一个知音。

又好比天天应酬,推杯换盏,夜夜放歌,内心孤独依旧。

寂寞是个什么东东?

好久不提一枝黄花了。她刚刚搬进新居。当初用20多万就搞定了这套三居室,只等与世无争了住进来看绿水长流。小区唯一可确定的幸福是:有一条河,河面上有座桥。

一枝黄花说:"这条河有几里长,是天然的。"

说到河,每个人的童年记忆里一定有一条河。

每个人的生命里一定有一条息息相关的河。

人生就是一条河。

明白于此,就说说与江河有关的故事。

"关关雎鸠,在河之洲。"说的是鸟儿发情了,人谈恋爱了。

古文里的河在不特别注解的情况下,通常指的是黄河。

那一年,猫与诸葛小明沿甬江一路漫行,见到了教科书里的河姆渡。那是一条静谧的河,在炎夏里仍有凉爽的风从水面拂过。一艘木船把我们摆渡过去,于是我们看到了河面上随波漂过的水浮莲、新石器时代吴越之地美女的还原样貌、稻米化石。几千年了,一些东西似乎从未改变。比如,河姆渡的样子、稻米的样子以及我们怀念的稀粥味道。

也是一条河,准确地说是一条江。网友拍了传到网上,它郁郁葱葱,水量丰沛。眼拙的猫看到了 5 月的菖蒲似兰花,艾草在汨罗江两侧蓬勃生长。

屈原,世界级文化名人。

那一年屈原还活着,有些颓废,有些狂放。那年的夏季,洪水泛滥,神秘的艾草散发出浓烈的药味儿。

瘦小的屈原,十分虚弱。他披散着头发,在水边一面行走一面吟唱:"路漫漫其修远兮,吾将上下而求索。"后人早已知道答案,屈子求索的结果是扑通一声跳下水。So,子在川上曰:"逝者如斯夫!"又曰:老夫比较喜欢"听其言,观其行"。

屈原跣着鞋在水的一方又吟道:"民生各有所乐兮,余独好修以为常。"意思是:社会污浊不堪,老百姓糊涂无知,就我一个人清醒。

江边捕鱼的人怕他想不开,就说:这不是三闾大夫嘛,你是聪明人,社会浑浊不堪,你一个人死扛木有用,蚍蜉撼大树知道不?你看看,你混得还不如我一个抓鱼的。

屈子脖子梗了三梗:我宁可跳进江里喂鱼,也不愿弄脏自己。

雨后的汨罗江蛙鸣如鼓。屈原寻到一块大石头,往自己身上绑了个结实。

猫至今也没弄明白,这个叫屈原的诗人,他有妻儿吗?有小妾吗?有红颜吗?有粉丝吗?长期抑郁,没一个人开解,出事情是必然的。

后人知道屈原的故事,多半是因为看了《史记·屈原列传》。

屈原的事业本来十分成功。都道士为知己者用,楚怀王信任并重用他,大凡国家的方针政策都让他一个人拟定。但相同的岗位上还有一个人:上官大夫。这个人在楚怀王面前说:屈原太自傲了,你让他起草文件,还没写好,大家就都知道了,显摆他有才。想必楚怀王的领导水平过于平庸,只会养小人,包容不了君子。于是屈原遭到了冷落。

屈原在官场,那是走上了歧路。自以为满腹经纶,又爱口若悬河,没有忌惮,谁都不放在眼里。

楚怀王不理他,他比失恋还痛苦。在无数个夜不能寐的日子,屈原就创作文学作品——赋体,里面全是华丽辞藻,把自己比喻成香草。到最后,放眼望去,举国就剩他一株香草。

这不,祸起于文字。108个问题去问天:老天啊!你都肿么了?我怀才不遇实在义难平。

没有《职场宝典》,没有《杜拉拉升职记》,没有《长寿是福》,屈子的文章越写越自恋,越写越悲愤。

楚怀王恼了,楚襄王火了,子兰气了,上官大夫得意了。

奇装异服的屈原在江边跟花草说话。村里的老妪对孙子说:离他远点,不正常。

屈原跟艾草说:你知道不,楚与齐联手,就能打败秦。

又跟菖蒲说:你知道不,怀王不能去秦,去就是一个死。

又跟石榴花说:我早就知道楚国会被秦国吞掉,验证了吧?

到处乱说话,说国王,说大臣,说百姓。子兰非常愤怒,让上官大夫在楚襄王面前诋毁屈原。王怒,屈原被放逐得更远。

中国的官场潜规则,从古至今,何其相似乃耳!理想主义、浪漫主义在官场从来不堪一击。

一千多年前的唐代,李商隐混在官场。不谙官场政治,不肯趋炎附势、阿谀奉承、互结朋党,一直被人排挤、受人打击、遭人陷害。有天傍晚,还没到下班时间,胸口实在堵得慌,李商隐驱车到了郊外。

他看到什么了?一轮红日,慢慢西沉,片刻之后,暮霭渐起。

李商隐是寂寞的,寂寞的他写了不少爱情诗,名字都叫做《无题》。他向心上人诉说他的寂寞,诉说他的苦闷,诉说他的忧伤。好在有"心有灵犀一点通"的慰藉,他没有自寻短见。

六月雨季,人多烦忧。

老衲王子在 Q 里贴了句标签:"还让人说话不?"

西施不下堂说:"混惨了,只能说今天天气哈哈哈了。"

一川芳草只有中午的片刻,坐到古城公园的木凳上,吹吹小风透透气。同事们三缄其口,其实并不是针对她,但她好寂寞。

君不闻:古来圣贤皆寂寞。像屈原这般上进的青年,受到轻视,结果是郁郁而怨,愤愤而怒,最终走进死胡同;又或者气场太小,受不得炎凉,经不起磕碰,结果是刺伤了心,作茧自缚。

苏东坡有言:万人如海一身藏。无论什么境况,积极获得人间智慧,像学姐一枝黄花那样,品咂"寂寞是一种清福",方可保其天真,成其自然,得其所哉!

荷尔蒙是个什么东东

百度视频即时可满足网友观看 3D 电影《肉蒲团》高清全集的愿望。自从汤唯的《色戒》火爆全裸床戏后，黄色在内地观众眼里真不是什么了不得的颜色了。试问大哥，时下有什么是眼球没有窥探过的秘密？

遗憾的是，《肉蒲团》激发出了原始荷尔蒙，观众窥一斑却不知全豹。才子李渔精于美学、造园艺术、戏剧，懂点画画的都知道有本《芥子园画谱》，读点随笔的都知道《闲情偶寄》。单挑《肉蒲团》欣赏，志趣真不是一般的恶俗。

今天的男人大可不必跟古代男人比，一则，古代男人全军覆没，都见了马克思，名垂青史的男人才让后来的我们读到了他们的生平故事。比如，50 多岁时李渔忽然想做爸爸了，于是就真的与老婆生儿育女。这事搁在当今，50 多岁了还能再做一回爹地，在局部地区就是民生新闻。

猫每日里走过一条闹猛的小街巷。邻居赵大叔就在一堆堆路人里，津津有味地说着国事，大概知道本主学问也不是一般二般的，所以，猫经过时大叔格外起劲儿地说着火车出轨或利息上调种种。本猫鲜有看晚报新闻的，知道的坊间故事还真比不得街边一个修鞋的、卖报的、弹棉花的、在大铁桶里炕霉干菜饼子的。为此经常有些小自卑。但说真的,窃以为,修鞋的应该看点时尚类读物,自己动手做点手工皮鞋;炕饼子的应该把霉干菜好好理理清爽,不能馅儿里要么夹头发要么夹稻草;弹棉花的不要坐等嘛,学学人家收废旧品的,走街串巷收些生意。哥做的也是份事业,努努力,好不?

　　一个人的剩余精力多并不是可怕的事,在猫看来,可怕的事情是众多人的剩余精力多。猫的闺密丁卯湿人说:我看你情绪不对头嘛,人家聚着闲聊,又不是聚众闹事,打架斗殴。再说了,随着人们物质生活水平的提高,路边甲乙丙等都关心起国家大事来,说菜价涨了,猪肉吃不起了,内涵多深啊!眼界多宽啊!猫说:难怪说这年头谁都以为自己是默多克第二、马云第二,个个仿佛国家智囊团成员。丁卯湿人感兴趣地问:谁是默多克?我说:你拉个倒吧,远不如我家邻居赵大叔,他一定知道最近默多克遭遇盘子袭击的事。

　　猫也有隐私,说一个吧。赵大叔有一回告诉楼下卖鸭血粉丝的,说他家如何如何有钱,多到用不完。这就非常危险啊,要是歹人听了起歹念呢!赵大叔荷尔蒙存量太多,用不完,半夜挪沙发,凌晨3点跑步。这,猫管不了,但背后造谣,那就不厚道了。

　　刚刚离开一线岗位的男人是剩余荷尔蒙症候群体。喜怒哀乐控制不住,遇个能听他说话的就掏心掏肺,说自己不吃香了,退二线连酒也喝得不窝心了。众所周知,他在一线是什么样的牛人:眼高于顶,神气活现,小桃花事件络绎不绝。缺少权与利的滋润,不适应了,闹情绪了。荷尔蒙如何安慰成问题。

　　某饭局,红男绿女喝酒。说喝一杯的,喝成一两了;说喝三两的,喝成半斤了;说喝半斤的,喝扶墙了。扶墙的男生与杨贵妃状态有得一比。杨被弄到华清池泡澡。40多度的热水啊,谁经得起满池的热水细蒸慢泡?晕了,站不住,"侍儿扶起娇无力,云鬓花颜金步摇",皇帝看得肝尖儿直疼。喝醉酒的男人,也让人心疼,舍不得啊!毕竟是血肉之躯,凡人俗胎,不仅扶墙,还呕吐不已,舌头失灵,眼神弱弱的。

　　酒喝高了,当然不行。但男人没有认为自己不行的。某男说:谁说我不行?是没有能让我行的女人,梦中情人就是我的荷尔蒙。

　　佛语有云:与喜欢的人做开心的事。实在是教人放纵啊!谁没有喜欢的人呢,但开心的事能随便做吗?比如,杨某与翁某,一个82,一个28,法律允许他们幸福地结合了。还有北京的邓某,香港的谢某,都是一大把年纪,搂着20多岁的小女生("文革"中是要被称作老流氓的)。眼看幸福像花儿一样开放,最想的是激情重新燃烧,荷尔蒙多多益善。

　　一个男人的荷尔蒙剩余,无碍大体。集体荷尔蒙剩余,关系就大了。男人,谁不是吃着碗里看着锅里的主?人比人能气死人。某男剩余荷尔蒙得到如此良好的待遇,一般大叔呢,只能大冬天的,在长江边喝着西北风垂钓,或者阳春三月扯着风筝线乱跑。

　　老男人,雄心在。如果真的如佛语所说,与喜欢的人做开心的事,那结果就是:集体老房子谋划着失火,且哭着喊着说:遂了我们的愿吧,由我们去吧,让我们自甘堕落吧,谢谢啊!暂时不需要拯救。看看,这多危险。此等社会秩序,孔子地下有知,定会奋不顾身跳将出来,"子曰"不已。

　　其实,荷尔蒙是个好东西,只要不发生集体发作事件,好好地、妥妥地、悄悄地各自私下里处理了。

叶公好龙、反骨及其他

有两岁的小朋友叫嘟嘟的,爱上了喜羊羊。生活用品一如毛巾、水杯、衣服、鞋子、童车,无一不是喜羊羊缀饰。有时,情绪不佳,大哭大闹,拿一只描有喜羊羊的气球给她,立刻破涕为笑,屡试不爽。

就想起一篇古文来——《叶公好龙》。不知道当今的教科书里有无此篇:"叶公子高好龙,钩以写龙,凿以写龙,屋室雕文以写龙。于是天龙闻而下之,窥头于牖,施尾于堂。叶公见之,弃而还走,失其魂魄,五色无主。是叶公非好龙也,好夫似龙而非龙者也。"猫读此文时年纪尚小,就在想,这人怎么能这样呢?表里不一、言行不一,是要遭到批判的。

古人很执著。也许正如某学者型领导所说:古人在道德、信仰、规范等方面给了后人至高无上的标准,高到不可攀。于是,今人错误地以为古人个个皆学高为师,身正为范。当然这是不实的,古人总结出的《道德经》之类,是一种理想化的东西,是他们本身也要为之奋斗一生、追求一生的东西。

再比如一个成语:买椟还珠。作为老师们的好学生,没有一个不认为这是愚蠢的行为,本末倒置。因为珠是宝,椟不是啊。在这里,衡量的标准是珠的价值高于椟,这种二选一,答案不是很明显吗?然而果真如此吗?如果这椟是紫檀木呢?又或者这珠也不过是平常之物呢?怎见得没有好椟者胜过好珠的?在这里,我们的标准就不仅仅是拘泥于古人,拘泥于正解,而是因循作茧自缚了。

用这种思维去分析问题,在猫亲爱的娘那里,概斥之为:长反骨了,不讨喜。

用这种思维去解释叶公好龙,答案就很有意思了。比如猫本人吧,欣赏叫柳云龙的男星。看他表演,看他秀,看得很认真,看的过程很是享受。有一次甚至追到柳云龙吧与粉丝们交流心得。但如果柳大美男真的现身在镇江金山湖,猫还真的不好意思驱前,丢人现眼地口角流涎。猫的选择是干脆不接见,任他在镇江召开的影迷见面会人山人海,红旗招展。猫则猫在家里看《风声》。这样说来,叶公有什么错呢?比之一个男人暗恋一个美女,永远不说出口,直到不爱她为止,此不为过也。何故要辛辣讽刺?又或者有人在家供一尊关公,时而敬香拜拜,不可谓不虔诚。而若哪天关公果真显灵,按下云头,登堂入室,造访信徒,不吓煞人才怪。所以,甚或可以断言:如果嘟嘟的外公真的牵了一头山羊来,嘟嘟是要哇哇大哭的。

人,顺向思维容易,逆向思维难;人,求同思维简单,求异思维不一般。顺向思维、求同思维习惯于人云亦云,唯唯诺诺,有时是角色需要,顺从着领导的意图,或附和,或发挥。逆向思维、求异思维是创造的基础。而我们的传统教育骨子里缺少的就是逆向思维、求异思维的培养。创新是一个民族进步的灵魂,是国家兴旺发达的不竭动力。没有逆向思维、求异思维的质疑精神就没有动力,就没有思想,就更没有创造力!比如说一个单位,少则百十人,多则千把人,只有一个一把手。一把手端坐在主席台上,慷慨激昂,滔滔不绝。一二三四五,甲乙丙丁戊。台下鸦雀无声,时不时还能见某女职工不住地点头诺诺。这位领导难道有魔力不成?几个小时磨牙费力地说将下来,难道字字珠玑,全是金口玉言?难道没有一个人有不同思想?如果成百上千人全部失去思想,听凭一把手马首是瞻,那这个集体真是岌岌乎危哉！而这位英明的一把手肩上的担子就不止千斤重啊！半夜想起，是会惊醒的吧？

前阵子刘震云的书看多了。这个在河南乡野水边长大的孩子，如今太会讲故事了。刘震云是见过这样的场景的：乡村的黄昏，落日晚霞十分美丽，一位老妪，她当然是不会看天上有没有彩云的，她凭着一根竹竿很轻松地就把几百只嘎嘎叫的鸭子赶回了家。鸭子没有思想，顺着竹竿指着的方向跑就是。试想，如果有一只鸭子很不听话，它跑出了队伍，朝着相反的方向跑去，那岂不急煞老妪？所以，"子"就曰了："民可使由之，不可使知之。"鸭子你只要大胆地跑就成了，不必知道为什么这样跑？人或类于鸭乎？可见"子"也不是什么好鸟，难道他不是人，真是神了？

这两年倒鲁之声不绝，有人口诛笔伐，说要把鲁迅老先生请出教科书。今天看网络，看到葛红兵童鞋居然要把古文全部请出教科书，他以为他是谁啊？在网络有话语权就不知天高地厚了。中国学生大凡到了中学阶段，没有不知道鲁迅的。鲁迅就是那个搅局的，在成百上千人都貌似秩序良好、思想高度一致的时候，他提醒你，作为高等动物，人与人是有个体差异的。当成百上千人的集体，只有一个想法，只有一种声音时，就失去了创造力，就会黔驴技穷。那同样是危险的。

我们真的需要不同的声音，真的需要不一样的思想。

这个夏天情绪中了暑

6月11日,当邬奕君坐在电视机前,看着世界杯开幕后首场比赛时,突然不敢相信自己的眼睛与耳朵:"这不是我们生产的那些长喇叭吗?"同样吃惊的还有45岁的农村妇女江夏娟:"这些长喇叭原来有个外国名字叫呜呜祖拉。"150万支呜呜祖拉诞生在浙江省宁海县大路村的某个农家院落里,生产它们的全是家庭妇女。邬奕君是这个小企业的老板,生产一支呜呜祖拉可以拿到3元钱。在"吵死了人,吵死了世界"的呜呜祖拉吹响之前,大路村的顽童们就已经绷着肚皮使劲地吹了个过瘾。

世界真是小。

周日中午,朋友的孩子考上了名牌大学,为了庆祝考生父母解放,几家聚在了一起。哪知考生的父亲从开吃到结束,滔滔不绝、口若悬河,大讲特讲唐骏的学历造假事件。实在听不下去,想转移话题,可引不开啊!转着转着又回到老路。于是整个晚上不亚于一支呜呜祖拉最近距离地吹啊吹。吹得宜家猫太阳穴上青筋突突跳。宜家猫差点认定,唐骏造假并不可恶,可恶的是靠近耳朵的嘴巴,为什么要如此喋喋不休!

回到家,打开电脑,看到李承鹏一个帖

子:跪求章鱼帝游向西班牙国旗。一只章鱼,晨 6 时就在"朝闻天下"里占了一个电视屏幕,张牙舞爪。一个星期前还是章鱼哥,到了 7 月 10 日就变成帝了。可是,任凭你李承鹏跪着哭着还给鱼儿加官晋爵,帝难不成听你的? 更有猛料这样一抖:雄性的章鱼从未有过性生活。无语啊! 料事如神说话算数难道与这有关。又或者有过性生活的雄性讲话就算不了数? 这个世界杯让人疯癫了!

凤姐早就出来凑热闹了。遵循时间就像海绵里的水,挤挤总会有的,女人再"太平",挤挤乳沟也会有的。凤姐这位有些圆规式伶仃个子的女子,为了迎合世界杯,硬是挤出了些微浅沟。仿佛小公鸡下了一只鸽子蛋。有媒体说,某某机构要封杀凤姐。这下凤姐火冒八丈,大骂:你这是侵犯人权。的确,挤乳沟摆 S 都算不得犯法,顶多只是让追求完美的网友情感受伤。比如说,在綦江师范学院获得中师文凭的凤姐老喜欢写诗歌了,有的还写得相当不错。网络红人也有偶像。凤姐深情款款地写了许多《致海子》。海子当然不知是多少人的精神领袖,怎么可以随便动得。在凤姐再一次地《致海子》后,有网友也跪求了:"求求凤姐放过我们海子吧! 他配不上你。"

凤姐在这个资讯异常发达、足够令人情绪中暑的年代,又不遗余力地起了一个推波助澜的作用。无论如何,她对当下这个热闹得浮躁无比的社会是作出了贡献的。比如,就有人愿意出资让她去整容,把那一排鲜明标志的牙整了,但网友们又有些舍不得:整了,凤姐将不是凤姐了。网友把想象发挥到了极致:像农耕时的钯、锄。一排坚忍的有着强烈暗示的牙序列给了人们足以兴奋神经的刺激。

文强落马,执行死刑后,某地百姓无不拍手称快。这则新闻困扰了我。网友们早就把文强的情妇、叫做陈光明的女人揪了出来。一张张照片,伊人无不笑容可掬,富态彪悍。网友破口大骂:都这长相了,还出来祸害。宜家猫困惑多啊:这女人,姿色谈不上,但她为什么再而三地祸害有权男人且至于成功呢? 网络的强大宜家猫是坚信不疑的,有网友贴出了这样一帖:2010年5月19日重庆市人民政府决定:陈光明同志提前退休,免去其重庆市公安局副厅局级侦察员职务。退休时间从本通知下发之日起计算。落款时间是2010年5月12日。

还有一则新闻让宜家猫心里拎拎的:英国石油公司漏油事件。晨间又有报道称:通过在破损油井的井口和海面储油工作船之间加快安装密封管道的方式,英国石油(BP Plc)或许能在未来四天时间里完全回收墨西哥湾破损油井每天的漏油量。这则新闻太费脑细胞了,什么叫"完全回收每日漏油量"? 把漏了的收回来? 这怎么可能呢? 在墨西哥湾泄漏的原油已扩散至美国沿岸五州,不禁内心发问:地球还够我们人类折腾多少年! 想起BP的一句广告词:"BP不仅仅提供石油……"看来它还真说对了,它还提供污染……漏油事件导致股价暴跌,中国股民跟着打针吃药……

世界真小,让人烦恼。

穿越式新三国结束于甚嚣尘上的世界杯,在世界杯的硝烟里,新红楼暗里开花,锦衣夜行一般上演,结果观众很不买账,个个口诛笔伐,致使李少红情绪失控,委屈地负隅顽抗:你们为什么要黑我的新红楼? 你们,指的是媒体,尤其是纸媒记者。熟读红楼七遍的宜家猫不禁要问:亲爱的,我们拿什么来给新红楼贴金?

让信息来得更猛烈一点吧! 等这波情绪中暑后,新一轮清醒将轮回。

第三辑

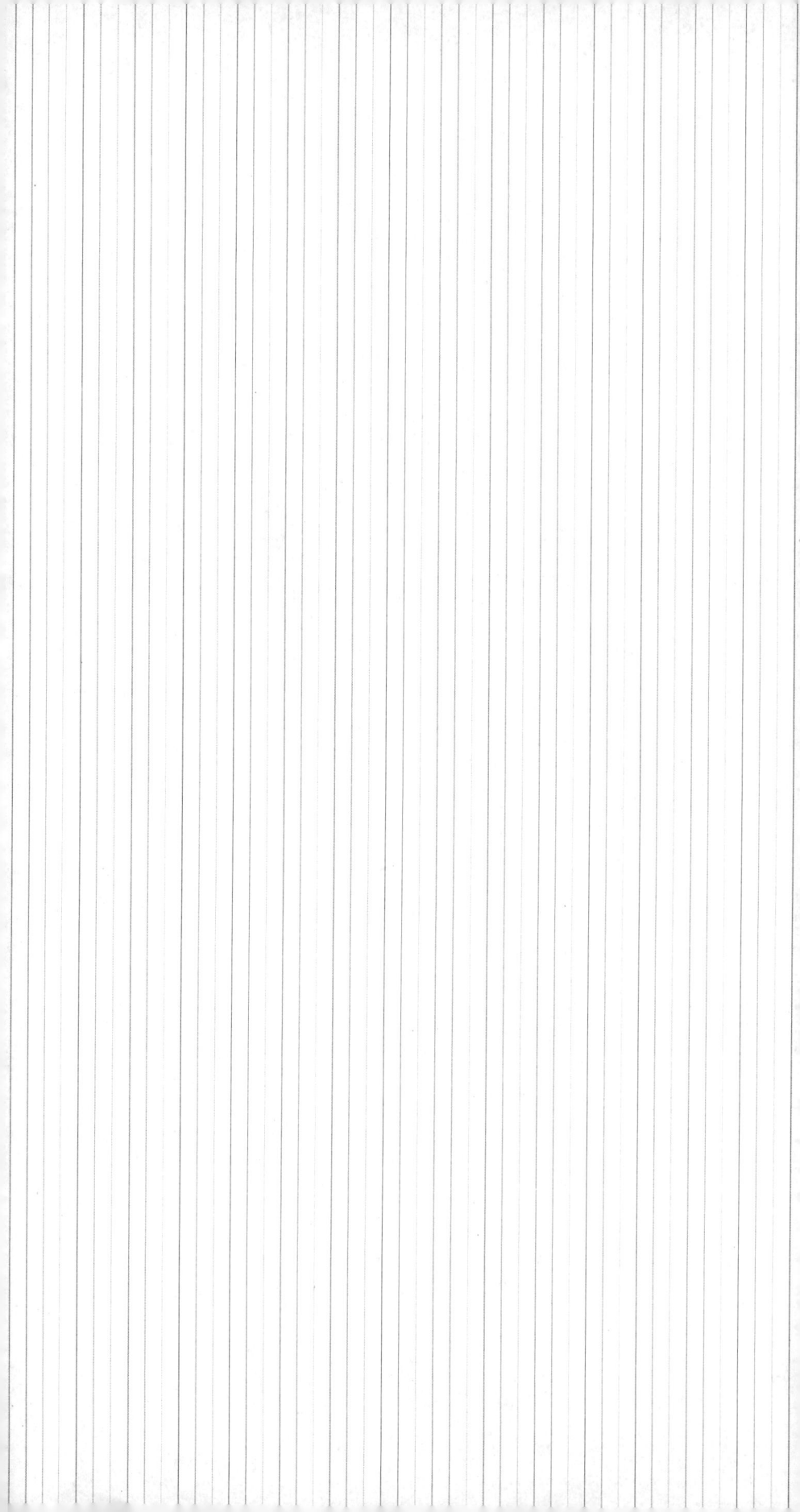

书生的背影

　　一杯红酒在一群中老年文人中显得激情四溢。他睁大亮晶晶的桃花眼说：知道吧？诗歌要复兴了。猫坐在他旁边，直接感觉什么运动要来了。一杯红酒放低声音，身子也配合着伏在桌上，兴奋地说：一个叫车延高的诗人得了"鲁迅文学奖"，网上全在议论这个。那是10月的一天，阳光照在头顶，暖洋洋的。一群人为一个叫文学的东西聚首，举手抢着要发言。这群人里就有一个写诗的，从16岁写到66岁，还在宣战：将写诗进行到底！到底！好像谁哭着喊着不让他到底。

　　一杯红酒在说完"羊羔体"后，发现会场上众人皆以冷眼相对，孤独感瞬间油然而生，他欲言又止，眼神暗了几个层次。第三天，一杯红酒易水河边的勇士一般去了北京，QQ留言：去北京，接受文学的崇高洗礼。一个半百男，一年要受两次文学洗礼，猫差点眼眶濡湿，自觉人与人差别怎么就那么大呢？透露一句，猫每年看日出也没有两次。某日，手机滴滴滴响，一杯红酒说：鲁迅文学院正在乔迁。原来他是朝拜文学殿堂去了。

　　猫大学时做过长长的文学梦。与校园里文学症候群一样，眉头紧锁，恍恍惚惚，为伊消得人憔悴。好在少年维特不在少数，见怪不怪。

混到文学中年，还在这条道上跋涉的，通常有三种情况：第一种是成功了，扬眉吐气，刘震云一样；第二种是出不了大名，即使混到省作协会员，文章偶尔发在省级杂志上，人生还是灰蒙蒙的；第三种就是放弃，偶尔翻到从前的习作，脸红心跳，唯恐被人提起写作一事。但写作犹如抽烟或搓麻，一旦染上，技痒手痒，戒之甚难。比如屈原的小秘，都这年龄了，半夜还爬起来写作，开会的时候，人家说说笑笑，他则冥思苦想，眼神飘忽，40 岁时白了头发，50 岁不到眼圈就黑了。又或者像春在春上，与他一起开会，主席台上人家发言，台下他在讲话，你不听还不行，他会用地道的镇江话说：唉，小他，来哦，你晓得吧？你认真听，只会导致他更起劲地"来哦，来哦"。你爱听不听，他不在意，滔滔不绝地大谈文坛之事。有时，主持人会咳几声，表示不要再说了，不礼貌。可是春在春上理由充足，别听他们嚼蛆。言下之意，他自己讲的崇高。去北京见到谁谁谁了，前因后果，一五一十。猫开会不喜欢讲话，如果会议内容实在乏味，坐在台下也只是捏捏穴位，闭目养神，素质一向很高。

十多年前，猫就喜欢上一个叫迟子建的女子写的故事。这些年俗务再多，她的书及相关报道都不忘关照。她是全国唯一一个获得过三次"鲁迅文学奖"的人。2008 年她的长篇小说《额尔古纳河右岸》获得第七届茅盾文学奖。记得有报道是这样写的，迟子建上台领奖时，崇拜她的读者看到作家十分憔悴，脸上有很多皱纹。这是猫看到的最让人呕吐的文字。猫只看优质文字，与文坛八卦绝缘。

古人云：温饱思"那个"，物质越有，精神愈加欲壑难填。猫在许许多多空白的时间里，想着一个问题：当一个人遇到巨大痛苦的时候，什么样的安慰才是最有力道的？一幢别墅还是一段爱情？

猫在微博上讲起了车延高，觉得新诗的革命始终是一件悬而未决的事情，原因就是：没有一个代表，很强很大；没有一个诗歌创作群体，很狂热很执著；没有一个好的形式，适合当今人的阅读口味。海子曾引起了诗坛的一场风暴,至今人们仍怀念那样一个激动人心的诗歌时代。汶川大地震后,诗歌创作掀起了空前的高潮。昙花一现以后,爱诗的人们身临诗歌苍白的现世,只有靠唐诗宋词救赎灵魂。但诗歌都有时代的印迹,无论气息还是样式。猫是这样认为的。即使唐诗营养再丰富,宋词再妩媚,也满足不了现代人的审美。

一枝黄花推荐了另外一位诗人:刘希全。

刘希全深爱一个叫南宋村的地方,命中相连,时时惦记,他写《南宋村》是为了慰藉心灵,也是因为人生孤单。1962年出生的刘希全,1979年考入山东大学中文系,1983年供职于光明日报社,后调任中国作家协会《诗刊》杂志社副主编。一个偏僻山村出生的孩子,天资超群。恢复高考后的第三年,19岁的他考上了全国重点大学,在新闻行业,很快做到了顶点——高级编辑,然后到了诗歌圣坛——《诗刊》。英才不过如此!然而48岁时,刘希全突然谢世。

猫平生最怕两个词:"天妒英才""情深不寿"。仿佛一语成谶,恶毒得很。

猫钟情于散文,就有人推荐苇岸的;猫欣赏孟非的时评,就有人悄悄地给了孟非的博客地址。博友们用了纸条传递的方式,唯恐被他人看到,途中截留。书生潜伏在草根群里,隐藏在苍茫茫的民间。只有心静的人,才能触摸到文学的脉动。

也许每个人的精神世界里都有文学的DNA。

坚守文学阵地的书生,请接受猫的致敬吧!

书生,一群锦衣夜行的人。

一根肋骨的情天恨海

　　一个台北女子在美国念完大学,相处了一个哈佛毕业的对象,已经谈婚论嫁。可是就在结婚的前7天,她去新房的时候,未婚夫正忙着跟表妹切磋。台北女子拎一个包包,买一张机票,飞到了香港。

　　安顿在朋友处后,即去电视台应聘,冒号们掏心掏肺地说:你太优秀鸟,明天一定要来上班喔。上班的第一天无数色眼饱餐她。其中就有花样美男一枚。还没等她接住花样美男的眼神,俗不可耐的、香艳透顶的女子们就鱼贯着往花样美男怀里撞。

　　台北女子高傲地给花样美男一个绝情的背影,回到住处。一邻居型男上门来表达好感,第三天孤男寡女就深吻至眩。邻居型男系出名门,因天生低调且自力更生才隐居民间。

　　第四天,台北女子头一回进邻居型男的屋里,发现满眼是与自己长相酷似的女子照片,原来自己只是替代品。台北女子不愿继续交往,型男瞬间变为暴力男。惊吓之下,台北女子拎着包包住到了花样美男家。

　　花样美男虚怀以抱。天一亮,有女子低首敛眉上门来,此未婚妻是也。适逢有去日本的紧急采访,台北女子拎着包包,漂洋过了海。

张小娴的爱情读物,写一根精致的肋骨找不到真情寄生。猫看后大呼三声:骗子、骗子、骗子!

玉生烟住在医院里,她孤立无援地说:爱情,只有不食人间烟火的爱情,读着它可以对付肉体的痛。

亲爱的! 这样的爱情故事果真能骗过锥心的疼痛?

城际高铁的新闻预热中。目前有 N 条高铁摆在我们面前,御风而行,艳遇指日便可撞怀。京沪、京港、京哈、沪宁……猫作小人之想:幸好没有台北直达镇江的,否则台北女子拎着包包安营扎寨,一周谋杀 N 多个流哈喇子的纯情镇江男子,本土女子婚姻如何自保?

西方人说,女人是男人的一根肋骨。前提是:她只是地球上 50 多亿人中唯一一个男人的肋骨。有的女人一辈子爬雪山过草地,找千年人参一样找肋骨寄生之所,可就是落空。绝大多数男人不幸福的主要原因是:那根肋骨压根就不是属于他的。

2011 年大学毕业的莲花姑娘,乾隆似的下江南,刚到镇江就去寻找白蛇姐姐。白蛇的爱情故事让莲花抹了无数回泪花花。她对着金山宝塔大喊:爱情,你在哪里? 金山回声:吾哪块晓得撒!

作为资深肋骨,白蛇姐姐一心一意要把自己变成许仙后背右边第三根肋骨。为此,人妖两界,情天恨海,佛妖之间昏天黑地。无奈,许仙在江天禅寺敲着木鱼,白蛇做不了心爱男人的肋骨。

诞生在镇江本土年代最久远的爱情便是《华山畿》。一个镇江郊外的姑娘,生的是桃花水色。那一天,"南徐一士子,从华山畿往云阳。见客舍有女子年十八九,悦之无因,遂感心疾"。一个眼神,便是千年缘分。男子害起了相思病,吃不下睡不着,索性自杀算了。当载着灵柩的牛车到那女子家门口时,牛不肯前行,拍打也无济于事,似有所等待。值那女子推门至前,殊无异色,令少等,返身入内沐浴更衣,梳妆毕,少顷返。轻抚棺椁唱道:"华山畿,君既为侬死,独活为谁施? 欢若见怜时,棺木为侬开。"

曾经看过杨采妮饰演的祝英台,看得猫悲伤逆流成河。祝英台在墓穴旁哭啊哭,哭出红眼泪,婉转踯躅,最后还是为爱舍生,追逐爱情而去。

《华山畿》是《梁山伯与祝英台》的雏形,镇江的民间资料里都这么写着。

诗意地栖居镇江,遥望日出东南隅的那一片青山绿水,恍惚里想着,果真有过这样情浓的女子? 果真有过这样多情的男子? 莲花没听说过《华山畿》的故事,她瞪大一双美丽的眼睛,不相信脚下的这块土地曾经因爱情如此浪漫。

有一段真爱,才不枉人生啊! 一枝黄花如此感慨。

三年前的春天,句容山野桃花烂漫。一个叫如月的摄影记者,提着相机到了山里。新茶的气息袅袅地迷漫在空气里。如月问:这就是桃花盛开的地方吗?

一转眼,云深不知处。夕阳时分,只见如月从绿茵茵的画幕中走出来,手中多了一杯茶,茶汁清澈透亮。回到车里,如月伏在耳边说:我要嫁给桃花源人家做媳妇。时隔三年,来信中仍念念不忘那个为她泡春茶的句容男子。

一次旅行换一回艳遇。

李碧华写了《胭脂扣》。书里说到女鬼如花到人间找她的十二少。如花是一个烟花女子,曾经与十二少好到如胶似漆无奈十二少给不了如花婚姻,两人又不能私奔,只好相约到阴间相亲相爱。哪知如花到了阴间左等右等都不见十二少,只好折回人间四处打听。她踏破绣花鞋,终于见到混得很不成样子的十二少,坚持了两辈子的爱情美梦瞬间拉倒。

李碧华无非告诉众生,寻找爱情是件相当有难度的事情,与其使出吃奶的劲儿要把自己安到男人后背,成为那人的一小部分,不如把肋骨抛给狗狗做美食,做完整的自己。

倦了　懒得吐槽

海晏河清,春和景明。

猫、一枝黄花、润州一钗到镇江南山西入口准备好好晒晒太阳。这么美的地方,让润州一钗好一番抒情。

润州一钗是某网络的版主,很多年前就在"西陆"上混出了名堂,对于网络上发生的事,她常常如数家珍。

润州一钗坐在西入口的大石块上,说史上最硬的口水仗正在酣战,一脸难得的正经。

西入口场子不小,润州一钗把虚拟的网络搬到眼前的大广场上,比划着讲开了。

话说某天,一个叫麦田的挨踢评论人肩膀疼颈椎痛,他关了电脑背着双手踱到了西入口。郁闷啊!这天下太平也无聊,何不掀起点小妖风呢?遍数星界,子怡没趣,德华太老,王菲龙年未到先嫣儿,任志强太强硬,小潘太滑头;宋祖德,说他有些丢份儿;康、雍、乾,都成僵尸了。麦田灵机一动,想到了韩寒。

不是有人拿韩寒比鲁迅嘛,鲁先生说,奶牛吃的是草,挤出来的是奶。人家好歹吃了一肚子草,何况哪头奶牛不是吃草产奶呢?一个人不读书只赛车,却以文立命,太牛叉了!

麦田像发现了新大陆,打赌说,韩寒有代笔。"人造韩寒"就这么来了。

草根们本来昏昏欲睡,突然激动得乱抖。韩寒的成名作是《杯中窥人》,一个17岁的毛头小伙,英语那么烂,文尾还显摆上了拉丁文,文风还是民国味儿。有代笔吗? 没有吗?

有人质疑韩寒。李寻欢不答应。

李寻欢,金庸笔下的人物,又叫小李探花,光听听名字,就够柳永风格的。穿件长布衫,头发抓成一束,左手拿把长刀,爱拿余光看人,是女人见到他就尖叫,就巴不得他温情脉脉地喊一声:娘子。

南山西入口莲花山脚下,此时人来人往,小生意人也来凑热闹:做太平叫叫的摊子、捏糖人的担子、吹棉花糖的挑子。立春后的幸福阳光。场子围成里三层外三层,口水仗的唾沫把前两排看客的衣衫都弄湿了。

一边是麦田的拉拉队,一边是李寻欢的拉拉队。

看客们弄清楚喽,此李寻欢非彼李寻欢,这个捏着小拳头的文弱书生是著名的出版商路金波。

当年,李寻欢、宁财神、邢育森号称网络文坛的三驾马车。

路先生为毛提着刀应战山门? 媒体是这样说的:"是出版人路金波用精准的定位和包装,帮助韩寒找到了最合适的定位以及最恰当的传播媒介。"

路金波是韩寒走上商业路线的推手。

路先生深受金庸武侠的影响,无奈书生的血液里天生缺少横刀立马的英雄本色,几个回合后,他说:我刚开始也就是觉得热闹,口水仗打到如此地步,让人好生厌倦,我还得赶稿子,恕不奉陪。

在李寻欢转身的一刻,拉拉队里突然出现一个声音高八度的抗议者:路金波,孬种! 河南人,骗子! 河南人民又一次受伤不浅。

麦田先生见青萍之末的风波酿成浊浪滔天的恶战,一跃上马,达达地逃了,隔岸观火。

主儿们不在，网友们像亿万只麻雀开会，一时甚嚣尘上：有人晕倒了，有人血压飙升，有人窒息得吐了。美眉们黯然神伤，说"回家就把网戒了"。

西入口水泄不通，群情再一次沸腾。探子来报，韩寒出场了。

"人造韩寒论"太犀利了，彻底激怒了韩寒。出道这些年，哪一回不是万千粉丝唯马首是瞻，他是众粉之神，如今神坛基础都动摇了，凭什么咽下这口鸟气？他要证明自己的清白。

"挨得住多深的诋毁，就经得起多大的赞美。"范氏冰冰曾劝过他：小不忍则乱大谋；走自己的路，让别人去说吧。

韩帅不听。他先是写两篇小文章 hold 住阵地，然后捧出当年的手稿 400 多页，情真意切地说：我那时是多么狂热地喜欢写作啊！语文课上写，数学课上写；白天写，晚上写；晴天写，雨天写；上半夜写，下半夜写。写啊写，写成了七盏红灯。

话说，有人的地方就有江湖。有江湖就有风浪，有算计，有血腥，有眼泪，有丑陋。有个叫方舟子的博士，扛着一面大号的打假旗，立在观战队伍中。本来，他只是打酱油的，谁也不信，谁也不挺。但看着看着就热血沸腾了：这都什么打假水平，太菜了，太水了，太没劲了。就这样不痛不痒，岂不急煞人也？方舟子把方字大号打假旗交给一喽啰，一撩战袍，高喊一声：我来也！

方舟子是什么人物想必地球人都知道，网语有云：流氓，是一种气质；老流氓，是一种信仰。有人说他：想咬谁，不咬出血绝不松口。

方舟子上阵，韩寒童鞋才真正领悟到无招胜有招的妙处。可惜为时已晚。

河南人路金波把金丽华推到了网民面前，说：呶，这是韩寒孩子他娘，韩氏正宫娘娘，中央戏剧学院编导系毕业的，所有事宜包括诉讼归她管。

网友们有一阵分心，不去看方先生如何抡斧头劈人，追到了某校大门口，争睹当年上海淞江二中的青涩男、有点帅有点才的小生韩寒的"草样年华"。

看完《甜蜜蜜》版的金韩之恋,网友们大呼上当,也没啥特别的爱,所有做派作为草根的网民也做过。这时,方舟子一招一式舞得投入又正经。

方先生具有先天的斗争精神,但有这能耐为毛不去打贪官污吏?

网友们蔫了,觉得一太耗时,二太残忍,三没意思,都想撤了。

方舟子这时放了一句话:擂台设了,就是比武的;观众没了,不影响我继续出招。

额的个娘,果真偏执是一种境界?

这时有网友推了推猫爪说:你个傻猫,怎见得方先生不是韩寒请来的推手?

一中年网友说:就是一场戏啦,方韩演戏的玩火,我们看戏的人反而玩命。笨到家啦!

又有网人脖子一梗,醍醐灌顶般地:怎见得不是方舟子想靠韩寒炒作自己?

懒得吐槽。

加 V 不是件容易的事

微博也玩论资排辈,他孔庆东有 V,他郎咸平有 V。猫作为新浪微博的先民,至今只是个普通客。

毒舌 ROCK 本着求人不如求己的原则,干脆在网名后直接缀上 V。虽不金光灿灿,但的确是个 V 字。

V 代表一种官方认可……

猫呵冻想辙,发帖、转帖奋力两步走,盼望早日成为猫 V。

提交猫 V 申请,15 天静候佳音,猫 V 或猫,悉听尊便。

与一枝黄花相约去看《鸿门宴》。自从演绎了《宫》里的八阿哥后,冯绍峰,这个高大帅气、眼睛亮烁烁的小伙子红了。冯爷期待着更大的爆发,结果项羽一角让他华丽转身,从此演艺人生加了 V。

还记得多少年前,一辆旧单车上是一对璧人:黎明、张曼玉,他们演绎了一段浪漫动人的《甜蜜蜜》故事。那时黎明是这个样:木讷、正点、被动。女人好像都喜欢这样的闷骚男。这风格用在刘邦一角上却是恰到好处,他多疑、说话吞吐、老谋深算、心藏主意却不张扬。赞扬声一片,看来给黎明加 V 也是群众的呼声。

鸿门宴是中国饭局里最阴谋、最诡异、最刀光剑影、最飞沙走石的。两个主角——刘邦与项羽背后各有一个智囊团，两人大战于饭局江湖。四年楚汉战争，最终刘邦成功加V。

刘邦，江苏丰县人。农民刘老爹的三儿子。死时62岁（一说52岁）。

项羽，江苏宿迁人。乌江自刎时31岁。

香港导演李仁港执导的《鸿门宴》正在公映中。懂点历史的人都会纠结于电影的某些主观误读。

史书里是怎么记载项羽的？当时人是怎么评价他的呢？

"项羽妒贤嫉能，有功者害之，贤者疑之，战胜而不予人功，得地而不予人利，此所以失天下也。"也就是说，项羽是小人，他反复无常，说话不算数。说了谁先入关谁为王，结果却抵赖反悔；说过不杀投降的秦军，结果一次就坑杀二十万秦军；杀害了已经开门投降的秦王子婴；灭了秦的诸公子宗族；掳掠奸淫妇女；火烧秦宫室；掘开始皇家；逼死亚父范增。历史上的项羽众叛亲离，不得人心，齐、赵都反叛他。

项羽在鸿门宴上设局想谋害刘邦，结果刘邦安然而归。项羽有当时天下最好的谋士却不会用。范增气得骂项羽："唉！竖子不足与谋。"项羽以强败弱，却叹曰："天亡我，非用兵之罪也。"

刘邦少时游手好闲，好吃懒做。樊哙在河西烧狗肉，他天天来白吃。樊哙生气了，躲到河东烧狗肉，刘邦又想尽办法到河东来蹭吃。刘邦做了亭长，想起这件事记恨在心，于是把樊哙的刀没收了，让他做不成生意。

刘老爹说：老三啊，你干农活不如你哥哥，你做生意不如人家樊哙，这样是没有前途滴。

刘邦称了帝，对他老爹说：亲爱的爹地，你看看究竟谁有前途，老大还在种地呢。

唐朝有个叫章碣的人，写过一首很有名的诗叫《焚书坑》，诗曰："坑灰未冷山东乱，刘项原来不读书。"

刘邦与项羽到底读没读过书有待考证。

项羽的《垓下歌》是妇孺皆知的:"力拔山兮气盖世,时不利兮骓不逝;骓不逝兮可奈何,虞兮虞兮奈若何!"慷慨悲歌,有大气象。

有人说项羽和虞姬是天生一对、地配一双。项家和虞家原都是楚国贵族,秦始皇灭楚后,两家迁移到宿迁过隐居生活。项羽和虞姬从小一起长大,两小无猜、青梅竹马。

刘邦的诗也有两首:一首是著名的《大风歌》,另一首是《鸿鹄歌》。

有一回,刘家老三回家,当年的小亭长,现在是高祖了,排场自然是要讲了。吃、喝、玩、乐,喝得高兴时,高祖就在酒桌上即兴唱起来了,歌曰:"大风起兮——云飞扬,威加海内兮——归故乡,安得猛士兮——守四方?!"高祖唱得来劲时,"令儿皆和习之。高祖乃起舞,慷慨伤怀,泣数行下"(《史记·高祖本纪》)。作词、作曲、演唱、舞蹈全是一个人。特投入,还哭了。

皇帝位置坐稳当了,就得考虑继承人的问题了。按当时的规矩,刘邦与大老婆吕雉生的儿子刘盈才是正牌的太子。吕雉本是富家女,当年因为仰慕刘邦的勇气与胆略,不顾爷爷的反对,倒追刘邦并与之成为伉俪。吕雉帮夫那是众所周知的。哪知老公事业有成后爱上了小三!

刘邦的小三叫戚姬。传说,刘邦独自上山狩猎,不慎跌入陷阱,遇上山野女子戚姬搭救。戚姬天真无邪,青春美丽,令刘邦春心大动。

刘邦要改立戚姬的儿子如意为太子,暗中做了不少手脚。可是人家老吕并不是省油的灯。吕雉找到了谋士张良,张良又找来四个老头儿。这四个老头儿当时人称"四皓",即四颗明星。刘邦看见太子和四个老头在一块儿,心拔凉拔凉的,哭着跟戚夫人说:"我欲易之,彼四人辅之,羽翼已成,难动矣。"小戚也哭。刘邦说:咱们把眼泪擦擦干吧,你跳舞我唱歌,开开心。刘邦歌曰:"鸿鹄高飞,一举千里。羽翮已就,横绝四海。横绝四海,当可奈何? 虽有矰缴,尚安所施?"译成白话就是:"天鹅呀,大雁呀,一飞就是几千里。羽毛丰满了呀,人家是随便飞来随便起。随便飞呀随便起。我老刘没什么招数了，就是有招儿也用不上啊。心肝啊！这可不是我老刘不爱你。"

果然，刘邦一死，得宠的戚夫人一门全让吕后给收拾了。刘如意被毒死，戚夫人被砍了手脚，挖眼熏耳，扔到茅房里，称为"人彘"。

史上对付小三最歹毒的就数吕雉了。下手这么狠，即使贵为中国有史以来第一位皇后，也断乎不能加V。

那些坚持与放弃了的

　　有时,我们实在是模糊了朋友的概念。饭桌上吃了次饭,活动中点头之交,或有过三五年的交往,这大部分本来就不必被升高到朋友的层面,充其量只是熟人,最终因为日子久了归于平淡或遗忘。猫没有太多朋友,不喜欢与朋友过于亲近,也怕被动交上朋友。多年前某女子写信要认识本猫,最终却语言中伤,甚是伤怀。猫不喜欢寄放别人的感情,不喜欢负累,即使是财产。

　　朋友不是终身制,没有契约,但有人不解,说:某啊,尼蛮拽的嘛,灰常了不起啊! 又不是夫妻有合约,分不了。朋友分开了,便停止伤害,这何尝不是两全其美的事?

　　原先人人都在欢呼,要将爱情进行到底。坚持到底了还有爱情不? 许多东西放弃才是智慧。如果朋友做到了不开心的地步,到了怀疑的地步,到了说对方坏话的地步,那就是累赘,放弃是利人利己的事。

　　朋友之间,长期闹心不如一刀两断。

　　猫有时是悲观主义者,总是从老年人身上看到所谓义结金兰、桃园结义,干哥哥干妹妹一样的不离不弃。到了有一两个人还惦记你就应该感恩了。趋利而聚,呟五喝六,挤挤挨挨,推杯换盏,虚假繁荣。朋友圈子大了,为人情累,为应酬累,最终身心俱疲。

宁静致远,有几人能做得?怕利益有流失,怕人脉不通畅,怕孤立了精神寂寞,诸多原因是人们交友的真实目的。

猫半自闭,蜷在书斋,翻翻书籍,听听古典音乐,或一天"织N条围脖",看着新粉丝不断增加,不亦乐乎!

但,尽管如此,有时仍不免为友谊夭折而叹息。盼着时间久了,久到足够用来忘记。

一枝黄花说:在桃花朵朵开的季节,我们各看各的桃花;在繁华散尽后,我们一起看落日。这也正是猫追求的朋友境界。

没有营养的友谊,与荒芜的博客园子是一样的。经常会站在荒芜的博客园子里发愣,比如一个高三的学子,天天夜半写上几句,很小的字,黑色的底板,持续了两年。2008年以后却再也没有在园子里留下脚印。又有一个在美国休斯敦留学的辽宁男孩,刚去留学时拍了很多照片放在博客里,全是真真实实的异国崭新生活点滴。可是只维持了一学期,再也没有更新。坚持了,又放弃了。

不知从哪里听来一句话:她来找你,代表她心里有你。她不再找你,证明她已不需要你。这是一对旧情人的故事。终于可以不再纠缠,甜蜜或忧伤都已中止。

看中国的电视剧,婚姻剧竟是不能看了,很不和谐。人物全纠结在矛盾的漩涡里,天天吵,伸直脖子吵。从头吵到尾。及至快疯的地步、快崩溃的边缘,却仍在耗着,曾经有过的温情全废掉了。

家庭里没有爱情,有人说全变成亲情了。这真正是委婉。

以高度的热情关注过老鬼的几部著作。曾经在当当网购过三次《血色黄昏》《血与铁》,以同样高度的热情送给一位朋友,结果发现我的热情只是个人发烧,相当对不住这两本明珠暗投的好书。老鬼的母亲是《青春之歌》的作者杨沫。杨沫的第二次婚姻是嫁给了北京某大学的副校长马建民。杨与马,当初肯定是因为爱情结合的,后来则因政治立场问题闹到反目,在"文革"中互相揭短,以最狠毒的方式打击对方。到了杨沫晚年的时候,老鬼写了另一本书《我的母亲杨沫》,从书中才知道杨沫的第二段婚姻也没有坚持住,有了第三次婚姻。

像钻天杨一般,只知道奋力向上的女人,到老了也是慈祥的。所以老鬼说,下辈子仍旧要做她的儿子。这是一种亲情的坚持。她给了他生命,给了他与她一样的脾性。这是 DNA 的胜利。

杨沫这一词条,陈旧了点,毕竟"文革"对于猫来说是遥远与陌生的事体。如果可以加粉丝的话,张中行肯定在其列。他自称是猫科动物,在北大校园内,有一盏地标式的灯光就是张中行的。

猫记下了这段话。张中行晚年拒绝参加杨沫追悼会,还发表高论:"所谓告别,有两种来由,或情牵,或敬重,也可兼而有之,对于她,我两者都没有。"

17 岁时,杨沫来到张中行身边,爱到无以复加。闪恋,闪同居,闪孕。但张中行是有妻室的人,且一个人拿工资要维持家里七八个人的生活。对于杨沫的欣喜他表现出了异常的冷静,这冷静竟至于使年轻的杨沫到妹妹的奶娘家生下孩子并将其丢在那里,然后再回到张中行身边。爱情往往流失于坚持爱情的过程中。接受新思想的杨沫很快有了新的追求,在《青春之歌》里,她把张中行写成了小眼睛的反面角色余永泽。

曾经的情牵竟是孽缘。

蔡康永说:太阳每天都在升起,做着同样的事情,但每次看到它,我们仍会感动。蔡康永劝人不要喜新厌旧,这例子貌似有说服力。问题是,谁是太阳呢?

前妻欲来风满楼

离婚了,法律手续也办完了,财产关系、孩子等都已处理完毕,那这个女人和你还有关系吗?有!绝对有,她的身份叫前妻。

有四类前妻,今天要说道一番。

第一类,衣锦还乡型。前妻回国了,老黄瓜还刷了一层厚漆。是时,她的前夫已跟一位慈眉善目的女人死心塌地地过日子。

不请自到,挺了挺腰杆,前妻站到了前夫面前。她的娃在这里,与她50%的血肉之缘。

她充当起了救世主,带孩子去吃大餐。再进家门时,孩子一身名牌,手里还拿一个高档电子产品。

前夫裹着一条布围裙,油腻腻的,手忙脚也乱。那个有自己50%血缘的孩子半天时间就已全面投降到资本主义的怀抱。

前妻料事如神,当年嫌贫爱富,跟人私奔到国外,最终遭遇抛弃的往事都蛛网一样,轻轻一抹就没了。在外国洗碗还是推销墩布统统保密,反正她有钱了。

上一回她带着简单的包包,头也不回,小腰一扭远走天涯;这一回老腰一扭她要带上她的娃到国外吃香喝辣。

前夫委屈了一个晚上,同意了。理由是为了孩子。中国的父母都这么想,到国外就有好前程。

其实,亲,你懂的,前妻在国外什么也不是,孤单得天天想撞墙,想到还有亲情可以利用,便涂脂抹粉地回来了。

那个在叛逆期,恨不得天天吃大餐、不读书的七等生就这样坐上了国际航班。好歹多吃些洋垃圾,力气总还是有的,大不了到中餐馆刷刷筷子洗洗碗。

本宫以为:既然你已不是人家的夫,只是一个微不足道的前夫,就没必要对前妻洗耳恭听、言听计从。男人,硬一点自然是极好的。

第二类,窦娥翻版型。当初被不知好歹的前夫打跑了,但前公婆那个不舍哟,干脆把她当做女儿了。只要这两个老的在,她就可以长驱直入,把前夫的家当家,把前夫的爹妈当爹妈。前夫有意见还不敢高声嘀咕,老头子虽然年纪有一把,但脾气更大。动不动抛出点狠话,很有当年愣头青的气概。

这不,前妻又来了,带来了一罐DIY咸菜毛豆,前婆婆就爱就着这个喝粥,喝得劲昂昂精神抖擞的。So,前妻时不时要打咸菜毛豆牌。

窦娥类的前妻水滴石穿的功夫值得广大营销人员再三学习:其一,把自己放低到尘埃里;其二,以退为进;其三,争取同盟军。整个过程穿插进润物细无声,最后,无一不拿下。

本宫以为:撤离就撤离吧,前妻你又何苦留一颗"念旧的心",作为旧部残存在前夫家里? 走自己的路,让前公婆去想吧,当真做不到?

第三类,扛炸药包型。前夫肯定是当初的过错方,头宗罪自然是出轨,其他罪还不至于让前妻一怒休夫。

随着前妻进入更年期,身边还有一个娃的前夫或者娃跟了前妻的前夫,没一天不是如走在雷区,说不定哪天就踩上雷。炸得山响血肉横飞他都不能叫。你喊什么喊? 以为人家同情你啊? 以为喊得光荣啊? 你个负心汉,白披了一张人皮,丢八代祖宗的脸,你还好意思喊!

前妻充分了解前夫的软肋,孤单的生活里也有了不少乐子。什么时候想打电话就打，什么时候想掏前夫的腰包就掏，不心慈、不手软，一点也不。不是共同育有一个孩子吗？孩子就是试金石，是高级武器，是优先条件，是一切可以利用的媒介。

前夫那个悔啊！肠子掏出来看看，没一段不是青蛇的颜色。想想，最不堪的事、最不堪的话都忍了，再说哪个男人没有恻隐之心，古人又老是说：好男不跟女斗。

扛炸药包的前妻其实是一等一的居家好女人，只是前夫们有眼不识金镶玉，让乱花迷了眼。而身边的这位现任，就像打入敌人内部又成功策反的女潜伏分子，他哪里能够相信？而且丢人现眼的是，这个现任也有一个前夫以及跟前夫的爱情结晶，这枚结晶还经常惹是生非。女潜伏分子身在曹营心在汉，你说纠结不纠结？

憧憬一下负心汉凄凉的晚景，前妻们睡着了都要笑醒。

本宫以为，既然前夫是一段早已坏死的盲肠，前妻就不必时时再拿出来作凭吊状了。

第四类，刘兰芝型。与婆婆势不两立，水火不容。婆婆每天一睁眼就对儿子说：休，休，你必须休了她；你前脚休了这货明天我给你娶对门的阿娇。前夫想想人家是因为爱情跟他结合的，结果小媳妇天天以泪洗面。恨恨哪可论！离了。

从此落下心病，舍不得的人，是前妻；心疼你的人，是前夫。

前妻半夜发烧，一个电话，他就冲进夜色。

再就业遇到麻烦、夜路遇见色狼、经前情绪低落，都是前夫奋不顾身地张开怀抱。

经济拮据，前夫用私房钱为她修补屋顶；看到她只舍得吃菜粥，心尖尖都疼死了。

一个刘兰芝倒下去，无数雷锋似的前夫站起来。

前夫果真娶了对门的阿娇，父母喜欢的健硕女子心肠还不错，但前夫不在状态，久而久之阿娇仰天大哭出门去，长啸一声：我辈岂是备用胎！前夫的第二次婚姻眼看着快分崩离析了。刘兰芝由受害者变成了害人者，前妻变成了小三。

本宫以为，既然离了就请远离，这样才是极好的，况且真心离，当真也是不难的。

都道清官难断家务事。再说了，谁欠谁的，都有天定。本宫只是以为，老夫老妻能混得下去就咬咬牙混下去。你也别信戏文里说的举案齐眉、琴瑟和谐。男人与女人一窝几十年，不斗是不可能的。面前这个穿着拖鞋的很没型、很没款还特自信地晃来晃去的男人，自然没有多少审美价值，少看两眼也不难做到。

而且，悲摧的是，这个不怎么样的男人，一旦你撒手，他跑得比兔子还快几倍；眼睛一眨，他已跑到了千里之外，在女人堆里行情看涨，炙手可热。

再说说你，屈指可数的相亲机会，坐在对面的男人不是秃就是矬，年纪一大把还巨抠，哪一样都比不得前夫。

本宫总结如下：各位贤妻，切记！怎么着也别变为尴尬前妻。

情与欲

袁永定:"究竟你要找什么人?"
如花:"我要找一个男人。"

——李碧华《胭脂扣》

　　如花是二十一二岁的烟花女子,说白了,本来也不过是男人的床上用品。那一日,来了风流倜傥的富家公子十二少。日久生情,如花的一张床如溃决的堤,覆水难收。无奈十二少家人不允,于是一对苦命鸳鸯相约服毒赴死,到下辈子好好爱。如花去了阴间,久等不见情郎来,折回阳间来到香港报馆,登小广告找她的情人。

　　尘嚣十丈。如花为一个情字,阴阳两界来回折腾,结果她的男人赖在阳间凡俗到不堪入目。已做了鬼的如花速速又潜回地下。

　　女人好色,不可救药。

　　可是,男人又是些什么东西? 往往,女人觅到了她的花样美男,她便是他的永久牌,故事即已结束;男人觅到他喜欢的女人,故事才刚开始,她不过是他的过往。

　　这让猫想起了一个男人,多少次都想说说他。

　　简繁先生是 30 多年前中国恢复高考制度后的第一批大学生,某一年,阴差阳错做了刘海粟的研究生。简繁先生是位有心人,刘海粟几十年的点点滴滴他都记录在案,终于写出了一部50余万字的《沧海》。宜家猫初得《沧海》奇书,夜以继日地看,结果眼睛出血。上传一篇《沧海》书评至网上,两天后简繁先生在美国洛杉矶向宜家猫致谢。呵呵,这世界够小的。

在常人看来,刘海粟就是一座高山,就是一片汪洋,就是一棵苍松。高大伟岸到什么都可能是,就是有点不像凡人。

但简繁接触到的刘海粟,即使到了90多岁高龄,作风还是十分强硬的,习惯用大拇指有力地戳着自己的胸口:"老实不客气地讲""我比他们强"。他们指的可是李可染、傅抱石、潘天寿、徐悲鸿等。他时常恍惚,自己可不就是那马蒂斯、毕加索?所以有时来一句口头语:"曜—哈—你懂,你知道我多有名。"

有一天刘海粟伤感地说起了他的初恋,那时他还相当青涩。在黄山写生,晚上住到山脚下的小村子里。老乡家的女儿清纯得像一枝香水百合。刘海粟忏悔着说:我没有办法,我把她给睡了。这个秘密差一点连他自己也忘了,直到90多岁时,忽然想起来了。此时他住在黄山顶的别墅里,身份高贵无比。黑夜有雨。他坐在廊间,树影婆娑,诗意、怀旧、柔情像钝刀一样割他由于苍老而坚硬的心。他终于说出了他的这次初恋,神情凄然。

无论古今,优秀男人的怀抱里从来不缺女人。看看那杜甫,贫病交加,潦倒不已,逃生在一条破船上,尚有樊素、小蛮等不离不弃。现今的好男人,在经过物质的高度洗礼后,对于女人前赴后继的攻城,挖城池以警戒,筑高墙以防备。坐看云起的极品男更是不会轻易说出"爱"字。宜家猫在搜狐的情感阵营里,读到过不少男人一夜情后津津乐道地讲自己如何掠艳得手的故事。同城或相邻城市的男女,一旦网聊至情不自禁,也有一方开了房等另一方前来同眠的。

惮于言情、悭于付出,却放任欲海无边。解读现实中的两性关系,是要让人失望的。

不单单男人,也有女人。猫就读到过这样的故事,两个不同城市的成功男女,一旦有机会就苟合起来体验美妙乐事。一方配合一方,一方响应一方。而且,抵死缠绵后,女方怜惜男方欲壑难填,劝男人在同城速速发展一个。

导演鄢颇被人砍了几十刀,脚筋也被挑了。李小冉日夜陪床,在微博上写出了这样一句话:有本事对我下手,不要伤我心爱的人。此情怎能说不真不切? 八卦新闻总是拿明星说事儿,殊不知这年头黄脸婆也鱼贯出墙。坊间的艳情虽上不了台面,但暗地里却独自妖娆。当上半身停止思考后,下半身便变得无忌。

葛优版《手机》中有一个情节。伍月像影子一样闪出人群,守一同志心有灵犀,几分钟后两个旧情人在宾馆里又滚到了一起。只是这一次,男人以为鱼水之欢是两个人的乐子,况且自己也尽力了,哪知伍月那边早有预谋,手机新功能帮了她的忙。守一的代价是让出电视台主持人的位置,让伍月取而代之。

美好的男女性事变成了较量、暗算、阴谋、诡计,谁果真付出感情谁就举了白旗。

白纸黑字,猫不敢乱说。但诸位看官,生活中有些事,刘海粟做得你做不得;有些话,刘海粟说得你说不得;有些女人,刘海粟动得你动不得。青史上有刘海粟,他爱国,无论何时;他的泼墨山水登峰造极,出神入化,他不出售一幅作品。在美国他住最小的房子,过艰难的生活,而把所有的画,即使每幅都价值连城,都无偿地给予祖国。

梁朝伟的片子看过几部。说真的,宜家猫不明白《2046》表达了什么? 不明白那么一撮文艺精英为什么要拍这样一部人肉横陈的片子。梁朝伟的裸体、巩俐被吻化了的唇红、刘嘉玲的一头银发、无休止的风尘女子的旗袍……《2046》的末尾,章子怡哭着求梁朝伟借她一夜,梁朝伟说:有些东西是不能借的。他的脸上有着高深莫测的笑容,其实是多么的虚张声势,装腔作伪。说白了,有些东西他也根本给不了。没有真情,性奈寂寞何?

猫喜欢江南的梅雨天。总觉得,旧恋情就像江南梅雨,应季总会来。即使多年之后,旧情人早已各奔东西,音讯皆无,但忽有余痛袭来,仍是销魂蚀骨。有情,才有回忆,如品陈酿,其韵绵长,醉人心窝。单纯的性,回忆起来多少觉得羞耻,正如孟子所言:"人之异于禽兽者几分"。人与兽,仅存微乎其微的差别。

深度迷失　有木有

　　美女垂丝海棠前日去江西了。一说起那地儿,猫就想起某一年去听庐山瀑布的往事。一行人步履匆匆去庐山,嘴里还在念着李白的那首破诗。猫不太乐意在导游的规定时间里,以比赛似的速度冲到终点。猫看中了半途上导游指点的一个地儿,说山脚下不远的地方有个平宅大院,那是陶渊明先生的老家。猫一度迷惑,陶先生不是前些日子去世了吗?他家的房子白着墙黑着瓦,被阳光照得亮闪闪的,地里的油菜跟村里人家的油菜一样开着花。好像陶渊明仍在县里做官,下个双休日还要回乡钓鱼、种花。

　　一箭光阴,从 320 年射到 2011 年。

　　这几天老纠结于陶渊明在各种媒体上发表的《归田园居》一文。想想缘由,概因为被一集团老总盯着写项目文案。为了写文案,就上网看人家怎么写的。结果得出一结论:这年头就一个写羊羔体的还在坚持敲回车键,其余的全写报告文学了。报告文学的主角全是创业的,创业最成功的全是地产商。写诗歌的改变文体写报告文学后,偶尔也会闪神,写着写着,想到大院落或独立别墅。陶氏高低不肯做官,就想着把自家的几亩地种上红薯,结果他家的大院落升值了。陶氏在

1600多年前就亲力亲为炒房产,太高瞻远瞩了!

陶渊明的另一篇文章也相当穿越,这就是《桃花源记》。现如今,只要是地产商,都想往世外桃源的创意上靠:山水间、云深处、杨柳岸、江南意、优山美地……

前些日子拜会一知名人物,坐在他对面,喝着新产绿茶。报上猫名,他全然不晓。聊着提纲上拟好的内容,他有一句没一句,完全没有投入状态。不羁之猫凑上显示屏一看,此人正在人肉对面这只猫。太过分了!天大地大都木有用,此枚名男深度迷失于网络。猫收起了恭敬,对着被采访对象、报告文学的主人公淡定地一句:886。

《桃花源记》是这样写的,童鞋们请跟猫朗读:"晋太元中,武陵人,捕鱼为业,缘溪行,忘路之远近,忽逢桃花林。""从口入,初极狭,才通人,""太守即遣人随其往,寻向所志,遂迷不复得路。"(此处省略300字。)

天知地知你知我知,陶渊明实在是太会嚼趣了。多大的地方啊!现代人登月都不成问题,自驾到哪里都没话说。什么了不得的地方,还能把大活人给整丢了!丢了也没事,咱有GPS导航。现代人不愿意弯弯绕,想说什么直说就是。说完中国说外国,什么级别的人都可以拿来开涮。用不着遁世。鉴于此,《桃花源记》现在也没什么利用价值了。但猫是俭省加怀旧之人,祖宗的东西适当地保留,装装门脸也是可以的。就联系上了"迷失"这两个字。

猫新近频繁接触到一个词——城市综合体,就揣摩:这综合体是个啥东东,为嘛这么多人嘴边都挂着?清明节前被某商业大鳄请去体验,白天仰头看高楼,晚上深入内部看富人养生,边走边陈胜吴广同乡进宫殿一般叹曰:真大呀!真多呀!眼花缭乱呀!要不是某总一路指引,每一处都可能走失一两个童鞋。

吾辈崇高远大培养出来的有志青年,在人生的十字路口,尤其注意选择正确的道路与方向。从小到大,脑子里的十字路口就两个方向:正确的与错误的。可是到了城市综合体,所有的路口都有 N 多个岔口。所谓选择，不是二选一，而是无穷个；而且每一个选择，都可能引导你走向闻所未闻、见所未见。物质或金钱营造出来的世界，不排除相当一部分人趋之若鹜、甘之如饴。

又想起《游褒禅山记》，此文甚古奥，中学时差点被它整吐。王安石是个会写文章的人，要是跟猫共事，也给商家写鼓吹文章，一定是疯狂抢俺饭碗的主儿。《游褒禅山记》里说：有一座山，前后各有一洞。前洞浅，举着火把可以穷尽。后洞极深，火把用完了还没到头，没有人坚持到最后。王老师又说："世之奇伟、瑰怪、非常之观，常在险远。"（猫批：宋时房产商不给力。）

自然之险之美，至今没甚秘密，倒是城市综合体这样的人造迷宫让猫纠结。许多人迷失在玻璃世界的恍惚里，迷失在震耳欲聋的音乐浪潮里，迷失在山珍海味的饕餮里，迷失在世界级顶尖、一线、高端、奢华、限量、绝版名品的追逐里。

《桃花源记》《游褒禅山记》这样小儿科级别的迷失，咱唯有一哂。

荼蘼不争春　隐者如黄鹤

"春且住！见说道、天涯芳草无归路"。辛弃疾的这首《摸鱼儿》迷糊猫是倒背如流的。一个七尺须眉写出这么娘的词，真有本事！他说，春天啊，你不要走啦，已经走投无路啦。因为怕花落，所以辛弃疾说：多么希望花迟些开啊！猫想起了一种叫荼蘼的花，据说是夏季最后盛放的花，当它开的时候就意味着夏天结束秋天开始。"荼蘼不争春，寂寞开最晚。"低调啊，像身边的某童鞋。

那晚有些小降温，接到独孤求美的电话，约猫去她华都名城的新宅打牌。站在独孤求美家窗前，放眼远眺，全是高楼，春笋似的。楼与楼的缝隙里看到青青的南山。楼很高，所以南山没有山的样子。想着从前登南山，是多么兴奋的事。南山听鹂也不是什么值得期待的事了，所以掼蛋。

四个女人掼蛋，有点兴致寡淡。半夜方归。走在庄泉路、南山路，感觉行走异域。从南山谷底吹来的风，强劲得很，能让长发直立在头顶，路灯下人影俨然怪物。风声訇然，时而带着啸叫。侧目牌友，她的瞳仁里仿佛亦有三分惧色。猫哲学家一般发出天问：为嘛走这么远的路，只为跟朋友一聚？为嘛不能将就着在自己小区里找牌搭子掼蛋？

跟隔壁邻居坐在牌桌上,会是什么结果呢?同事妖姬蓝说:固定的牌搭子,也要一诺千金的,即使出差在外地,三缺一了,坐飞机也要往家赶。你成全他人,他人才能成全你。如果你不配合,那游戏就玩不转。人生在世,重要的事情固然有很多,但节假日聚聚,打发光阴,也是难求的完美。

人生不全是主旋律,对此猫懂得很迟,一直都是蹲在起跑线上等发令枪的架势。

唱《志忑》的龚琳娜前些日子写了篇博客。她说,她的心里有个洞。

猫懂那女子的意思,不见底的洞,叫思念也成,叫孤独也成。人在他乡,即使有了一方自己的天地,有了一群朋友,但那个叫思念的东西让你宁可一个人静静地坐在深夜。越是孤独,越是离群索居,这个洞就越是有内容。

谁能看得到另一个人的内心呢?牌桌上顽童一样的人,也许一转身就深沉盖世。唐时贾岛有首诗叫《寻隐者不遇》:"松下问童子,言师采药去。只在此山中,云深不知处。"这位隐者在山里,有人想方设法来找他,一次次都失望而归。隐者胸中有丘壑,耐得了这无边的寂寞,所以才深藏在老林里,怡然自得。

苏北里下河地区的兴化,油菜花开疯了。一呼百应,都摩拳擦掌争睹那菜花。丁卯湿人去过后回来咋呼:偶的乖! 一尺宽的田埂上全是挤挤挨挨的观光客,人比菜花还多。

猫打消了去看菜花的念头。让那菜花认认真真地长,熟了成为有用的菜子,被压榨成香香的油。与其趋之若鹜地倾巢看菜花,不如做隐者。

猫这两天走路都带沉思,为一个叫苏武的人。想着一个汉朝的官员,为了国与国之间的纠纷,带几个人去和谈,结果阴差阳错被匈奴单于扣了。先关黑屋子,苏武只求一死,割腕、抹脖子都没成功。后来,单于给他几十只羊,让他在北海放羊。

十几年中,苏武放着羊,心系祖国,面朝大汉方向望眼欲穿,天寒地冻,吃草根就冰雪,像蝼蚁一样活着,像耗子一样活着。硬是活着。

40岁去匈奴,59岁才回到汉,正好是现在干部快退休的年龄。头发全白了,人已不像个人。老百姓听说后,无不涕泗滂沱。

不谈对朝廷的忠心,仅那份孤独换作一般人就熬不下来。

文二代苏东坡一生中官做得不大,但文才了得,琴棋书画无一不精。当年在徐州做官,喜欢画画的他身边自然聚集了众多骚人墨客。大家都削尖脑袋向苏东坡求画,或者拿着绢来求他画画。门庭若市,但苏才子内心十分孤独。在湖北时,他有一个好友叫张怀民,那一年也被贬到湖北,暂时住在承天寺。深秋的某晚,下过雨后,脱下衣服准备睡觉时,看到床前明月光,苏东坡披衣走动。没有手机,没有电视,不能上网,于是走了很远的夜路到承天寺找张怀民。张怀民也没有睡,两个人在院子里站了站,就分手了。

这文章被网络复制得到处都是,被中学老师讲来讲去。

文字跋山涉水,让活生生的苏东坡穿越到这个时代。1083年,张怀民在苏东坡的好友名录里。

小区里有个男孩,十二三岁的样子,傍晚的时候总是让一只可卡犬拽着在草地上遛。后来又是一个女生,十六七岁的样子,遛着一只西施犬。后来又是一个女孩,二十出头的样子,坐在紫藤架下,一只巨型萨摩犬蹲在旁边,各想各的心事。

猫时常心疼养狗的孩子。

很明白,苏轼为什么半夜去找张怀民。

即使是一只黄鹤,一定还有另一只黄鹤知道它的消息。

一株逍遥的葵

中秋,团圆,思乡,赏月……这些词就像土豆一样被连根一拔,串起来了。

在秋高气爽、天高云淡的 9 月,想起了一个古老的成语:鸡犬新丰。

历史上刘邦是一个很有意思的皇帝。建立西汉定都长安后,他把他的老父亲从老家丰县接到长安居住。大富大贵,一时家乡的百姓羡慕得眼红。但刘老爷子身在福中不知福,失眠、脱发、厌食,唉声叹气,毫无喜色。刘邦在百忙中思考一个问题:父亲这是怎么了?

侍者回答:皇上的父亲因久居新丰县,习惯了家乡的生活,喜欢与家乡人谈天说地,而长安城中他没有一个熟人,那些人说的又是官话,他听不太懂,所以整天闷闷不乐。

刘邦听后有了主张:这还不容易。立刻就在长安仿造出了一个"新丰",房子、树木、小河、鸡窝、狗窝……一应俱全。并从老家千里迢迢运来了猪、鸡、羊等家禽家畜,移民了刘老爷子的左右邻居。那场景相当有戏剧性,那些家禽家畜一放出笼全找到了自己的窝与圈,快快乐乐地各就各位。

刘老爷子是多么幸福哇,他抽着水烟袋,咧着嘴乐呵呵的。可是,谁都知道,如此这般消解乡愁,除了皇上他爹,谁能得到这般待遇?

莼鲈之思,沉疴一般,一辈子非但不愈,反而会越来越不可控制,是一种疑似精神病。可是,当猫跟小朋友们讲"举头望明月,低头思故乡"时,小朋友们神情木然:思什么乡啊!月饼又巨难吃。这年头,思乡的人越来越少了,思乡的情绪越来越薄了。中年以及更年轻的人,甚至都不好意思说思乡了。想家吗?想亲爱的娘吗?想家乡的美食吗?车一开,当天就到。在国外吗?视频、QQ、电话、微博,样样抵达心灵。这思乡的痒什么时候发作,什么时候都能借用高科技抓挠得舒舒服服。

莫非,莼鲈之思是一种时代病?

猫是一个怀旧之人。思乡之情时有复发。想白发的母亲,想家乡清粼粼的十字小溪,想儿时的伙伴珍珍。叶落无法归根,就想着能不能营造一个袖珍的"新丰",让猫怡然老去。这几乎成了猫的烦恼事,总想发展一个人,老来做自己的邻居,大家买房到一起,晒太阳到一起,发呆到一起。哪知这个叫丁卯湿人的女干部太理智,太无懈可击,太不屈不挠,即使小事也坚持真理,有着大无畏的战斗到底的精神与气质。众所周知,猫也是相当能说会道的,也是个要发表自己意见与不能改变本色的人,所以,当配角的时间一久,点头附和的时候一多,反抗精神终于抬头了,具体表现为也想做主角。可是,一山不容二虎,这让人很受伤。自忖,这款不行,要不那款试试吧!直到试着满意再深交、再发展为邻居不迟。可是,岁月是多么的不饶人啊!光阴几亿年下来仍一如既往地如箭、如箭。为什么我这么急着想到老来居住问题呢?为什么一定要一个合适的芳邻呢?年年秋风起,也不见得莼鲈之思一年胜似一年。老母亲在家乡已习惯了与我的常年分离,已适应了电话里的问候。何况一个芳邻果真能够对抗那不可预知的乡愁吗?

有一本书叫《女人的葵花》。我一向知道葵有多种。《诗经》和汉代诗歌里多次提到葵。它是一种草,喜欢长在水井边。自古有井就有人家。汉诗《十五从军行》中,那名老兵九死一生回到故乡之后，看到"兔从狗窦入，雉从梁上飞，中庭生旅谷，井上生旅葵"。旅葵的象征意义，在我的理解里，既代表游子，又代表家乡。它生长在井边，处处可见，像游子四海为家，但这井非那井。游子回乡，见到那些葵，心安了，但此葵非彼葵。一岁一枯荣，终究斗转星移，世移事易，少不了一阵感伤。

还是说葵花吧。都说葵花向阳，从清晨到傍晚，太阳在哪里，葵花一定朝向哪里。但近听新闻里说，人们对葵花为什么向阳的理解完全错了。花儿、叶儿全部正向着太阳，这样做是为了挡住光线，好让根部躲在阴暗潮湿里，有利于生长。

周日去句容的二圣湖，坐着安徽滁州女人划的小木船到湖心去捉螃蟹。这个文弱的女子在外弄船养水产已经 20 多年，离群索居，像葵一样跟着男人辗转。湖水清碧，水草摇曳，菱盘上开着米粒大的梦一般的小白花。蓝天白云，摇着橹的女子竟然也能顶天立地。看到她，无端地起了一点乡愁。想到自己与她一样，其实是个嫁鸡随鸡的现代女子，像一株葵，安安静静地长在他乡。天长日久，渐渐地成了一株被故乡遗忘的葵草。

金九银十，丁卯湿人在 9 月初房市回暖、谣言四起的日子，匆匆回故乡定下了一套房。她说，想想还是回去，神情里有三分落寞，话语里有七分软弱。她的选择又一次打击了猫的情感。道不同，不相为谋。没有人能够为猫造一座"新丰"镇。即使与丁卯湿人比肩而居，也不能够"开轩面场圃，把酒话桑麻"，更奢谈一起种豆南山下。猫怅然回首，然后诗人般地说：故乡，她既不在这里，也不在那里，她在我的心里。

只剩一个爱沙尼亚

　　网上有一道选择题:芙蓉姐姐、凤姐、苍井空,三位网络女红人,你中意哪一个? 猫电话给捕猫者问这个问题,捕猫者说抱怨:你也没介绍,偶也不认得人家苍 MM 啊,你们这些年轻后生就喜欢跟着网络花里胡哨的。QQ 一枝黄花,她高门大嗓地说:我宁可喜欢凤姐,那日本小妞儿死一边儿去。唉唉,黛玉再美,焦大也断乎不会爱上她的。不是一个阶级。猫在第一时间就批评了一枝黄花,做淑女嗓门不可以如此放肆。猫自讨没趣,自知这是一道伪命题。把这三个女人放在一起做什么呢? 想到头痛了,才意识到自己的本意:近阶段,为张艺谋的《山楂树之恋》犯纠结。一是捕猫者说把《山楂树之恋》借去后,一年也不还。不还也就算了,还说一页都没看。二是静秋这样的女子,让河北石家庄一个叫做周冬雨的 17 岁高中女生演了。一个"90 后"小妞儿哪能演得出静秋遗世独立的清爽样子。眼下,花开到荼蘼,田野正吹着热烘烘的风。张艺谋是个有思想的导演,他一直在寻找着乡村的原风景,正如猫致力于寻找原汁原味的农家菜一样。

　　6 月下旬的一个周末,微风四起。为庆祝猫的生日,南山顾庄主诚邀猫前去品菜。

散步在庄园，只见豆棚几架，毛菜几垄，鸡百余只。顾庄主是难得的放松，对鸡的一天进行了设想与规划：一只最漂亮、最具浪漫情调的鸡，早晨登山；上午陪小资母鸡绕湖觅食；中午树下群眠；下午练习爬树；晚上与夕阳打下招呼后进窝。众人听后恍然大悟：它就是传说中一天到晚漫步的鸡啊，它真正做到了诗意地栖居啊！

我们不是陶渊明，所以没法种毛豆豆于南山，也没法隔了篱笆端着酒杯邀人赏菊花。

当晚一桌菜。散养鸡熬成一砂锅汤，汤中加蛋皮、河虾、淡菜等物，鲜咸并重；五谷丰登是宜家猫乱起的名字，许多家饭店都这么叫的，紫山芋、玉米、带壳花生；鲈鱼，屡见不鲜，懒得动筷；龙虾，个大壳硬，吃了几只，咸辣；空心菜颜色有偏差；韭菜百页，一般，韭菜头鲜尾鲜，春三月或中秋后，这个季节的韭菜就是草；水煮雪里蕻内酯豆腐，吃一小勺，咸。其他菜皆不起食欲。

从顾庄主的山庄出来，站在南山脚下黑漆漆的星空下，想起数年前冬天，宜家猫、一枝黄花、风中离人等三位自诩的美女跟帅哥悟道和尚到横山凹农庄吃饭。薄暮时分，地上散步的鸡随我们抓；池塘里的鱼亲手网上来；看家狗狗，体态巨大，"狗"视眈眈，不敢下手。那顿烟火气的晚饭，什么手艺也不忽悠，老老实实的大锅灶，节省着放油，五香调料或缺。青蒜炒鸡蛋香得要命，大白菜炖肉热气腾腾，现烧的鲫鱼汤鲜就一个字——农妇每一道菜都能把我们打倒。吃饱喝足，我们首长似的腆着肚皮，到栽着无数棵桃树的地里溜达。结果一不小心又对上眼了，20余颗大白菜，娃娃一样蹲伏在地里，农妇心疼菜宝宝，给它们捆着稻草。看我们心存占有之心，悟道和尚做主让我们挑一棵抱回家。一声令下，三个女人极不优雅地扑了过去，丰收农民似的抱着就跑。悟道和尚兼司机，从头到尾嘿嘿笑，没说过一句完整话。叹一声俱往矣，帅哥悟道和尚如今在家带孙子，孙子大了也当黄金巴巴似的，早就俗不可耐，与我们没共同语言了。

镇江大地,有那么多美景牵我心肺:江心洲著名的夕阳印象,世业洲可以入画的芦苇,西津渡夜晚那轮弯月,焦山脚下的春江潮水,句容天王的原始樟树林,农家院落里一天到晚漫步的鸡……自然界里的一切痴情地坚守着,有序且从容。

一个人,一个在物质世界里忙碌的人,却不如那轮落日。暮色四合,他可能正赶在纷扰的路途上,然后在觥筹交错里深度迷失;他有着比家禽高无穷倍的智商,然而生活却毫无规律、毫无章法,把日子过得像满天的繁星,热闹却很不成样子;他也不如田头的葵花,有着向阳的目标与矢志不渝。

一次次去乡村,但在寻找里更加茫然;行走在自然里,却想念着另外一个自然。

所以,不指望张艺谋的《山楂树之恋》找得到纯洁之美,虽然猫毫不怀疑张艺谋的票房号召力。也不会再去刻意追寻农家菜的原汁原味,就像江苏台《非诚勿扰》里一个男嘉宾说的那样,要找到农业时代的纯粹爱情。苍井空,一个看上去清水出芙蓉的日本女优,喜欢她的网民不计其数,其实网民都知道她是人工的杰作,只不过用了更巧妙的包装术。

"严家庄的夜幕是从地上升起来的,北京的夜幕是从天上落下来的,而你所说的那个水边的城市,爱沙尼亚的夜幕不知是从哪里落下来的……"当身心俱疲的严守一对费墨道出了这最后的语重心长,有多少人也随他一起将疲惫的心寄往了爱沙尼亚。

重口味　真滋味

　　猫近日有所悟：男人就是一只球，老婆就是守门员。天时、地利、人和，这只球归正宫娘娘专属。看似合法、可控、安全。但众所周知，不论守门员如何死磕，球一样能冲破防线。

　　"矮油，重口味了啦！"小猫说。

　　猫再一次老谋深算：本宫也曾清纯呢。

　　出来混，迟早要重口味。这世道，目遇之，耳得之，都让人纠结，不如识得时务早一秒从了。

　　合欢花开到谢了，池子里全是蝌蚪在乱游，江南气候的老毛病——梅雨天犯了。漫长的白天，汗蒸似的户外，什么都是寡淡的。有青年女子坐在电扇下织毛衣；有老年女子抱着猫打盹；又或者上班的男人端一杯酽茶到处敲门问："要不摸几把牌吧？"屈原的小秘重口味得不行，听到"几把"，就露齿狂笑。有那么好笑吗？

　　猫的夏天无非读书。突然又想起清少纳言的《枕草子》。在充满霉味且杂乱的书房中好一阵爬高就低的翻找，却不见踪影。人俗了，心里长草，书也不待见。待不理会此事，却在另一处发现了这本书。

　　开篇第一句便是：破晓时分。

　　猫曾拿这四个字做了网名。但终究浮

躁,网名没登录两回,密码忘了。手上还有不下 10 个用着的密码,只怕哪一天,突然苍老,什么都想不起,把这 10 个密码统统忘记。《潜伏》里晚秋死里逃生,她躺在病床上,几次眼泪夺眶而出,哀怨地看着心上人余则成说:最不舍得的都舍了,这又算什么?

《枕草子》是一本让人心静的书,适合伏天阅读。就像有人问:压力太大时听什么音乐? 这年代,什么都可以问度娘。度娘什么都知道,但度娘不是你一个人的娘,她为全天下人服务,所以,你的问她的答,让你越来越迷惑。有一个重量级的帅哥说:"压力大或者不开心的时候,我听 Jazz 乐,也会醉的。"果真如此吗?

《枕草子》里的四季是水墨画:窗外有鸟儿叫,情人有张干净的小白脸,蝉鸣也有诗意。女人更是水墨青山不染尘。与情人幽会,夏天的晚上一起沐浴月光;冬天抱着睡在被窝里,说通宵的话,然后感觉凌晨的鸟鸣一声比一声近。

淡淡的笔墨,合欢花一样,低首敛眉,却隐藏着神秘的欣喜。

情淡如菊,没有丝毫的烟火之气,丁卯湿人就是这样的。她一个人坐在南山的湖边看倒影,有人趋前想跟她搭话,她忍了三秒,然后说:不要挡了我的湖。

一年只见两次面,但经常满心都是丁卯湿人。

27 岁至 37 岁,短短十年,是清少纳言一生中最幸福的时节。女人最成熟也是最丰饶的时期,有激情孟浪的能力,也有沉潜淡定的本领。

周作人研究日本文学可谓深透,他的小品文也往往透露出日本文学的气质。猫看《枕草子》无非因周作人的吹捧。至于一千多年前一个日本宫女的作品,究竟好在哪里,说太多是有些勉强的。

一川烟雨周游完"陕甘宁与晋鲁豫"后,直接取道去了成都。她刚刚退休,在最初的日子软弱到哭泣。红颜还在,白衣红裙还在,却似乎走投无路。好在她终于选择了看山看水,进而去饕餮猪马牛羊山笋蘑菇水煮鱼。希望她在景点与景点之间不要落泪,也希望辣得够猛的川菜能够培养起她的重口味。

人生概莫能外，温情也绝情。

一川烟雨曾经是安妮宝贝的发烧级粉丝。她集齐了安妮宝贝所有的书以及三本《大方》杂志。但在最后一朵栀子花萎谢、蛙声如鼓的时节，随着安妮宝贝暂休微博公告的挂出，她口吐兰花：尼玛，个毛，把人弄得五迷三道的，撤了。

猫挺安妮宝贝。不离不弃。

"很多人出现了，又消失了，犹如坐看云起云落。实在没什么可以解释说明。朋友有离有合，爱人此起彼伏，很多感情目的不纯，去向不明，对待不善。我们手里能够有的感情，归根到底是几个人的事。"（安妮宝贝《莲花》）

从字面上看，安妮宝贝的口味清淡得很，其实不然。她看似无意的轻轻一瞥，就能把男人看个透。她剑之所指：你多金吗？有品吗？读过马尔克斯吗？只穿棉织品吗？用的香水是特定的那款吗？有乡间农庄吗？有农庄却只种水稻与麦子，这让人情何以堪？情人的农庄不是除了玫瑰就是荷花吗？

瞧瞧这口味，足以杀灭几亿男子，本国的连同国外的衰锅。

男人们关注女人，焦点在于是否具备闪亮的皮囊，而不是人格、学识、素养。这重口味也许是全球男人的共性。毕竟，再装的男人，也不会跟情人说：让我们谈谈《枕草子》吧？

《舌尖上的中国》也认为同乡同嗜。可是，无辣不欢的江南人比比皆是。

阅读的口味越来越重了。李白、杜甫被恶搞，接着是鲁迅躺着也中枪。

"他初学医，成绩差到补考，后从文，山寨了果戈理的同名作品一炮而红；他一生风流，睡过日本女佣，玩过青楼名妓，搞过师生恋；因偷看弟媳洗澡与胞弟终生绝交；他只骂比自己出名的人，他热爱奢华生活，常因稿费问候别人爹娘，他说国人麻木，却在护国护法中甘当看客……"

有人说：这是一个需要鲁迅出来说话的时代。本宫以为，鲁迅是应该穿越了，为这个时代，也为他自己。

重口味，真真好滋味。

准老族的不眠夜

石破天惊最不可能晨7时出现在解放北路上。可是偶尔应朋友之约起早去阿拉点心坊吃早餐的猫还是在这条路上看到了她。彼时,猫看到的石破天惊样子很正经,以一贯的马列主义表情目视前方,双手垂直而有力地摆动,步伐雄赳赳的。散步而已。石破天惊家住谷阳新村,在市府大院内上班。从这条路拐回去,少说要步行一个多小时。

石破天惊本来是个胖子,个子高加上胖,私下里猫喊她"半吨"。值钱啊,千金。可是一年多不见,她仿佛变了个人:成瘦长条儿了,胸前两个小山塌方了似的。

无巧不成书,立秋后的第二天,猫在外国语学校门口遇到了温暖哥。温暖哥一双面粉口袋似的眼袋更加鼓凸了。书上说,男人如果眼泡太大,那就是一凶神,面相是可憎的。温暖哥悄无声息地过马路。过了斑马线他才看到猫。别看他眼袋一大坨,人很斯文、很热情。他呵呵一笑说:走路,今天周一,逢单,咱走闹市,从江滨新村拐梦溪路插上中山东路,再上中山西路,再转转就到南徐大道了。猫十分不解,为什么呢? 新的长征? 暴走? 减脂? 观光? 吃撑了? 可这是一大早啊? 温暖哥害羞地说:失眠,整宿失眠,夜夜盼天亮,五点就出门了,3个小时走下来,期待午饭前能打个盹。那明天周二走什么线路?猫问。温暖哥说:一天一条线路,不带重的;明天走滨水路,从焦山大门口沿江一直走……

失眠,无论如何是个大问题。前两年,忘年交一指禅说:人生最痛苦的事你知道是什么不?莫过于睁着眼要睡觉,闭上眼睡不着。什么方法都试过,两条腿倒举靠着墙,人半倒立,都睡不着。抱着枕头,坐着打盹,依旧睡不着。到了子夜,脑袋昏昏,瞌睡蒙眬。但一闭上眼,头脑里像有千军万马,意识流泛滥,一折腾就到后半夜,望望窗外,天墨黑墨黑的。本来虽然睡不着,心态还算平静,但到了凌晨,心乱了,数星星、数绵羊、数钞票、数美女、数祖宗八代,全不管用,什么自我安慰、心理暗示都失效。又没力气起床。再说起来做什么事呢?地板抹了三遍了,比饭桌还干净。想想这人生啊,因为睡觉问题仿佛进入了一个黑洞,深不见底,绝望透顶,孤单无边。

不过,一指禅是要受到我等表扬的,他是一个积极应对准老时光的好童鞋。曾经一到晚上他就积极行动起来,一个人独自走在郊外的马路上,天上有夕阳相伴,腋下有晚风吹拂,一直走到江苏大学校本部,在宽阔的操场上倒退着走,一圈一圈又一圈,有一次退了13圈。等精疲力竭地坐在草地上时,他面向天空,祈求晚上能有一个好觉。记得《围城》里赵辛楣有一句话:我们是俗人,梦是不屑于来打扰的。说的是睡觉香甜,连梦都不做一个。"壹周立波秀"里梳大背头的男人说:没心没肺,一碰枕头就睡着。其实他们正血气方刚,以后失眠的机会有的是啊!

不错,他们是一个群体:准老族。他们中有的人在退二线后,怀里空空的,没有孙子可以一抱。过剩的精力、活跃的脑细胞、敏感的心、孤单的情感与失落一起荡秋千,忽上忽下,我绝对相信他们用了九牛二虎之力克服自己驿动的心。想安然入眠,想岁月静好,但忧戚像春草一样潜滋暗长。

准老族有一颗不服老的心。壮志未酬身先退,怎么办?他们或与家庭妇女们混在一起街头跳操,或关起门来写毛笔字,或拿起相机当拍客,或天天买彩票泡股市,或骑了电动车在早已熟悉的街头煞有介事地骑来骑去。他们在与自己抗争。好在,他们没有得抑郁症,两年或者更短的时间,他们淡出了人们的视野,变得温顺,在经过人生的拐点后找到了落魄的自己。

猫在知道石破天惊的暴走行为后,偶尔遇见便不再跟她提及自己有多忙碌,而是淡然一笑。对于准老族们最好的安慰莫过于此吧;而且,猫尚不知道变成老猫后,会不会因为突然的英雄无用武之地而情绪失衡、惊慌失措。未来的南徐大道上千万不要出现一个煞有介事、勇往直前然后叹息一声打道回府的猫影。说实话,猫一个人孤独不要紧,不要让后一个跟进准老族的人,心生悲凉。

香港一个女作家说得好:趁年轻的时候,花点金钱付出点感情交一些朋友,到老了,即使硕果仅存,至少还有一两个老相好时时互相安慰。

像麻雀一样飞

　　央视在 2011 年元月 1 日晨"朝闻天下"节目里,忽然对微博产生了兴趣。宜家猫在 2009 年 10 月就开始"织第一条围脖"。在以后的日子里,天天耳闻微博传说,诸如谣言如风,明星隔空对骂,八卦风起云涌。央视新闻工作者在责任感驱使下总结说:个人微博也是媒体,要对自己的言论负责。这话说了等于白说,不到拥有 3000 以上粉丝,"微博"也就是块抹布,一个只拥有个位数粉丝的微博负不负责好像都无甚紧要。就像宜家猫的微博,内容无外乎:今天颈椎疼;今天阳光灿烂;今天做了红烧牛肉;今天在电梯间遇到某女,更显老了。看看这些碎碎念,有什么可资阅读呢? 骂人也不必顾忌。写条"微博"都紧张兮兮,微博用户怎么可能迅速扩大到 5000 万。网络上的人比较像不受约束的小麻雀。

　　有个朋友从青海来,为了子女的"孔雀东南飞"。他说青海没有秋天,冬天有 6 个多月那么长,他在镇江摄氏零下 6 度的二九天,无比向往地说:这边好温暖啊! 想当年,作为一只鹏,远走高飞到了青藏高原,喝上了青稞酒。在子女终于要走上社会的时候,他最向往的是与子女一块儿飞回南方,做一只快乐自得的蓬间雀。

"逃离北上广,寻找真幸福",这是时下热门的话题。

司马迁在给好友任安的《报任安书》中,说出了千古名句:"人固有一死,或重于泰山,或轻于鸿毛。"伟大领袖毛主席在谈到向张思德学习时,把此句引申了一下:"我们这个队伍完全是为着解放人民的,是彻底地为人民的利益工作的……张思德是为人民的利益而死的,他的死是比泰山还要重的!"人死了就是死了,照无神论看来,成仁成鬼都不在书中交代了。上天堂还是下地狱,名垂青史还是遗臭万年,活着的人怎么知道?活人更揣度不出死人怎么个去向。宜家猫想得比较多的是,比如你我,或者佛语所说的芸芸众生,不会轻于鸿毛,也不会重于泰山。

许多女人,在成为黄脸婆的初级阶段,通些文墨的往往被称为才女。在成为黄脸婆的中级阶段,被人客气地称为气质美女。此时的气质美女,身穿运动服,脚蹬平底鞋,上下班的路上动如脱兔,说白了就是家庭妇女与白领的混搭,担心上班迟了打不到卡,下班迟了家中娃儿哭。运动服装方便好洗,但这样的着装往往给人误解,以为拿了球拍就要去打球了,拿了毛巾就要去跑步了,扎个马尾巴就要去登山了。某年某月某日,拓荒牛先生约猫在某地吃饭,并想介绍给石破天惊等一帮老友,当猫一身运动衣出现的时候,拓荒牛埋头打牌,冷场了相当长的时间,才调动出一贯良好的修养,把猫介绍给在座的。

前世今生,短到须臾,猫就是一只胡乱飞飞的麻雀。有一阵子得到好友帮助、指点与教化,自以为人生提高了几个档次,气定神闲方面也进步不小,但稍一放松,还是觉得做麻雀比较落地踏实。环顾左右,发现这个热闹无比的世界全由平凡人撑着,人中凤凰寥寥无几。

猫的一个闺密此时正躺在病床上,病房里没有窗户,看不到四时变化。曾经她用有限的时间迅速登上了相当的高度,成为她那个年龄段出类拔萃的人物。等手术过后,疼痛一阵阵袭来。她问自己:我为什么躺在这里?问到她自己沮丧不已。她把自己差点打造成99%的成品,但健康亮出了黄牌。

安徽农村在中国历史的进程中有着重要的意义。首先是公元前3世纪,秦末,陈胜吴广起义于大泽乡(今安徽省宿州市南蕲县镇小刘村),这是古代历史上第一次大规模的农民起义,沉重打击了不可一世的秦朝。陈胜少小时就有志向,面对没有抱负的乡民,叹息曰:"嗟乎,燕雀安知鸿鹄之志哉!"

诺贝尔文学奖得主赛珍珠的"大地三部曲"背景主要在安徽宿州。

"中国改革第一村"是安徽的小岗村。

纠结安徽农村,恐怕能出系列丛书。猫做不了那么大的动作。这个叫陈胜的农民一心想做鸿鹄,最终他成功了,称了6个月的王,凭这挤进了司马迁的《史记》,成就了一章《陈涉世家》,想想这是多么大的政治待遇。

在古代文人里,猫除了青睐苏轼的诗文外,其实骨子里还是最偏爱战国时安徽蒙城县人庄子。少年时读《逍遥游》,热血沸腾,觉得两腋生了一对翅膀,梦里都在飞翔,自己就是那条鲲那只鹏。可是呢,即使飞越北海都不吃力的鹏,还是要歇下来觅食的。而那些飞不到苇竿高的麻雀们,早已散步兼觅食完毕,打打闹闹做游戏了。

庄子说:夏虫不可以语于冰者。井蛙不可以语于海者。庄子对猫这样的平庸之辈是多么的蔑视啊!但庄子又说:"人应像鹌鸟一样起居,随遇而安;像鸟一样觅食,不择精粗,随吃而饱;像飞鸟一样行走,自在逍遥,不留痕迹。"如是,得吾心矣。麻雀当排到做人的第二境界,自食其力,丰衣足食。

第
四
辑

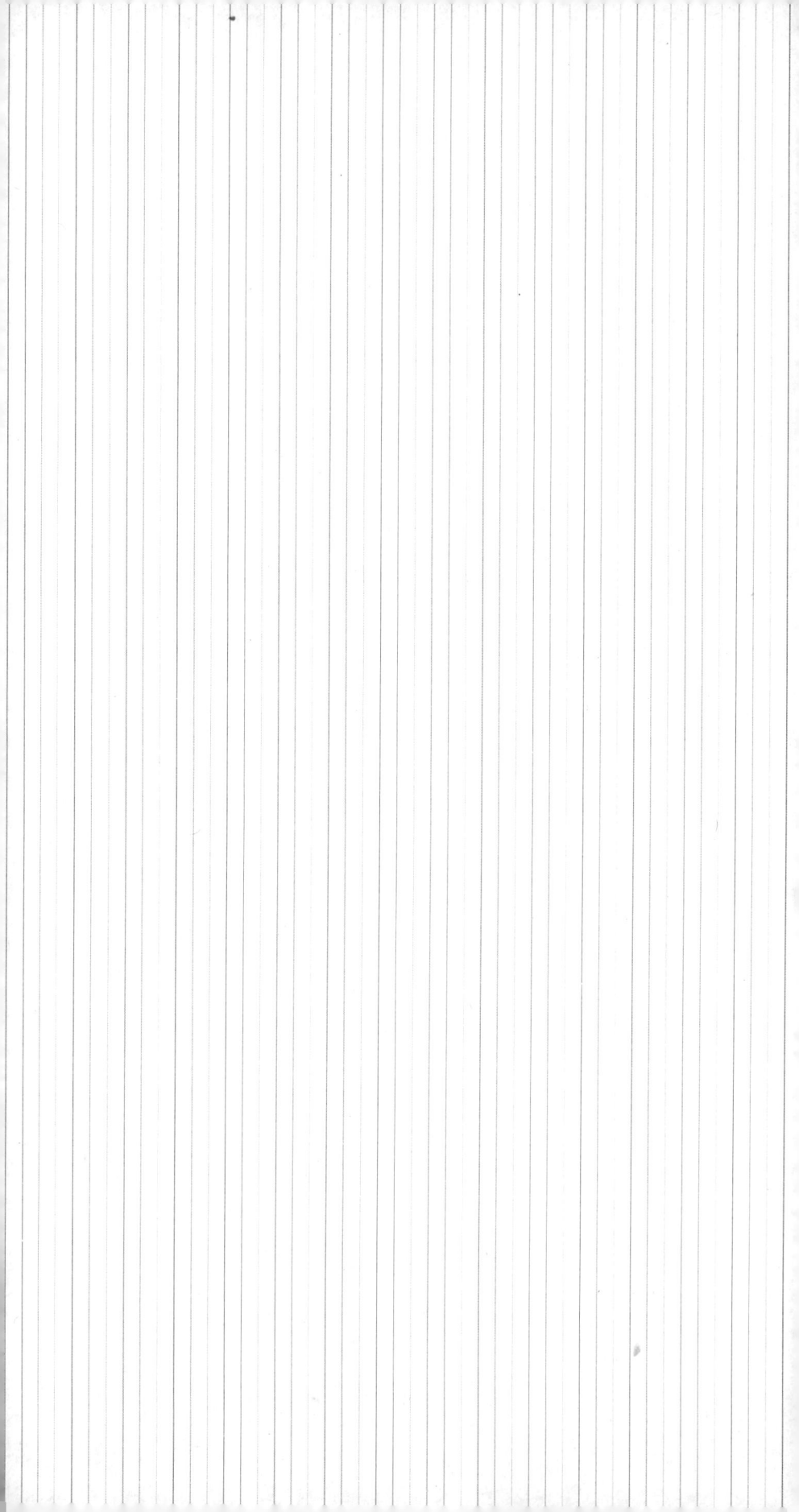

像一朵莲那样萌

自从猫不掼蛋后,与牌搭子屈原的小秘竟有好几个月不处了。这些日子有各路朋友发来信息,说心情比较郁闷。猫一概回复:一样一样的。

猫在半夜听李志辉的音乐碟,白天偶尔老干部似的背着双臂听鸟鸣、看池中睡莲。猫问毒舌批评家 Rock:俺像一朵莲不? 多么的出污泥而不那个啊! 小童鞋做出连续呕吐状,无辜地问:偿命不?

想起 N 年前遇到屈原的小秘,他在办公室里挂一幅字:香远益清。这是正宗京口才子文清先生的作品。该上进、好学的魅力男见有人欣赏这幅字,顿时正襟危坐,清了清嗓子。猫挥一挥手说:别注解啦。字是好字,意是好意。可这四个字挂在这里喻谁呢? 屈原的小秘顿时颓然。手握一杯金山翠芽,面前摊一份报纸,点一支烟作思考状,他就可以定位自己是荷花了?

原来谁都在争抢荷花的归属,仿佛只要是非物质文化遗产,都往自己的地界划拉。

最近学问做得委实有点大,丰富到不敢与人交流。淘了几本旧书,网上又搜了几个网页,把沈括的《梦溪笔谈》、洪迈的《容斋随笔》、陆游的《老学庵》、刘义庆的《世说新语》

浏览了一下。古人笔记，小小说的味道，读起来竟是比《史记》还让人愉悦与满足。

最近异常地粉丝沈括。这位老先生眯着眼睛巍峨地立在东门，让人瞩目啊！

1031年，沈括生于杭州，1088年，退居镇江，筑梦溪园，汇集平生见闻，撰写了《梦溪笔谈》。为什么如此重量级的人物会在镇江安度晚年？沈括在《梦溪笔谈》里说：我啊，30多岁时遇到一个热心的朋友，他张罗着在镇江东门为我盘了一块地，这些年到处创业，本来想老了就在宣城住下来不走了，可天不遂人愿。突然想起20多年前在镇江还有一处房产，那地方鸟语花香的，我是身未动心已远啊！

许多人退休后都是这样安排的：写回忆录。回忆，回忆，回忆……把自己感动得"老泪盈眶"。人家沈括写的可不是自己，而是包罗万象的学问，他从小博学多才，年轻时因为父亲在京都开封做官，所以得以整天泡在国家图书馆。

著书立说是世上最兵不血刃的事，看着清闲安逸，实际上是点灯熬油，呕心沥血。1095年，沈括浑身都是病，刚刚校对完《梦溪笔谈》，就一病不再起。

前些日子应朋友之邀，去"京口驿站"过生日。书香四溢的包厢里有一面墙上装饰着《韩熙载夜宴图》。正好想到沈括在笔记里说起的，曾经一段时间，人们见到的韩愈像其实不是他本人。韩愈是个大人物，相信他的像见诸唐时的各大媒体与书画册子里。沈括说，韩熙载文公先生"小脸，多髯"。猫细审《韩熙载夜宴图》里的韩大人，的确十分帅，属于心动男生。韩愈是个大胖子，胡须稀稀拉拉的。

韩熙载生于南唐，是个重臣，李后主一心想要韩熙载给自己做宰相，无奈风雨飘摇的朝代，韩先生根本无意入朝，他在家里夜夜笙歌，醉生梦死。李后主让画家潜伏到韩先生家，结果看到的就是一幅远离权政的夜宴图，李后主也就死心了。

某年，竹笋纷纷出土的季节，猫与同僚水煮毛豆在开封某小山冈急行军似的找李煜的墓，结果却只有一座小红亭，旁边一块石头上简单地刻着"李煜墓"——仿佛提及此人是羞耻的事。

窃以为后人真的很无情。

后人常常干张冠李戴的事。绝对不止把韩文公当作韩退之这一桩公案。

许久不去南山了。身体弱,怕南山横吹的侧风。从前南山的风好像不是这么吹的,这一处那一处建筑拔地而起后,风无法在旷野里撒野,被撕成一缕缕、一片片、一道道,每一道都刀子似的有力。

6月被称为荷月。可是城市山林牌坊后池子里几朵睡莲已早早地开了。小精灵似的,阳光温暖的中午,它们一朵一朵地开着,圆圆的贴于水面的叶子还没有长足,花冒出来,紫色、白色、红色,美到无法形容。且很懒。早晨8点后才开,晚上6点后就不开。老干部似的想怎么就怎么。

每一次看莲都是惊鸿一瞥。

猫做学问迂到不可救药,为弄清什么是荷什么是莲,荷与莲还有哪些别名,看了108万字。结论是:古人太麻烦鸟。

猫站在城市山林牌坊前200米的地方,见有人指着那个池子有声有色地讲故事,说周敦颐小的时候从湖南老家来投奔镇江的舅舅,舅舅家离鹤林寺近,小周童鞋喜欢到寺里玩。寺里的僧人为了让小周在寺里读书,挖了塘,种了莲让小周童鞋读累了歇歇眼睛。后来就有了美文《爱莲说》。

猫已经不能肯定有多少人知道《爱莲说》,这不是一个以读书为荣的年代。有学问要藏着,有钱可以高调地数着。那一日闺密梨花一枝问俺:什么是《昭明文选》啊?猫柔软的心分明抽了108下,至今余痛未消。

南山是不是有周敦颐所写的莲池,猫觉得一点都不重要。导游在介绍这个池子时也完全没必要说成是周敦颐《爱莲说》里的池子。江南人家喜欢在屋前挖塘植荷,到处都有荷塘,给小周留下了抹不去的记忆,所以小周童鞋写的池子肯定在镇江地盘。

这种张冠李戴猫是稀饭的。

"心有猛虎,细嗅蔷薇",猫一直想对这八个字来一篇心得体会。有人在这八个字后又缀了八个字:"盛宴之后,泪流满面"。猫觉得人有其两面性,一静一动,一柔一刚。一个人可能一会儿是教授,一会儿是野兽;一个人可能有时是小人,有时是君子。鉴于此,沾着口水数着票子,心里还把自己想象成一朵莲,有什么不可以呢?比如,大丽花很想把荷花的帽子借来一用,好让人家说它不艳俗很清丽,这证明人家大丽花有理想、有追求。错把杭州作汴州,有时是别人主观,有时是自己愿意。悟到这一点,才知道几年前猫把屈原的小秘伤得不轻。

努努力,变成一朵莲,这想法在拜金风甚嚣尘上的当下,真够萌的。

日出东南　青青陌上

荠菜们开着小白花,蓊蓊郁郁的,在青青陌上,像有谁播种过一样,长势喜人。

正月初六龟虽寿带着宜家猫等四人组成的挖荠菜团队,在这一带踏青。挖荠团成员均专业八级水平,路边落满松针的林子里,铜钱大的瘦小荠菜,保护色了得,叶子萎至线状,也逃不过偶们的火眼金睛。

正月二十,挖荠团带着小镰刀、小铲子出发了,时不我待,荠菜在召唤。

荠菜们发育良好,像十六七岁的女子。

挖荠团对早春的荠菜节制着挖取。有了一撮子,做汤即可,尝鲜即可。高兴地收镰,咏而归。

留得小荠在,下次偶再来。

3月初,荠菜们蓬勃生长,体态丰满。产生了数不清的荠菜王与王后。

龟虽寿在垄地里喊:王(特别大的)。

同伴在更远的田垄里喊:王后(大且肥腻的)。

王,王,王;王后,王后,王后……此起彼伏。

猫记起《诗经》里《采采苤苢》一章。采采苤苢,薄言采之。采采苤苢,薄言有之。采采苤苢……

一群采车前子的妇女在山坡上一边采一边唱:采啊摘啊,采呀摘啊。古代妇女真快乐,估计采茶时这么唱;挖土豆时这么唱;收玉米棒子时这么唱;刨紫薯时也这么唱。收割采摘之属,使人兴奋啊,不歌咏不足以表达快乐。

奇了怪了,古代妇女就知道复沓的艺术技巧,一复沓,若远若近、若断若续的音效就出来了,仿佛情景再现。

又,群体采摘很必要。众所周知,秦罗敷陌上采桑,被坐豪华马车的太守纠缠不休。

猫跟着也"王,王,王"地喊。猫比较喜欢王。

在3月中旬一次挖荠活动中猫竟是挖伤了,胯骨疼了三天,下楼梯要双手拽拉,辅助着才能迈步。

说来话长:

这次挖荠行动策划得异常成功,挖荠团遭遇荠菜方阵,闯进了王的国、王后的家。

挖荠团成员从偶尔弯腰,到时不时弯腰,到完全蹲下,到双膝跪地,挖呀挖呀挖荠菜。

谁也没空喊王或王后。

半小时过去了,一小时过去了,两小时过去了,只挖行了一两百米。

龟虽寿哎哟了半天,小腰才能挺直。

猫强忍住双腿抖颤,顽强地站直了。

走到山地的最高处,挖荠团成员与树木一起感受春回大地,身心俱感欣欣向荣。

荠菜生长于郊野的每一寸土地,我们侧身逶迤而行,目光下视,从此落下病根:梦里全是荠菜的影子。

挖荠团成员们那晚双手从堆得小山似的荠菜身上一一抚摸过去,去草去泥去黄叶,浸泡洗汰过水。

喝完荠菜汤,幸福指数蹭蹭涨;吃完荠菜春卷,个个天天向上。

龟虽寿第二天赶最早的一班车回娘家——石头城下乌衣巷里,专程送上包好的荠菜饺子请双亲品尝。

女儿的孝心,由此完美呈上。

接着是下雨,绵绵春雨,淋漓一周。猫及龟虽寿快抑郁了。知否? 知否? 荠菜也有年华。且待晴日,应是花开结籽。

3月下旬,开车去探视荠菜们。雨在窗外下,黄土地泥泞不堪。一川荠菜多少王,想想手都痒。

这时,只见有一个身影在田垄间,半天方动弹一下。龟虽寿迅速判断:有人冒雨挖荠。

新翻的春泥,一脚踩下就是沉重的两坨泥,莫非那人踩过风火轮,腿上有过人的功夫?

那个中年女人(也许是老年男人),在荠菜王国里忘情驰骋。

挖荠团里一妹纸急中生智,说:打电话给他,让他住手。

打电话? 你有他电话号码? 雨中挖荠人会带手机,蹲着跟你聊电话?

瞧把她妒忌得!

龟虽寿说:咱们各喊一嗓子,让她有些顾忌。

喂——

哎——

哈也——

嗳——

蹲在八丈远,身上还披了雨衣,人家置若罔闻。又,白领们嗓子不行,不是哑就是闷,没一声嘹亮的,三丈远人家也听不清。

挖荠团成员愤愤不平:

他愚公似的挖荠不止肿么办?

他一天要挖多少哇! 要卖多少钱啊!

又不是他家的菜园子!

龟虽寿一言不发,人生哲理一句也没说。

雨,雨天,连续雨天。

天终于放晴了。

挖荠菜的心,如柳芽儿一样冒出来。拿起各自的锹、铲、镰,即刻出发。可是,揪人心肝的荠菜们,像江南的细妹子,一下子老了。

荠菜花儿开遍,荠菜们集体老了,没有一棵是落后于季节的。

荠菜也玩阴谋,专找下雨天快速成长开花结籽。

龟虽寿失落的眼神把夕阳都吓怕了,躲到了山后边。挖荠团成员们头一回空着口袋回家。

春天就这样发育完全了,像个大姑娘,熟透了。

猫们转战镇江各地,在往年踩好点的地方,发现菊花脑郁郁的;小香蒜一丛丛;芹菜长到五寸高了;榆钱叶儿老到不宜做春饼。欣慰的是,竹林寺里那些娇嫩的蒲公英,磨盘那么大。

枸杞头的美味;

马兰头的美味;

香椿芽的美味……

海棠花开了十天就谢了,黑夜里它也努力地开着;

辛夷,在叶没出现时就急着开了,七天后,它们全失踪了,一朵也找不到;

山野桃树下,盈尺高的桃树苗,怕是有几百株……

春天隆重起来。

接受过春天洗礼的挖荠团成员,心满意足地在家洗晒熨烫。来年的荠菜依旧有数不清的王与王后。

那枚亲,还有那枚剩女,不要过分流露你职场升迁的喜悦。

猫知道,你的心里没有春天。

笨鸟它慢慢飞

小麻雀端午那天回到了家乡。她说,是日,湖南一片泽国,老天哭得地动山摇。小麻雀说:家乡人太爱屈原了,老天跟着一起哭。

猫说:太不节制了。有一农民蝈蝈,本来是纵身跳到大旱的地缝中表现旱情多么强大,第二天就划上小船找他家的鸡了,它们被洪水全撵上了树。

风调雨顺多好,折腾农民蝈蝈做啥子。农民没有伟人领袖那样的精神:与天斗,其乐无穷;与地斗,其乐无穷。

白岩松《幸福了吗》一书里有句名言:"当下的时代,平静,才是最大的奢侈品。"

猫不接受的东西有很多,属于怪癖之人,比如:你不能太势利,你不能太官腔,你不能太高调,甚至你不能太大声……其实,这是一个现实到残酷的社会,为了生存,只要不谋财害命,他怎么做亲爹娘也管不了。猫反对纯属无效。

那就说说人对于名利权情的占有欲。

屈原,社会如何发展,不是以你一个人的意志为转移的,你也就是一蚍蜉,胸中有宏伟蓝图急也没用,一急就迷失方向,即使 13 亿中国人全部挺你,即使世世代代都传你美名,但除了跳江就没别的选择了? 连带你跳江也是可以歌颂的？猫从来不赞同屈原跳江，只是猫步太慢，没能及时阻止。看看人家勾践童鞋，他不急吗？可人家知道制订一个可持续发展的人生目标，并积极地全方位挺进。如果让一个现代女子穿越了选婿，人家一准跟勾践跑了。

水边柳给猫一本书——《此生未完成》。

励志书只能哄哄弱智，现如今的心灵鸡汤寡淡得让人吐口水。看于娟的《此生未完成》，猫读到了最消极的东西：人生在世，听天由命，并佐证了庸人理论——人生不必过于劳碌。猫亲见一杯红酒为冲刺中国作家头衔，一年之内白了壮年头。

于娟何许人？上海交通大学学士、留洋硕士、海归、复旦博士、复旦大学讲师。33 岁时归于尘。

一个鲜活的生命，在有限的历程里，她一直都在冲刺。如果不是突然病袭，她的志向是迅速拿下副教授，拿下省级、全国科研课题。她自己也说不清考了多少个证。在健康的临界点之前，她睡得最早的时间是子夜。如果要考试，她可以一天学习 21 个小时。

她不明白，为什么是她得了癌症？在医院折腾够了才找到病兆原发在乳腺。此时乳腺癌晚期，全身骨头已发黑，已骨转移，意味着不可救药，为时太晚。

此后的一年多，一次次极刑般的苦难，徒劳地摧残着她不堪一击的躯体。

在猫看来，朋友一枝黄花是最智慧的美丽女人，她从容地计划着自己的人生，却不给她的夫君以约束。不会耳提面命地让他求功名，不会正严厉色地让他求学问考职称。她说：他的心里有一片蓝天，不要去污染他。可是，在大男孩如一株老红木一样缓慢生长数十年后，他发现自己不是一株普通的树，不是杨柳，不是槐树，大器晚成原来就是这么来的。如果说功名利禄可以换来幸福，那现在他这一切都拥有啊。

不必饮鸩止渴，不必竭泽而渔。人，是生态的，内心平衡，方能健康。

李敖开微博应该有两个月了吧。猫看王小波全本，看李敖只是选择性地读了《北京法源寺》，书友写了本《完全李敖》的传记，吩咐读完写个书评。猫认真看了，不负朋友之托，但这个评略了。说实话，不喜欢开屏孔雀似的男人。

李敖太急于求成。他来到微博界，等于微博界遭遇日本海啸，动作太大两天就引得11万人围观。一天就发表了N条140字的微博。像一个表演者，一招一式都指望别人喝彩。果然，负面新闻频出：李氏说即使意淫对象也不会是大S的婆婆张兰。以侮辱女人为荣。说林志玲太老了，赶紧的回家去。他果真近视？漂亮不漂亮他没有起码的审美？无非是借言行出位引得美人注目。一上来就锁定韩寒作为攻击对象，也不觉得自己对一个"80后"下手太狠，老一套，惯用伎俩：声东击西。李敖说他的女人里，最美的是胡茵梦。胡这样评价他："他没有自我洞察力，永远都觉得问题出在别人身上。"这是给他面子了，其实胡还说过一句话，是针对李氏床上功夫的，说真的很平庸，不像他夸张的那样。

急着出名，便浑身锋芒。都说低调是一种境界，这低调不是看《道德经》就能培养的。

高考结束在雨季前，9日那晚，不知有多少高考生的父母忙着应酬，祝贺自己脱离苦海。亲眼见一对夫妇，长期严肃紧绷的脸，即使在高考告别宴的尾声也没有笑逐颜开。

一个卖油郎，歇下担子量油给客户，把多余的油返回壶里，壶口比针尖大不了多少，但他每次都能准确无误把油滴进壶里。卖油郎就这样赚钱出名，有了成功的人生。

熟能生巧、日积月累，可持续发展，笨鸟先飞……

有的父母因为孩子上了复旦，读了清华，就睥睨一切，高视阔步起来；有的父母因为孩子没有上重点大学，就不敢人前言高考，仿佛人生全是灰色的。果真20岁就决定一生？人生的努力果真只有少年时？

听过伤仲永的故事，见过太多不可持续的爱情、婚姻、健康、人生……

人生苦短，为何要匆匆往前赶。笨鸟也有快乐的一生，就让它慢慢飞，一起飞。

我达达的马蹄

　　偶像麦家在一条微博里说:"在这个所谓'形势大好,人心大坏'的时代里,我已经越来越不信任自己的想象和虚构,现在'真实'已如大熊猫一样缺乏生命力而变得稀罕,我要去历史中寻找真实,包括真实的爱情。"

　　历史的真实、爱情的真实,本枚猫上下求索找,到了 she says 的方向。

　　镇江人热爱自己的历史,与其他地方的人无异。惯常之举是念念不忘这块土地上出现过的英雄美人、达官显贵、文人骚客。前一阵西祠网上就有镇江人宣传米芾这一文化遗产,常州网友以空前的低素质,破口大骂镇江人是缸北宁,巧取豪夺,恬不知耻。这个网友不知为何与镇江不共戴天,擅自让长江改道不算,还以生为常州人而无比自豪。

　　两地共有同一文化遗产并不鲜见,何必到了暴粗口动怒的地步?犹如两小儿辩日,又如夜郎国人自大或井中蛙儿闲得无聊,说出"天也就锅盖那么大"的狂言。

　　早些年总有人说,李德裕在花山湾古城垣下有后花园。又有人说,李宰相与杜秋娘有过瓜葛。李德裕在浙西观察使位上时,因为一心想回长安,曾找杜秋娘说项。

　　《随园食单》里有一段介绍食材的文字

饶有趣味:"味太浓重者,只宜独用,不可搭配。如李赞皇(李德裕)、张江陵(张居正)一流,须专用之,方尽其才。食物中,鳗也,鳖也,蟹也,鲥鱼也,牛羊也,皆宜独食,不可加搭配。"

对一位世家子弟来说,想要踏入仕途主要有两种途径:一是门荫;二是科举。当年,李吉甫就因父亲李栖筠官至高位,靠门荫踏入仕途。李德裕对考试有着天生的抗拒。当父亲又一次提到入闱应试的话题时,他想都不想就应了一句:"好骡马不同行。"

无法想象,一个不走寻常路的人,会靠一个过气的名女人上位。

李德裕(787—850),祖籍河北赞皇。父亲李吉甫是宪宗时期的宰相。李德裕先后三次在镇江做官:第一次是长庆二年(822 年);第二次是大和八年(834 年);第三次是开成元年(836 年)。

822 年,36 岁的李德裕出任润州刺史、浙西观察使(官职相当于省委书记),辖区约包括今天的苏州、常州、杭州、湖州一带,治所(相当于省会)就在今天的镇江。

如果与常州小儿一辩,镇江在历史上还是相当牛逼的。

近代学者梁启超主编的《中国六大政治家》将李德裕列入其中,其他五人是管仲、商鞅、诸葛亮、王安石和张居正,可见对他的认可程度。

李吉甫做宰相时,镇守浙西的是宗室李锜。

李锜就是杜秋娘的夫君,秋娘字仲阳,是一介小妾。

年初的西津渡,人如潮涌。人们徜徉于阵阵梅香里,只见那个玲珑女子,立于蒜山脚下,孤寂清冷。

一个美貌女子,想要得到一个平步青云的命运,好风凭借力,捷径是接近本土最大的父母官。

时隔 1200 多年,猫还是没能忍住对这样一个美丽灵魂的揣测。

歌舞声中,在"花开堪折直须折"的大胆表白里,两颗野心各自找到了怀抱。

李锜的父亲死于一场兵变。身为烈士遗孤,他的升迁比同辈快了不少。可是,李锜身上完全看不到父亲的刚正之风。在浙西,他私增税收,疯狂聚敛钱财,杀害正直下属,强奸良家妇女。他利用雄厚的财力,暗中招兵买马,收亡命之徒为养子,刻意模仿当年的安禄山。

长安方面怕他谋反,使者接二连三赶到镇江,催他启程回京,李锜借口患病,死赖在镇江不走。宰相李吉甫态度强硬,皇帝终于下旨,调李锜回京,李锜一边谎称发生兵变,一边痛下杀手。

李锜带着枷锁上路,杜秋娘与李锜的另一个宠妃赵姬全都沦为阶下囚,递解长安。也不知从何年起,叛臣的姬妾也不闲置,杜秋娘与赵姬都得到了唐宪宗的宠幸,杜美女没有诞生皇子,因有才名,被指派去养育皇子漳王李凑。赵姬生下了唐宪宗(李纯)的第十三位皇子李忱,也就是后来的唐宣宗。

在镇江,在尘嚣弥漫的市井,即使如今,一个非常美貌又才华灼灼的女子也是不应该有平庸人生的,这对美女而言是残酷的资源浪费。后漳王李凑被削去王爵,迟暮美人回到了镇江,暂栖于道观。

谁能读得懂杜秋娘的浊世情爱?谁又能忍受焰火过后的黑暗?只是没有想到,临到生命的尽头,还会被郑注、李训拿来做陷害李德裕的道具。

江分秋水,李德裕驾一叶轻舟,溯长江而上。虽然排除了借杜秋娘接近漳王李凑企图谋反的罪名,但又一次被贬的李德裕意兴阑珊地离开了浙西,离开了天下第一江山镇江。

李德裕在镇江历时八载。这个镇江历史上最有魅力的男人,曾像星子般闪耀过。走遍天下,他最爱的弓弩是镇江造。带上它,李德裕带兵打仗无往而不胜。

也许,来过便不曾离开。

"我达达的马蹄是美丽的错误,我不是归人,是个过客。"在台湾诗人郑愁予的诗里,在镇江人恋恋不舍的目光里,是长安贵公子李德裕高大而丰满的背影。

乐活族的幸福圈子

　　猫等一小撮人端午节那天去合肥,没出地铁站,迎面见一天问式句子:为什么城市大了,空间却小了?为什么物质丰富了,健康却成问题了?为什么圈子越来越多了,知己却少了?当头一闷棍啊,难道这是一个悲情城市?也太深沉了!但左看右看,一枝黄花在,泡吧小脆在,江南飘雪在,张灯结彩在……旋即释怀了。幸甚至哉。我们的小圈子像快乐的小云朵,飘到哪里哪里就晴空万里。

　　端午节,猫本来有话要说,想写写楚国贵族屈原的,结果被浩如烟海的屈子研究惑住了。尤其是《天问》,两千多年下来,佶屈聱牙的字面,白发教授穷其一生也理不出头绪来。要理出头绪来,估计教授得弄清一万个问,老纠结了,最后怕是干脆投江了事。好死不如赖活,猫是最反对自杀之类行径的。

　　话说父亲节那天,猫一伙出发去江那边的小城仪征。早晨8点车行至扬州地界,8点20分就到了宰相王安石昔日经常盘桓的真州。看到了似曾相识的胥浦河水,石柱山以俯视的姿态打量镇江来的一拨客人,山脚下一丛丛野蔷薇让泡吧小脆兴奋莫名,反复嘀咕:为什么野花这么有味道?为什么?为什么?说得旁边的男人闷骚不已:野花香,这地球人都知道哇!10点多,猫等一干人突然被送到雨花石山上。那个沸腾啊!快疯掉了。满山的五彩石,想拿哪块拿哪块,占有欲空前高涨。

东道主仪征好青年Fatfat说:何止一座山哦,仪征到六合一带全是宕口。说完还掩嘴作葫芦状:我这像不像引鬼子进村的汉奸?我们扒拉雨花石的地界叫月塘。放眼望,那一个神奇,就算最丑最丑的石头也圆滚滚、滑溜溜的。

这个活动说起来还是猫独立策划的。我们一圈人,每人每周负责策划一个活动。策一个应一个。实在没辙,掼蛋了事。

猫是个大笨笨,这是事后大伙总结的。被空降一般放到石头山上后,猫就没挪动过半步,就地蹲,在无数人已阅的石堆里扒拉。风中离人,女人中智商最高的,穿了双高档鞋,拎了只高档包,开始时还矜持着摆造型,半蹲着淑女似的扒拉。哪知没有10分钟,猫高度近视的双眼在阳光下已找不到她的影子,急忙问:风中离人呢?这荒山野岭的,虽是中年女人,但风韵一息尚存,被人抢了怎么办?泡吧小脆手一指,莺声燕语道:在那里。猫用力一远眺,可不是,风中离人在悬崖边儿玩倒立,难道她的高档鞋不要了吗?男人中的杰出分子江南飘雪弯着腰迅速地爬行,两只手分开五指,状如农具里叫做钉耙的。他老大不小了,动作也忒敏捷了点,猫快妒忌死了。

正午时分,仪征好青年Fatfat拍着车身喊:休工了!吃饭饭了!集体置若罔闻。一会儿,Fatfat又喊。如是者三。终于全喊上车了!泡吧小脆却来捣乱,她把一瓶矿泉水倒在石头上,结果,淋湿的地方全是五彩石。猫以迅雷不及掩耳盗铃之姿冲下车,带着哭腔说:要,要很多。贪婪之心暴露无遗。众人道:这只猫疯掉了!

打道回月塘镇吃饭饭。老乡家的院子,大得像传说中刘文彩家的,大家把拾来的宝摊在雨花石铺就的地面上。江南飘雪捡了N多个人形图腾,长长的圆圆的豆沙红棍棍。江南飘雪竟然还在问:像不像玉笋?这还不打紧,他又拿出一个河蚌状的石头把玩,细看有一圈圈封闭的绯色纹。江南飘雪天真地说:

它跟它是一对的,公的与母的。快笑瘫掉了。风中离人把石头放在高档包里,捂着不给人看,自己给石头定价:每颗都在1500元以上。谁信呢?她倒立在悬崖边,难道雨花石就被她感动了?泡吧小脆捡得最多,还一个劲地责怪:为什么不提醒自带麻袋?一枝黄花则抱着自己的包包发呆,祥林嫂一般地造句:我只知道,却不知道……原来她就蹲在宜家猫身后,也没挪动半步。

吃了饭计划游登月湖。仪征人太过奢侈了,让五彩石全去铺路。结果,一个下午猫等全踯躅在石径上,泡吧小脆还准备了两瓶矿泉水,见到中意的就淋几滴,本来就天生丽质的石头洗去风尘后越发山清水秀。猫心尖尖都被那些石头忽悠得疼。张灯结彩却还在一旁说:这一块毛估估少说要3000元。一枝黄花一步也不肯走了,干脆一屁股坐在石头路上,全然不惜雪白的七分裤,嘀咕道:缺了德呵,走这条路,真个是寸步难行啊!边说还边拍大腿。知道的,谓之喜欢石头,不知道的,还以为她有多大的人生苦难。总算走到一条大理石路上,Fatfat抚胸叹息:总算熬过来了。哪知一转身,又是一条蜿蜒石路。夜色渐深,众人仍旧蹲在石径上。Fatfat的游湖计划自然流产了。

夜里9点多,一行人纷纷下车,个个肩扛几十斤重的石头,像打劫成功的耗子。

猫是小有名气的石痴,此爱好疑似米芾隔代感染。仪征之行,自此落下了毛病,一心念念何时重返月塘。

乐活族的小众生活,也即圈子,这是近年才流行的名词,其实在这以前,小众生活就结结实实地存在着。

说句心里话,猫极不喜欢听于丹女士说道,但如果哪天于丹女士考证出乐活族的小圈子在孔夫子那时就形成了,我就顶她。孔子说:这个嘛,晚春了,夹衣做好了,五六个成年人,六七个小把戏,到水边吹吹风,疯玩一天,唱着歌、踏着月色回家,偶还是蛮喜欢的。

小圈子大流行。猫为活动制订的原则是:低碳、有氧、纯粹、轻体力、男女搭配。

购物狂们　出发吧

　　女人们合纵连横,以前所未有的团结,散沙粘成了团,在属于自己的节日,血拼去了。有女人说:三天不购物,怒从胆边生,要上房揭瓦了。也许女人骨子里都是购物狂,渴望着无羁无绊刷爆卡,可惜这世上只有一个张柏芝。就这点来说,女人们平日里都在那憋着呢。节日一来,便顺从欲念一回,小买买满足一下。

　　这次是去上海团购,奥特莱斯名品折扣店。每年去三次,衣橱里就满满当当的了。那里有 A、B、C 三个购物区。A 顶级高档,B 次之,C 居下。猫与同事们每次都扎堆在 C 区。A 区咱气短去不了哇。有人问,不是打折吗? 打完一折也要五六千元。每回都有天真的女人问:有 0.1 折的吗? 女人眼浅,大凡说到折扣,不到 4 折以下是不动心的,而价格不在 500 元以下下手是要犹豫的。在 C 区,折扣一至三折,偶尔还有折上折,世界名品通常一千多元就能搞定。拎着大包小包回到车上,这一次绝对可以说是凯旋,一个个兴奋得声音都变调了。可是,问题来了,美美地穿着上班,才到电梯间便发现撞衫凶猛。怎么办?朱方红颜有一技:送人。黄金搭档似的,什么人都送。送完了拍拍手,两手空空,还高兴得像过年。

会买东西的女人,如同会考试的女人一样,绝对是了不起的。猫见过各式女人购物的态度。有的明明花了500元买了件毛衣,跟同事却说是380元。这有意思吗?在她看来有意思,说明她智慧啊,会讨价还价。还有的女人,明明岁数不小的,给自己买衣服却不增加年龄,进商场就扎进淑女屋,前日还有同事忧心忡忡地说某女15年如一日地粉色控、碎花控。还有的女人职场上唯唯诺诺,穿着永远是黑色。里外黑,上下黑,四季黑。偶尔一起购衣,千劝万劝买了件墨绿的,却不见她穿,一问才知是塞进衣橱了,人家压根没想过要穿。还有的女人,购物成瘾。就有一美女,似乎每天都有邮包在路上,她就这样上班时在淘宝上点这点那。有时是一个发夹,有时是一副木胶手镯。她的名言是:女人要好好的爱自己,如果你不爱自己,就有女人进你家门,住你家屋,睡你家床,爱你家老公,花你家钱,还要打你的娃。于是她小蜜蜂一样买啊买,但冬天的棉大衣158元一件,夏天的套头衫32元一件。以数量求生存,天天花姑娘似的。

穿衣是种智慧。一个职场上的女人,不在乎她有十橱子还是十五橱子衣服,而在于打开她的衣橱,有哪些经典的单品。

自从结识名牌控 Rock 后,猫对服饰有了全新的认识。比如 Rock 说,中年人也可以穿牛仔裤,不要听别人的推荐,要自己去试。当你试完第68条的时候,如果还是不合身,不要灰心,第69条一定行。即使是合适的,买下后的第一时间直奔改衣间,把合适的牛仔裤修改到完美地合你的身材。

Rock 最不能忍受聪明女人乱穿衣。穿对衣服也不难,眼光要高一点,要坚持少而精的原则。比如说你应该有一条黑色A字裙,它合身而巧妙的裁剪将完美地遮盖你的身材缺陷。无论什么季节,A字裙都会让你充满潮流感。

及踝短靴 PK UGG。那天气温已是摄氏15度,猫在市政府门口看到对面有一个着奶黄色 UGG 的女孩走过来,立刻充满了同情。想让穿 UGG 的女孩优雅,那是一件困难的事。及踝短靴在品位上就保险得多。猫从淘宝上请回了一双 UGG,只是放在家里当保暖鞋用。如果你不是一等一的美腿,没有十分的气质,猫同时建议你不要穿高筒靴。早在 2006 年猫去贵州考察的时候,就发现那东西已经臭大街了。时尚遭遇空前规模的恶搞,俗,最不可耐啊!

Rock 还是位毛衣控。她说,针织羊毛衫、羊绒衫,会有贴身的温暖,又容易达成十足的奢华感。猫也爱毛衣,但基本上是套头衫,主要作用是保暖。2000 年的时候,上海妹妹刹那芳华就对镇江本土的代表人物猫嗤之以鼻,说最看不得穿高领毛衣的女人。女人一臃肿,就让男人零感觉。猫想到头痛也不知道为什么女人要给男人好感觉。只是偶尔 V 字领一下,女人味立竿见影大幅度回归了。

听时尚人士的话,人人都应该有一双匡威帆布鞋,说它永远处于潮流前端。一双简单的匡威帆布鞋,会让女孩看上去随性而懒散,60% 的美国人称自己至少有一双。可是,泡吧小脆不执行这一定律,她永远都是高跟鞋。脸上抹了粉的泡吧小脆从来不按牌理出牌,穿没有牌子的衣服,到鼎大祥去做直筒裤。男人们照样眼睛发直,说她花红柳绿煞是养眼。猫猜想:许多老男人眼里,传统的女人穿着鲜艳的由本土无名裁缝手工制作的服饰,会给人时光倒流的怀旧感。

想不到牛仔外套会有异曲同工的时髦作用。每每看到同事简之味穿着小一号的深蓝牛仔小外套,就会眼前一亮,其他时候简之味小脸白了了,说话温吞吞,毫无生气。牛仔小外套是天生适合走极端路线的单品。选择时要比身材小一号。还是那句老话,大一号的牛仔外套让人产生联想:拿起扫把就扫大街,穿上雨靴就钻窨井,拿起铁锹要去铲煤。

2010 年,猫在苏州刚刚启用的新火车站溜达,一不小心看到一双哈瓦那人字拖。这一发现不得了,结果满眼都是哈瓦那人字拖。有好事者说,始作俑者是歌坛天后王菲。一查资料,果然如此。不过猫以痛苦的实践经验知道,这物件是年轻人的最爱。猫等真的无福消受,尤其是长途跋涉,比如把一双哈瓦那人字拖从镇江穿去上海逛世博会。就像俺们不习惯情人节、圣诞节、冰激凌、奶茶等一样,这种有着深深时代烙印的东西,把我们迅速打回原形,在上世纪某个时代蹲着。

对于 Rock 而言,幸福就是拥有一条磨旧的蓝色牛仔裤和一双哈瓦那人字拖。对于猫来说,可能是一杯热气腾腾的可可或一只饱鼓鼓的永字牌热水袋。

都说中年女人容易疯狂,所以穿着上尤其要少安毋躁。不能像矢车菊那样,不遗余力地开放,要含蓄;也不能像一枝黄花那样,漫山遍野地开着,要低调。高调是中年女人穿着的死穴。如果能做到由内而外的美,低调有品的美,那就得道了。

穿衣吃饭,各有所好,原本不应该臧否人家,此篇旨在三八励志,勉励自己好好穿衣。

民间草根族的智慧

　　一个车夫与一个领导,天天早晨都要上演一幕接头戏。崭新的车在楼下停着,车夫等在车里,心情或焦躁或平静。如果这时一幢楼下聚集了很多车与车夫,那戏还是有些精彩的。比如,哪辆车比较豪华高档,哪个车夫比较拽得不轻,哪个车夫怀才不遇闷闷不乐。

　　就有这样一个车夫,生活的幸福沸点特别低。在等领导的一刻,他哼着小曲,时不时地摆弄他的车,志得意满。那天他老婆买菜路过时看到了这一幕。回家后,另一出折子戏就紧锣密鼓地上演了。

　　车夫一迈进家门,老婆就说:我要跟你离婚。车夫问:为什么呢? 老婆说:你太没理想,太没抱负了。你也就是一个给人开车的,低人一等,但你哪像不得志的人呢? 居然还天天有笑脸,曲不离口,像成功人士一样。我丢不起这个脸! 车夫还是不太明白,说:即便如此,也不至于离婚啊! 老婆哭泣着陈述:你看人家晏子,身高160公分都不到,可举止那叫一个淡定沉稳,言谈那叫一个魅力风度。官做得那么大,还谦虚谨慎、好学上进。

　　车夫恍然大悟状,再三谢过娘子的苦口婆心、金玉良言,洗心革面去也。

从此后，一个快乐的车夫不见了，一个手拿抹布、哼着小曲、手脚麻利的车夫不见了，代之以一个严肃克己的车夫，在等领导的间隙他拿出写满格言的纸条背上两段，在领导进入会场时间较长的情况下，他拿起笔写日记，即使有时他在发愣，也是因为正在思考人生。不久，他的反常举动被晏子发现了，听了车夫的解释，晏子感慨万分，不久，这个车夫被提拔为副科。由于他的领导位高权重，不久，车夫又连升了三级。

这是一个草根的励志故事，被写进了《史记·晏子列传》里。

很耐咀嚼。

首先说到的是理想。车夫仪表堂堂，是个帅哥。他的爱好是开车，特别喜欢名车，看到车就像看到美女。晏子是有名的丑男人，五短身材，其貌不扬。换作当代，如果这两个人同时到相亲节目，第一轮，晏子可能会遭遇女生的集体灭灯，死得很惨；而车夫呢，女生们会为他争风吃醋，个个表示愿意与他携手去爱琴海。

都说女人是男人的学校。但学校这个集合里，也有不少很差劲的女老师。她们教不了你好东西。但很显然，车夫认为他的老婆是好老师，沿着她指引的方向，他走上了一条为官之路，把自己的人生价值最大化，顺带也圆了老婆的官太太梦。可谓皆大欢喜。

其次说到人生的选择。猫身边就有这样一个车夫，他认为开车是最适合他的职业。他的精业敬业，不仅方圆百里赫赫有名，还结交了各路铁杆朋友，人生尤其充实和幸福。这个朋友的老婆与晏子的老婆有得一拼。随着年龄的增长，眼看着她的官太太梦与她的真实生活背道而驰，她由希望变失望，再由失望变绝望。教育方法由循循善诱变为苦口婆心，再变为人身攻击。男人在遭到污辱、谩骂、讽刺、挖苦几遭罪后，毅然揭竿而起。风萧萧兮易水寒，壮士一去兮不复返。走出家门的男人，站在马路上有过短时间的迷茫，可是很快，投怀送抱的女人前呼后拥。本来以为一夜回到解放前的他，想不到时来运转，误打误撞迎来了"解放区明朗的天"。

他在心里断喝三声：一个优质车夫也有今天。

相濡以沫，猫以为最可贵的是懂得对方与尊重对方，不要给对方画一张他看了就生厌的规划图。不要以相夫教子的名义，手里拿着一根软鞭时不时挥舞。它看着柔软，实质上巨有杀伤力，让他生活在家中这个女人高不可攀的人生哲理里，然后品尝到的全是挫败，活着的各种方式与内容全是错误。这等于否定他活着的意义，剥夺他的人生乐趣。

也有这样的例子。一个车夫，主人在退二线的时候极其念他的好，把他放到了一个中层的位置上。接下来的十年，这位变车夫而为中层干部的男人，仿佛官位为刀俎他为鱼肉，失眠、脱发、消瘦、寡欢，生活变相地成为煎熬与折磨。不是所有的四两都能拨动千斤，他那两把小刷子只能开车。如果当时选择干自己的本行，他完全不需要为全新的生活改弦易辙。十年后，他选择了去海南定居，彻底告别了他为之伤神的工作环境。

人之取与舍、得与失、荣与辱……不是一道浅而易懂的加减法，实则需要知己知彼，讲究智慧。

秋天傍晚的金山湖美不可言，张大妈、李大叔等天天晚上沿湖走走，甩甩膀子，顺带关照一下这人间美景。老戚家的狗狗，傍晚时总爱蹲在湖边，哲学家似的看着夕阳在水中的倒影，一动不动，良久不去，熟人来了尾巴也不摇。猫知道的，某成功人士已 N 多年没有看过一次日出，日落时分，他经常在会议室抽着烟听人家发言或者自己发言；天黑的时候，他不是在饭店就是在通向饭店的路上。如果说他懂得人生的意义，也许老戚家的狗狗都投反对票。

有心灵鸡汤文说，美国有一位母亲，当别人说"你真开心啊，生个儿子都做总统了"时，那位母亲说：我还有一个儿子正在地里收土豆，他也一样是我的骄傲。

瞧瞧，这就是来自民间的智慧。

木棉一样的女子 将爱成果

1923 年,一个 25 岁的广州女子,在北京女子高等师范读国文系。

某一年的某一天,个子矮小的中年男子,穿着打补丁的衣服和破皮鞋,走进了教室。与周作人、林语堂等穿着考究的老师相比,这个留小平头发型的老师怎么像乞丐一样?

同学们很快就被他所讲的内容吸引。不知不觉中,第一堂课结束了,等到学生们回过神来,教室里却早已不见了老师的踪影。他像一阵风。

"许久许久,同学们醒了过来,那是初春的和风,新从冰冷的世间吹拂着人们,阴森森中感到了一丝暖气,不约而同的大家吐一口气回转过来了。"女生这样描述。

不知出于什么原因,她给老师写了一封信。她写信给老师时,称自己"是一个小学生"。当天,老师就回了信,称她为"广平兄"。她立刻写第二封,问:我是女生,为什么称我为兄?她一定知道的,男士称女士为"兄",那是礼貌,是尊敬。但好歹她找到了回信的理由。所以,第二封信,顺理成章地称自己是"你的学生。"

"你的学生"这称呼开始有了温度。

要知道,给她写信的那个人,不仅十分有

名气,而且以严厉著称。

第六封信落款是"小鬼许广平"。不久后,她竟可以称他——文坛巨人鲁迅为"嫩弟弟"。

又看《两地书》,时光如此清澈。

1925年秋季的鲁迅是如此脆弱,他每天都在进行着情感与理智的较量,以致成疾,大病差点给他的生命画上句号。有一份爱情放在面前,他没有勇气接受,更没有力量拒绝。他只有通过酗酒来麻木自己。

那是怎样的一个社会?舆论与谣言是怎样的肆无忌惮。问题的症结是在母亲的策划下他已使君有妇。尽管有名无实。这年的12月,"害马"许广平发表了《风子是我的爱》:"即使风子有自己的伟大,有它自己的地位,渺小的我既然蒙它殷殷握手,不自量也罢!不相当也罢!同类也罢!异类也罢!合法也罢!不合法也罢!这都与我们不相干,于你们无关系,总之,风子是我的爱……"振聋发聩的爱情宣言,火一般的热情,勇往直前的勇气,终于融化了枯寂已久的伟人心头的坚冰。

1926年,许广平毕业了,到家乡广州工作,鲁迅则赴厦门大学任教。陷入热恋的鲁迅晚上写完给许广平的情书后,常常等不到天亮,在深夜便越过铁栅栏去寄信。

"现时我要下命令了,以后不准自己把信半夜放在邮筒中。因为瞎马会夜半临深池的,十分危险,叫人捏一把汗不好……"许广平在信里这样教导她的"嫩弟"。

1927年早春,鲁迅和许广平漫步越秀山,当踏上一个小土堆时,也许是想表现一下自己的身手还健,鲁迅执意要从那土堆上跳下来。他是跳下来了,但却碰伤了脚,游玩只好终止……45岁才尝到爱情的滋味,太晚了,鲁迅也许真的力不从心。

半年之后,鲁迅便应中山大学之聘也到了广州。广平在那里,他必须也在那里,否则度日如年。

一场如期而来的爱情,从北京、厦门、广州到上海。1929年,他们的爱情结晶生于上海,取名海婴。

他们的结合,是鲁迅的一次新生。此后,家庭生活中的鲁迅静静地坐在藤椅上,吸着烟卷,写着拯救中国人灵魂的传世之作。他的身后,是默默忙碌的女子,她掩藏起炫目的才华,从早到晚,照料他的饮食起居,整理各种来信,誊写稿件。

　　他时常情不自禁地对她说:"我只爱你一个人。我要好好写作,这样才对得起你。"

　　1933年5月,两人将此前的书信编辑成《两地书》出版,作为他们爱情的见证。

　　一个男人爱一个女人,他会让她去见世界,与他的朋友见,与他的敌人见。他给她体面,给她承诺。他愿意让《两地书》公开。他感恩生命里有了她。他为人生也为她而奋斗。这是男人的肩膀。即使鲁迅,他的爱也因为凡俗而有了质感。

　　1936年10月19日,鲁迅在上海病逝。他对许广平口授遗嘱:忘记我,管自己生活……

　　1968年3月3日,许广平在北京逝世。

　　2011年4月7日,周海婴逝世。

　　默念再三。猫终于明白,为何这些日子要翻遍鲁迅的著作,为何又捧起了《两地书》。叹息一声,这两个如此可敬的人,他们的孩子,爱称为"小红象"的周海婴也辞世了。时光过去了那么多年,鲁迅却鲜明地活在心里。在爱情速成也速朽的时代,人们何尝不膜拜爱情,何尝不向往爱情长久!

　　纵然神马都是浮云,有的浮云却深深镌刻在脑海里。

　　早春时节,一只疲惫的猫辗转在花城广州,那个书本里称广州第一望族的"许氏故居"无缘一见,但当隔着幻灭了一般的历史时空,回味广州女子许广平的一生,重温那些或慷慨激昂或平淡无奇的往事时,仍然可以感受到这位从广州高第街走来的女子的果敢、坚毅。没有她,鲁迅不会有他"一生中真正的爱情体验"。是她成全了鲁迅拥有爱情的人生。

　　广州的木棉花与100年前开得一样绚丽、高调、热烈、奔放。她不是简单的花,不是柔弱的花,她是一棵开花的树,栉风沐雨全不惧。

对于鲁迅先生,人们高山仰止,他的后代同样让人们敬重。

鲁迅与许广平有一个孩子,周海婴。周海婴有4个子女,长子周令飞外貌酷肖爷爷,从事的是文化传播。木棉花一样的爱情,生生不息,开枝散叶,越长越茂,这多好!

掩卷,让思路神游,记得住鲁迅著作中的许多句子,他的思想哺育过我们的精神世界。而伟人身后的女人,木棉一样的女子,她烘托了伟人的一生。

我有美食　与尔分享

《凰图腾》里国立哥的儿子张默演皇上。车轱辘似的宫廷戏,也不知哪朝哪代。一个鲤鱼打挺,张默版皇帝翻翻眼皮子又想睡,女人的怀女人的波就在旁边,宁妃拍拍皇上的PP 说:快去上朝吧。张默版皇帝说:不嘛,朕要觉觉。并睁一只眼问女人:干吗拍朕龙腚?

普天之下,也只有太平盛世的皇帝撑得住场面。草民百姓齐刷刷高呼"吾皇万岁",他连眼皮也不带眨一下。猫就不能如此淡定。

一枝黄花近年来胖了,富态得像中年版杨贵妃。话说为了迎接 2012,有从老家来的堂哥请去吃大餐。堂哥多少有些得志,生意做到财源滚滚。一枝黄花坐到了主客位。她用一双还算清澈的眸子露怯地瞅了一下周遭,发现也没有比她更有资格的人,所以先搁上半个PP,然后,斗胆摆正了 PP,挺一下腰板,宴席就正式开始了。

美味鱼贯袭来。

一道红烧肉摆到了面前,堂哥站起来,双筷夹了最大个儿的轻放到一枝黄花碗里,是时,黄花姑娘正在对付一盅汤,白花花的圈圈肉,溜溜滑。

黄花姑娘大快朵颐,堂哥两眼蓄满热情,

说得最多的一个字就是:吃,吃,吃! 敢情跟吃结了梁子。

黄花姑娘也没有饿上三天三夜,所以吃得有些不给力,跟不上节拍。

席间悄悄地耳语,那白而滑的圈圈肉是牛鞭,那红烧的肉肉是狼肉。

可怜的黄花,在堂哥的时时殷勤刻刻劝下,英雄赴死般下咽肉丸一枚,羊蹄一只,黑参一嘟噜。猫受不了花花强颜欢笑,本着好姐妹伸一腿的原则,叉了一块鸡大腿给堂哥。堂哥非常礼貌地把它搁到花花的碗里,说自己昨天刚吃过,散养鸡,补的,鲜的,你们平时吃不到的。

黄花一直以来立志于将减肥进行到底,平时但凡吃点荤,都觉得自己是作孽,今天却任凭堂哥作践她的小胃。

黄花把大鱼大肉归置到两腮旁,不时说起与堂哥如何的情深意笃,两家如何相亲相爱。虽然到镇江奋斗廿余载,却时时惦记堂哥。堂哥越发热泪盈眶。

自作孽不可活。结果就是上来一盆酒酿元宵,寓意甜甜蜜蜜、团团圆圆。

结果就是上来一盆手工水饺。

注意,此时堂哥索性站了起来,来来回回倒饬了 4 只大水饺给花花,意为事事如意。

花花面带慈祥的笑容,再一次把它们一个个消灭了。

猫终于发现一枝黄花的修养超过自己 100 倍。

堂哥不吃,尽撺给她吃;

堂哥不胜酒力,让她喝到云朵里;

堂哥满脸笑容,见不得她碟空碗闲,见不得她头脑仍清爽。

花花被堂哥及堂二哥架着,老祖宗贾母似的腆着腹离开酒店。

夜半时分,无人的街头。一枝黄花与堂哥告别,那场面像失散多年的亲人重逢又分开,这边依依惜别,那边驼铃声起。

一枝黄花语重心长地说:只有家乡人把自己当人看。说到动情处,提臂扯袖拭泪。

猫拍拍黄花的小肩膀说:理解,谁家没个堂哥呢?

有人说,中国的饮食文化缘于饥饿。五千年文明史,其实是五千年饥馑史,祖宗们摆脱粮食短缺的年月屈指可数。用食物表达爱意,表达尊重,表达喜悦,表达哀思,是最好的办法。

男人深情款款地对小三说:我请你吃顿好的。

顾小白把100元一客的冰激凌放到新结交的小女友面前。

《蜗居》里的宋思明把郭海藻带到别的城市,吃香喝辣……温情脉脉。

他省吃俭用供你吃喝,难道落得你没有好脸色?

所以,一枝黄花嘎嘴:人家这么给面子。

猫不受。认真地跟主人谈心,上小课:你不能夹菜给别人,这年头;你不能把大脸给别人,这年头;你不能灌人家酒,这年头身体都金子似的宝贵。

移风易俗,革故鼎新,猫像个斗士,对有害风俗大革命不慈悲。

有人戚戚焉:你如此不懂人情世故,谁还敢把你带到酒桌上?你只能在家里喝粥就咸菜。真个是杞人忧天,同桌的小王童鞋曾说:猫老,你行情好啊!

有人说了,这过年吧,就得往大俗里过。才女青山绿水与猫是一个系列的,脑后长反骨,与本朝有代沟,穿越在未来。她早早地订了机票,到时与夫君穿越云层到海边过年。她说:尼玛,不陪,吃吃喝喝,几十年都俗到骨头了。才女青山绿水又说:大过年的,嫂子假模假式把单位分的苹果送给老妈,亲爱的大哥像木偶似的被她牵来牵去,恨不得当着娘的面,把大哥的裤衩都翻出来,这也新的那也新的,没有亏待咱哥。最不受的还是她的一头发,盘了个高耸入云,做了个菊花朵朵,夹了108个发夹,再用半瓶摩丝撑着,每根发丝仿佛都镀了金,十二级台风也甭想动摇。

为了不污染眼睛,才女闲草年三十晚上与夫君赶去姑苏城外撞钟。说,你看看年三十那大街上,全耗子似的乾坤大挪移,运粮运草真忙,苹果啊香肠啊鱼啊肉啊运来运去,更不要提年初一，盘着隆重大头的女人们带着孩子，先生穿着锃亮的皮鞋，一脚踏进门，难得睡个懒觉，全被他们搅局了。他们却排队笼袖直喊新年快乐，万事如意，个个金口玉言。

还真有很受用这三叩九拜的主儿，就等着人家提溜着蛋糕上门拜年，以检验自己的地位与行情。

酒已斟满，肉已飘香，过年啦，亲们，来来来，提振精神，男人女人都别蛋疼。

小区里来了一只鸟

芒种前后,布谷鸟在叫。布谷,布谷……谁都听得到。在小麻雀们天天欢欣鼓舞赛过年的大基调下,布谷的叫声就是 Yanni 的 Nightingale,又或者是屈原的《离骚》。

布谷鸟又叫杜鹃鸟,也叫子规,有说还叫伯劳。

传说从前有一位蜀国的皇帝杜宇,很爱他的百姓,死后,他的灵魂变为一只杜鹃鸟。每年初夏,杜鹃鸟飞来唤醒老百姓"快快布谷!快快布谷!"嘴巴啼得流出了血,滴滴鲜血洒在地上,染红了漫山的杜鹃花。这就是成语"子规啼血"的来历。

猫不是鸟类专家。不懂得一只小小鸟为什么有那么深重的忧患,又为什么如此关心农事。都道在其位谋其政,鸟管鸟事,人管人事。种瓜点豆播种之属,到时节人自然会去做。

一只鸟偶尔操心也就算了,还叫个不停,明摆着对人不信任。既然你叫个不停,人就当耳边风了。又,鸟儿天天嘴巴流血不止,如何了得?

鸟与人一样,小命只有一条。舍了命叫,何必?

如此,人又操鸟的心了。

进南山城市山林，多走一点儿路，能到达鸟外亭。许多文人墨客都喜欢这个亭子。

树木那么多，林子那么深，鸟自然就分外多。尤其四五月，全是鸟及鸟叫。往鸟外亭一坐，耳朵里灌满了这些精灵的歌声。听说班德瑞录制音乐《微风山谷》《春野》时，就曾候在大自然里，把叶落声当做音乐背景。当年二胡大师闵惠芬演奏《空山鸟语》，一定也是静候在林子里多时，因而弦上的鸟鸣才会如此栩栩如生。

鸟的世界，树的世界，我们太陌生也太无知，说不上几个名字。我们走在森林里，是树盲；我们还是鸟盲、草盲。但我们牛皮得很，无所谓。我们有理由喜欢这朵花，不喜欢那朵花；我们有权利喜欢这种鸟，不喜欢那种鸟。

北宋辰光，南山的鸟一定达到了鼎盛时期。米芾听到鸟叫就迈不动步子了，哪儿也不愿去。在南山上喝茶、听雨、写毛笔字、会客。

如今的南山，鸟不及宋时的十分之一二。到处都是烧烤，是白色污染，是东一处西一处的破房子，还有找不着路径的臭味。到处都有臭味，臭不可闻。人们太向往南山了，通过各种渠道逼近南山，蚕食南山，占领南山，然后，各个击破。

鸟儿们被瓦解了，只能突围到各个生活小区。

清晨，李老师送孙子上学的时候，麻雀们还在满地打滚，有格调一点的鸟则都飞走了。

也许飞到后面的山里去了。

一座不完整的山。镇江城内城外到处都是挖了一半的山。

镇江属于江南丘陵。从前扬州或苏北一些城市的人们喜欢到镇江来看山。扬州人在瘦西湖里垒了一个小金山，总算了却了境内无山之憾。2005 年的时候，有人统计过，镇江市区及周边的山共有 64 座，都是比较有名的。

不知那些山可安好，一定是一年比一年少了。而我们的身边，掌控着大型机械、推山填海的愚公越来越多。

话说鸟儿飞到山里面去了。这座山，抗金英雄、镇江女婿宗泽念念不忘,死后就葬在这里。可惜这座千年名山山体是土质的,前景堪虞。

鸟儿们总是有去路的,因为它们有翅膀。大不了飞回大本营乡下去。

鸟儿们也上班,从黄昏时起。先是麻雀,叫到兴奋无序。丁丁美女指着鸟叫最拥挤的一处说:多像小学老师们开会啊。晚饭后没多久,谈恋爱的鸟儿们就出窝了,有的温情含蓄,低声呢喃;有的激情四射,声音高亢;有的像乐队五月天唱歌,一只鸟起百只鸟兴,群鸟唱得比头鸟还投入;有的像王若琳唱歌,一边瞌睡一边哼叽,相当漫不经心;有的就是乱来了,高一下低一下,想唱就唱,很不成熟,像刚刚落蕊结果的毛桃。

小鸟们喜欢扎堆打架。几只鸟一起打,打成了一团滚出去好远。

每晚10点钟,猫就打盹了。这时,如果听到布谷鸟的叫声,就仿佛梦游一般,不知今夕是何夕。"布谷,布谷",人们都休息了,杜鹃鸟还在为人民服务,做人民的公仆,叫人情何以堪呢?

杜鹃鸟悲情、多情、长情,男人里有这样一款吗?

如果是雨天,巴山夜雨涨秋池,鸟一样的叫。猫偶尔破天荒地失眠,就想:有没有小名唤作青鸟的神鸟,前来探看消息,然后驮一身的雨水,到某人的窗下,告诉说一切安好?

鸟儿们醒得太早。5点多钟吧,一只鸟箭一般从窗前飞过,极速;另一只鸟也箭一般飞过,极速。是一对谈恋爱的无羁之鸟,你追我赶,打情骂俏;有的像顽童,从树顶上一蹦到了草地上,叫声全是好听的童音。这时,心痒痒的,想着这世上最有天性的也就剩这些鸟儿了。不揣猜他人怎么想,不去看人家的脸色,不用励志就有一个吃饱穿暖的人生,且想在哪棵树上筑窝都成。

偶尔有一只呆鸟,栖在一棵迟迟才冒芽的树上,一个小时也不动窝,很专注,很抑郁。小区的人拎着菜篮经过,它面无表情,恕不相送。

一动不动的鸟儿就像个思想家或者哲学家。这年头人们都稀奇小动物了,不会去跟一只思想着的鸟儿过不去。

鸟儿们在小区里横行,开会、游行、随地大小便,顺带把男女之事做了。用不了多久,人们就看到了鸟巢。有的甚至就做在池子边很矮的黄杨树上。

青鸟有没有来过小区呢? 即使来过,猫也不认得。

抬头看,蔷薇开得正闹猛。于是想起了一首诗:"春无踪迹谁知? 除非问取黄鹂。百啭无人能解,因风飞过蔷薇。"竟不知道为了什么,好一阵惆怅。

一人有一个英雄梦

一枝黄花如此盼望约会句容边城村头断桥边的桃花。去年的今日,这棵野生的桃树开满了粉色的桃花。

千米之外,桃花赶在绽放的路上。

有一首诗是童鞋们都会背的:"去年今日此门中,人面桃花相映红。人面不知何处去,桃花依旧笑春风。"

猫爱煞桃花。

写诗的是位河北男子,姓崔。崔兄有一年去京城赶考,不第,小心脏受不了打击,在长安城街上喝高了,趔趄着走了好几里地,来到城南一个村庄,酒后口渴,敲老乡家的门,半天,才有一粉面女子躲在门隙里问:你怎么啦?那一脸明媚春色,把崔兄激醒了。两个人你侬我侬满心欢喜对视半小时。可是才子在女子鼓励的眼神中退缩了。第二年,崔兄考上了,故地重游,女子家大门紧闭。

好一阵失望,崔兄在她家左门扉上写下了这首诗。

世人都道唐诗美,却不知《唐诗纪事》真正好看,其中写道:扣门久之,有女子自门隙窥之,"女子独倚小桃斜柯伫立,妖姿媚态,绰有余妍"。

Long long ago,江南有个文化名人叫文征明，他的曾孙子叫文震亨，写了一本《长物志》。这本书介绍的是明代文人的生活情趣，包括花木鱼石，书画古玩。古代文人似乎都没什么工作压力，把闲情逸致当做主业，专攻吃喝玩乐。猫有时也说说人生在世应及时行乐的狠话，但一般情况下，还是励志的。

话说江南文人挣了些钱，他们不做慈善，应媒妁之言有了大老婆，然后纳一个会琴棋书画的妾，造一个园子，人生也就这么过着。

其他地方的人不这样。比如某地的煤老板，挣了1元，用1元去挣10元，再用10元挣100元。So，他们有房产多处，也许在宁波，也许在昆明，也许在海南，毛坯房放着，等着增值，煤老板与老婆在老宅过着节俭的日子。

江南文人不这样，他们造园子，用园子养他们的性情。

如今江南纯正些的文人，没有不羡慕古人有园子的。古人自己设计园子，从两三亩到十几亩地，全是大手笔。那时候地多人少，正宗的农耕社会，不像现在，老的小的留守农村，农耕的味道早已淡化了。兴化那地儿长了点儿油菜，开花季节，看菜花的人就得在窄窄的田埂上侧身而行，人多挤的。那时候的文人有了钱买几亩地，是轻而易举的事。如果买了个破落户的旧园子，人家还会送上不少面积，木槿、海棠、石榴、紫薇之属，统统白送。旧宅子的男主人是个文化人，就爱个花啊草啊的，旧宅子的女主人就爱个猫啊狗啊的，白送。如果你全盘收下，那他们一家还要作揖谢你。

也是从前了，苏州有一个名叫张吉友的富商，拥有万顷良田。有了田地的富商最喜欢结交文化人。心虚呀，不靠近文人，心里长草，终究粗人一个。后来，张吉友有了一个女婿叫周有光，有了另一个女婿叫沈从文。

"我行过许多地方的桥，看过许多次数的云，喝过许多种类的酒，却只爱过一个正当最好年龄的人"，这是沈从文情书里最具恒久魅力的句子。

沈从文出入张吉友家在苏州的园子，几十亩地，园子里的树与花草从容淡定地生长着。从园子里走出来的女子身着洁白的布拉吉,通常的造型是坐在阳光底下的石凳上手握一卷。

人不是草,不是树,也不是藤。

草长在园子里,桃花开在路边,树长在森林里,这些都是常规。

可是就有人长在园子里。

鲁迅家有百草园:肥胖的黄蜂伏在菜花上,轻捷的叫天子向云霄里去了。

东北妞萧红在《祖父的园子》中写道:"一抬头,看见一个黄瓜长大了……一只大蜻蜓从旁边飞过……蝴蝶随意地飞。黄瓜愿意开一朵花,就开一朵花,愿意结一个瓜就结一个瓜。若都不愿意,就是一个瓜也不结,一朵花也不开,也没有人问它。"

猫想住进一个带园子的宅子里,想到有些抑郁。

为什么人要住在园子里? 答:在园子里生活才能有人的天性。没有园子,月下独酌没有机会,在葡萄架下看书没有机会,躺在美人靠上日光浴没有机会。

萧红好得意,她家有园子。她家的园子与唐诗里长安郊外的园子一样,很大、很野性。与江南大户人家的园子风格迥异,所以培养出来的女子性格也不一样。

现在人说房子,基本上是论平方米。想以亩来算,你以为自己是开发商啊,或者你以为自己是穿长衫留辫子的古人啊!说到这里,一杯红酒要掩嘴而笑,他有园子,只是很久没有立在园子里欣赏冒芽的海棠了,脚不踮地的成功多金男啊!

京口一美右眼北固,左眼金山,刚刚从长江边吐故纳新回来。她劝猫:别伤怀了,大江风貌比不得巴掌似的园子?

偶像杜拉斯说:"爱之于我,不是肌肤之亲,不是一蔬一饭,它是一种不死的欲望,是疲惫生活中的英雄梦想。"

园子,疲惫生活中的英雄梦想,而已。

都卒章显志了吧

　　梦遗唐朝@微博众生：发微博，如果最后加上一句"这个社会怎么了"，立马整篇升华了。例如，我看见有人闯红灯，心想：咋不撞死他啊！最后一句换成：这个社会怎么了？就一下子从小心眼儿升华成忧国忧民。从一个俗人变成一个充满社会责任感的人就那么简单！

　　这个可以有，跟帖者排成了长龙，个个跃跃欲试：

　　早餐的玉米粥好难吃，这个社会怎么了？

　　昨天跟表弟去吃拉面，发现端上来的面里比以前少了两片牛肉，刚想让老板再添几片肉，就听表弟道：这个社会怎么了？

　　做红烧鲫鱼都没做好，这个社会怎么了？

　　到重庆出差，一个美女没见到，这个社会怎么了？

　　这次大姨妈来时痛得打滚，这个社会怎么了？

　　……

　　卒章显志。猫在日常生活中实践了好一阵，快乐到脑残。

　　一任秋风站成英雄的姿势配上就义的表情，屹立在基隆港一块石碑下，眼睛眯成一条缝，美其名曰：栉风沐雨。

基隆的海浪大得过分,一浪高过一浪,看海的红男绿女,上半身湿了,下半身湿透了。

猫与小猫及兄弟姐妹一干人在宝岛一周吃喝玩乐下来,诗兴像春天的韭菜一样,海子、普希金、高尔基的诗文好一阵乱串。

基隆港的一滩石头,被海水咬得千疮百孔。有人念叨起了杨朔的《雪浪花》:

几个年轻的姑娘赤着脚,提着裙子,嘻嘻哈哈追着浪花玩。突然一个姑娘说,礁石怎么啦,身上全是洞洞?

是叫浪花咬的。

浪花没有牙,还会咬?

咬你一口就该哭了。

几个年轻姑娘在海边被一个老渔民尾随。这枚男人不打渔、不织网、不卖海鲜,他推着的独轮车上载了一个大磨刀石。当姑娘们思考问题的时候,他脱口就是深刻的哲理:你别看浪花没牙,可是,就这样咬呀咬呀,一千年,一万年,石头就被咬出一个个洞来了。

说完,他顺手掐了枝野菊花放到车上,唱起粗犷的歌,扬长而去。

不说不知道,一说吓一跳,原来大家都读过这篇《雪浪花》。

那些年,我们一起上过的语文课,不管你曾在哪所学校就读,形式大致相同:同学们,先请听我读一遍(老师们普通话有之,方言有之)。现在我请某某同学读(女生多过男生)。现在我请第一小组的同学们读。现在我请男生们读。好,接下来,同学们数一数全文有多少个自然段?可分为几段(有的分三段,有的分四段,如果分成五段,那这个学生就太有才了)?段落大意、中心思想、艺术特色……

直到学生吐,老师也吐。下课了。

《雪浪花》有什么艺术特色呢?层层铺垫、层层推进、层层升华、卒章显志。这位杨先生写个千字文,吃奶的劲儿都拿出来了。

"志"就是中心思想，就是文章灵魂。如果没有"志"，狗屁都不是。

杨朔一代的作文，精神境界了得。不过，比较起微博撒娇体，来个大姨妈都反思到社会层面，猫还是愿意受杨朔散文的熏陶。

一杯红酒自从被集体挞伐，说他只做酒囊饭袋不染书香墨味后，一时间头悬梁锥刺股，拦都没法拦。为了显示学习效果，列举杨先生的《荔枝蜜》，只见他左手拍打着右手，啧啧之声不绝于口：最好的是结尾，那一晚，我梦见自己变成了一只小蜜蜂。深度陶醉有类于昏迷。

有这样巨大的小蜜蜂吗？而且鱼尾纹都太阳光芒似的，大家拿同情的目光集体注视红酒足足三分钟，弄得他很疑惑、很委屈。还让锥刺股不？卒章显志难道有错？文章万变不离其宗，不都要拾掇到真善美上吗？

如果文章不能卒章显志，读者伤这视力做甚？这年头，谁的视力不金贵？

猫近期心事沉沉。究其由，盖朋友的闺密的老公的弟弟出事了。间隔着遇到几个熟人，知道那谁的老公快退休了还出了事，等着量刑。愁云惨雾笼罩家庭，惶惶不可终日。有人迅速掐算出这位老公的直接经济损失在百万以上，还不连医疗卫生大病保险等诸多本来作为一名公务员应该得到的社会保障。

不劳而获，遭到举报，成为人民公敌。作为一名公务员的人生总结，这个"志"严重不靠谱。

近期作家王跃文要来镇江。遂想起《国画》中的朱怀镜，IQ和EQ都高得什么似的。话说成为公务员的，在机关混到有头有脸，哪个不是人中精华？但小说一页读下去，忽然拊掌捶胸加跺脚，刘兰芝老母似的：这朱怀镜怎么变得这么坏了呢？这结局怎么如此不可逆了呢？

人亦如文，卒章显志。

明白了此，猫顿时庄严了许多，认为文章非小事，显志尤可贵，于是重温《荔枝蜜》：

透过荔枝树林,我沉吟地望着远远的田野,那儿正有农民立在水田里,辛辛勤勤地分秧插秧。他们正用劳力建设自己的生活,实际也是在酿蜜——为自己,为别人,也为后世子孙酿造着生活的蜜。

　　自食其力,简单快乐,为这样的人生喝彩。

　　安贫乐道,踏实做人,为这样的你喝彩。

四体不勤的偶们

　　春天时有一回去扬中吃河豚,名叫岂曰无衣的开车,一路目不斜视,紧张分分。回来时,夜已深,她端着个方向盘像抱了个炸药包,一不留神车至镇江汽渡码头。暴汗!!提醒她:开错鸟,深更半夜的,偶们不过江。

　　岂曰无衣问:现在怎么开?狂晕。偶们当然要回家。猫间歇性路盲,当时坐在副驾座上,诚恳地安慰岂曰无衣:随你,即使冲进长江,俺也不跳车,就这么顶你没商量。

　　这只晕猫也想拿驾照,圈内新闻啊!

　　教练是个敦实小伙,自我介绍是教练队伍里最年轻、技术最好、最严厉的。头两天念经为主,手脚并用,踩离合、挂一挡、打左灯、鸣喇叭、手刹预备(略去20个字)、加油门、轮子滚加二挡、停一停放离合(略去10个字),关左灯、踩离合、挂三挡……

　　如何停车呢?偶们又开始念经(略去15个字)。

　　偶们上路了,初萌马路杀手轮流捣鼓,车抖抖忽忽被偶们弄到荣炳人民的地盘,成熟的麦子列队欢迎,半红的桃子热烈鼓掌。贵妃一走神,离合松早了,手刹还没拉起,熄火在起跑线上。丢人现眼。点火重来,可换挡太快,速度没跟上,车直点头。遇到红灯,"三最"教练让踩制动,霞光万道坚持要完成规定动作,挂上五挡再说,教练的话只当耳旁风。"三最"教练说:都红灯停了,你琢磨着加速,牛啊,教练我开了21年车也要听红灯的。

在大马路上学调头,一会儿车忽到路这边,一会儿车忽到路那边,游击队员打鬼子似的。

偶们全是中年,属高龄学员。"三最"直言不讳地叹息:怎么这么不公啊!把老的全放到我车上;从早7点说到下午5点,吃糯米饭咱也说不动啊,水要多喝多少啊!哪怕换一个30岁的上我的车,也好很多啊……形同头痛发作要撞墙。

偶们老童鞋不跟他一般见识,反复提醒:偶们优点多过缺点,不旷课、抗击打、特沉稳……

终于都能把车开到东开到西了。偶们还能互揪小辫子:你老起步没开左转灯,后果很严重知道不? 你老又熄火了吧,这是考不及格的;你老五档挂在三档上,声音恐怖很有新意啊。

偶们全是坐办公室的,四体不勤,肌肉无力,双眸黯然,腿上没劲,制动踩得松松垮垮,车开一路冲一路,老腰闪了108下。

话说那天好大风雨,师徒五人又出发了。偶们四个轮流把车折腾到古洞煤矿废弃的场地上。农民蝈蝈忙着烧秸秆,这里飘一团烟,那里飘一团烟,疑似有大小鬼横行。贵妃突然想去上党人民的地里摘了西瓜摘桃子,拓荒牛以高度的党性原则制止了她。

偶们已经很有本领了。车速稳住在3码以下,让车慢慢往前拱。一人拱100米换人再拱。然后转S,你转500米我再转500米。猫脚小,与吴妈相反。脚跟顾了落地撑,脚前掌就没什么劲,踩离合不到位,车快快慢慢,方向盘打得怎一个"乱"字了得。

偶们互相鼓励:吃苦耐劳是咱中华民族的优良品德,再说魔鬼训练还能迅速减脂。在雨中,偶们又开始挂倒挡练后退。你退300我就退300。说实话,左右倒视镜里的乾坤有多大区别,实在看不出来。

偶们学习左右轮过单边桥、压饼子、侧方、坡道起步（略去20个字）……态度是认真的，效率是高的。

这里有个花絮，教练收到 N 个小报告：霞光万道一次也没让轮子上桥面，桥在这边，轮在那边；拓荒牛把限速门的竿子撞断了没有如数赔款；贵妃差点压了一只散步的母鸡，她一心想抓一只回家炖汤，这一次又是拓荒牛百般阻止……

传说中倒桩很难。"三最"教练说：正进库时，3 号桩根部快露出来时，立刻看车屁股，5 号竿要进不进三角区时，打方向……听听这都什么语言？内部消息：霞光万道是偶们中最会动脑筋的一个，她老是要修改教练的上课方案，不仅如此，还时常把简单的事情搞复杂了，所以，倒桩时，像进了迷魂阵，车车折腾不出来。那次，雨下得哗哗的，她加班加点连续让竿子的根部露出了 15 次。不过，私下里透露一下：第二天她让一排竿子集体倒下了，教练心痛啊……

偶们不仅认真实战，还宝黛看"西厢"一般切磋，"三最"教练让偶们养成互通电话的好习惯。早晨就接到贵妃童鞋电话一个：咱们一起回忆昨天学的内容吧！车接近 45°角的时候，这时是 3 号还是 4 号竿与车前斜线成三分之二交叉？两人都纠结：是 4 号竿吧？看看，老都老了，还被应试教育害了一把。

移库与倒桩让偶们集体心脏疲惫，接近散板。某拿筷子手抖，某小腿直抽，某脖子不能向左……但胜利的曙光就像破晓时分东方的鱼肚白，亮了，太阳要露脸了。

魔鬼训练三天后就要考试了。偶们互相打气：一定要全体一次通过，给"三最"教练长脸。

猫批："偶们"是 4 位学员的合称：贵妃、霞光万道、拓荒牛、猫。自从儿时伙伴消失在茫茫人海，最亲的就数同车学员了。

毒舌 Rock 对本文颇多意见，微博开房门、锋芝婚变、杨振宁做寿……信息从来精彩，为何视而不见？

猫又批：咱有那么无良吗？咱顶多揭揭自己的短，不利于和谐的事咱干过一小件吗？

第五辑

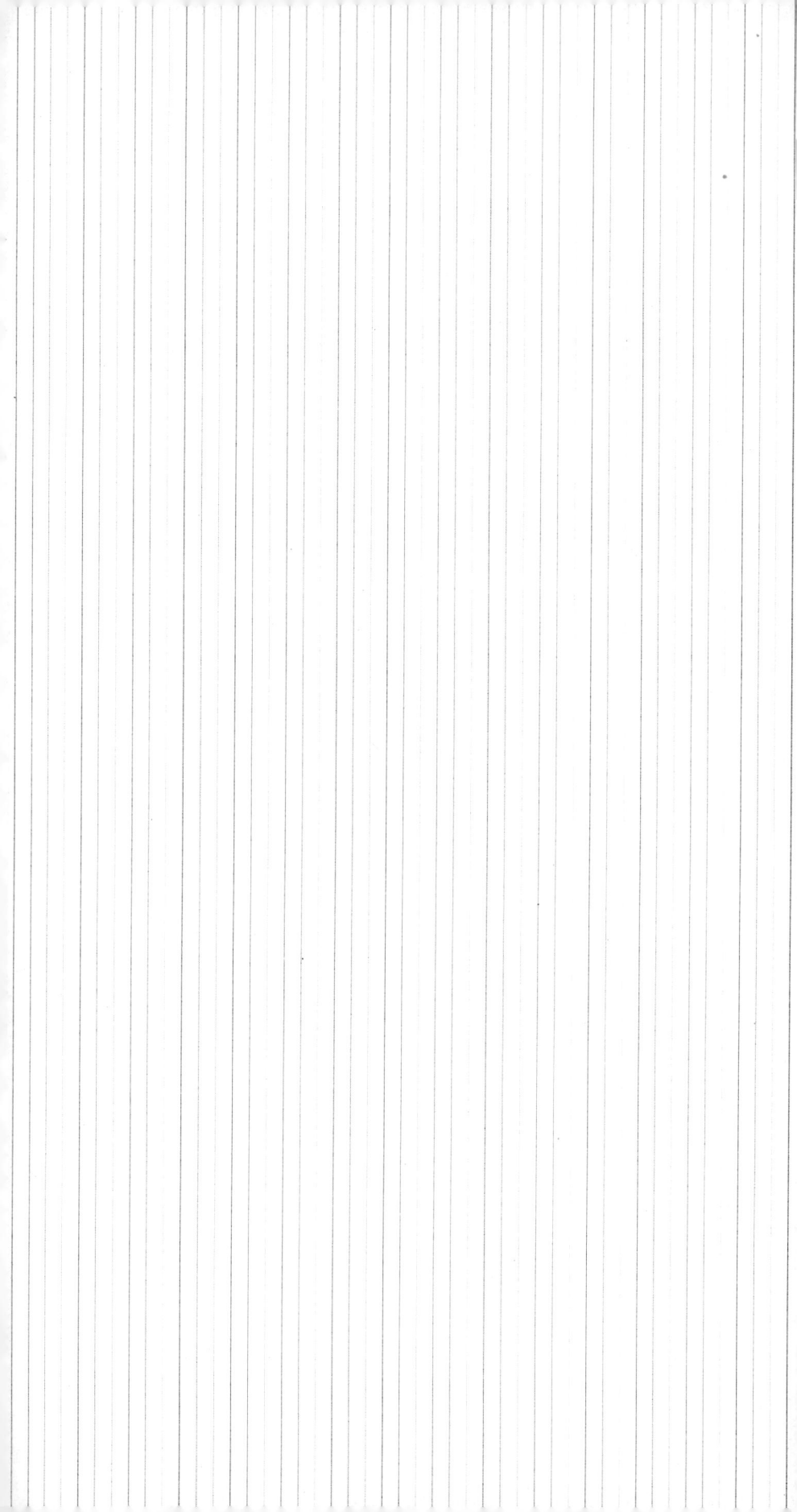

改咆哮为水煮

　　某写文章,开头又是草长莺飞,杂花生树,老得掉门牙。猫在第一时间想到屋前的麻雀们。雀们一早就放声歌唱了。

　　伴着鸟鸣听新闻,是一份消遣。听新闻有两种心态:一是,关我甚事;二是,天要掉下来了。比如,一枝黄花在听到日本闹海啸的0.1秒就提醒猫:快买车,肯定要涨价。一枝黄花做女人很大气,她对抢盐的男男女女嗤之以鼻,说:镇江人就那点儿出息。猫勇敢地站出来说:老大,搞搞清楚,不是镇江人民抢,是上海人民抢。一枝黄花是典型的见风就是雨。而有的人呢,人家都在抢盐了,他不急,明天中午吃的盐还在店里,嘴里还在说,家里还有如皋萝卜干呢!

　　新闻滋润人们精神世界的功劳是不可没的。几年前,爱看电视剧《武林外传》。叫闫妮的西安妞儿,深深的一道鱼尾纹斜插到鬓边,恰到好处的妖娆,让人喜欢。哪知,前两天她在博客上写声明,检讨自己2004年离婚的事实。

　　有跟帖者大骂记者好事,说全都死去吧,八卦。也有的觉得闫妮奇怪,离婚算哪门子错,检讨什么。

　　这个时代,每个人都是一个媒体。闫妮

离婚一事被人肉出来,怎见得是媒体记者所为。这分明是经验主义作祟,记者们也许正忙着写"十二五"主旋律呢。而且,记者的嗅觉不见得比网民灵敏。

中央台曾经有个名主持人,叫赵忠祥的,他说:记者最高明的一手是他能够预判新闻。某老友也写过这样的论文,还得了奖,题目叫《从网络事件中迅速预判新闻》。预判,难道真的就很拽?当然,比起八卦记者和有私心的记者,有新闻敏感已经是要表扬的了。

"有私心的记者",是白岩松说的。记者的私心,相信某与某们见得也实在太多了。这还不同于深喉,深喉是沉默不敢言语。有私心的记者则利用他手中的话语权,把"甄士隐"了,把白的说成黑的,把鸡毛蒜皮放大成丰功伟业。

号称本地门户网的一家网站上,某日有人站出来说话,说媒体胆子太小,不敢报道负面新闻,得出的结论是媒体工作者都是马屁精。

记者最了不得的是什么呢?是勇气和胆识。

中国的记者具备勇气与胆识的很多,但时过境迁,把勇气与胆识坚持到底的不多,即使反复强调媒体的责任是铁肩担道义。媒体人也有苦衷,一时义气,怒发冲了冠,一吐为快,结果好事没办成,还乱了军心,何必呢?

央视跑民生新闻的一个"70后"女记者说:在新闻读秒的时代,记者睡觉都得睁着眼睛。

可见做媒体多难:深度是要的,硬新闻是要的,可读性是要的。就拿周刊来说,总共只有十几条枪,每期都要夺人眼球。读者的眼球果真那么好夺的?老总们想白了头,编辑们愁掉了发。一个版就是一道菜,这个菜作为读者的你不喜欢,那个菜作为读者的你又不喜欢,像得了厌食症。你都不喜欢,怎么办?猫是局外人,说话就硬气多了:人家办这个版就不是给你看的,你有车吗(车市)?你会 English 吗(留学)?这叫分众传播知道不?就像专卖店,一瓶雅诗兰黛 2000 元人民币,一条爱马仕丝巾 3000 元,是你进来看的吗?办刊人可不能这么说,要小心翼翼的,不然读者会高声说:讲话那么冲,什么态度,小心我投诉你,敢拿读者不当回事。其实,他十年来没买过你一份报纸。

看《新东方》杂志上刘原的专栏,那文章写得,有次竟然说男人得有两位数的情人。太不注意格调了!太不健康了!老一辈全站出来严肃批评。做过领导的老一辈敲着桌边说:导向啊!品位啊!不能这样搞啊!想当年我们打江山容易吗?老泪都纵横好几道了。

很久没听到有人说记者是无冕之王这样的话了。寻思再三,觉得主要是人们的世界观与人生观改变之故。而且,这年头记者、编辑实在太多了,报纸、图书、杂志、网络、内刊、时尚、科普、IT、政经、书籍……记者、编辑不那么好做哇!不仅要像蜜蜂一样勤劳,还要有头脑;什么都懂还不行,还要站得像黄土高坡一般高。

人人都在说连岳。你知道连岳不?不知道,那找啊!这年头隔壁邻居可能不认识,名人好认识啊,一百度全来了。想知道什么就知道什么,不想知道的也知道了。连岳开了个"我是鸡汤"的栏目。某天有个一脚踩两只船的姑娘问他:能不能回到母系,两个男子一为老公一为情人。看人家连岳怎么说的:不要这样嘛,能不能把趣味上升点,再上升点,升到不仅仅是下半身?盯着字面良久,你才知道,这连岳多么的世故多么的深刻多么的洞明世事。大凡让女人放不下手的男人,那功夫万般是软不了的。如果那男的来个什么ED,她一定小脸难看、逃之夭夭。连岳可懂这点,所以他的读者粉丝哇哇叫。真正是:文字也能产生快感。

去年在上海世博会,同行中一美女自问自答,问:中国什么最多?答:人才。你做编辑做记者的也别抱怨多难多难,你不干就让位,想做记者、编辑的,现成的有一个成语:蜂拥而至。何况这是一个人人都以为自己是作家,是记者,是新闻评论员,甚至是媒体CEO的时代。如果正经的记者编辑没有理论或逻辑武装,没有新闻敏感与信息整合能力,就沦为吸尘器了,抓到什么就是什么,那群众是一万个不答应的。

如果没有新闻,世界将会怎样?所以,感谢 CCTV!感谢江苏 TV!感谢镇江 TV!感谢报纸!感谢新浪!感谢搜狐!感谢豆瓣……

默然相爱　寂静欢喜

　　双休过后,周一的微博群里,热闹的话题自然少不了谈谈"周一疲劳综合征"。有家庭主妇搞起了阳台菜园子,来到班上,疲软到散板。有男人双休去垂钓,晒了个大红脸,却是笑嘻嘻的。猫,散淡之人,捧起了书。念一句顾城的"我会像青草一样呼吸",突然就怀旧起来,伤感就这么不期而遇。

　　2011年10月6日《钱江晚报》记者在第一时间,貌似隔空采访到了2011年诺贝尔文学奖得主托马斯·特兰斯特勒默。言之凿凿,搬出了1985年现代诗歌鼎盛期,中国诗人北岛等人朝圣一般去瑞士拜谒过诗人托马斯。这位幸运的诺奖得主迄今只写了163首诗。2001年,中国曾出版过此人的诗集《托马斯·特兰斯特勒默全集》,被当时的诗歌发烧友一抢而空。直接的影响是,现在我们寻寻觅觅却找不到一本《托马斯·特兰斯特勒默全集》。

　　幸甚至哉,诗歌传承不绝如缕。

　　在唯物主义者群体里,很难有一种精神的东西夺得下坚硬的精神高地,但人之为人,情是软肋。诗歌以水滴石穿的韧劲,愚公移山般地撬动人们的精神磐石。

　　也许人们一往无前,在追求名与利的道

路上日夜兼程,但不可否认,人们需要的终极关怀不仅仅只有物质。

时至今日,似乎唯有诗歌,保留着文学艺术的原生态。商业炒作让艺术悉数沦陷为商品。也似乎唯有纯文学表达的爱情,幽缈曲折,代表着人们最初的一尘不染。

柏拉图是精神的代言,他在诗歌中说:"我们总是东张西望,唯独漏了自己想要的,这就是我们至今难以如愿以偿的原因。"

物质的世界欲壑难填,所以我们时常向往并怀念青葱的诗歌情怀。

"口之于味,有同嗜焉。"孟子说:我们都有共同的人性,物质享受如此,精神享受也如此。

物质的东西比较具象,比如,有一位身经百战的老将军,从省长的职位上退休后,到他战斗过的地方走走。面对热气腾腾的熘肥肠,说了一句话:憋都憋死了。

鲍鱼熊掌,星级酒店,那里不是肥肠出没的地方。可是将军的美食记忆还是落在肥肠上。

山高为峰坐拥高品质纯墅,但猪头肉这道冷菜仍是他的最爱。

猫的密友屈原的小秘,面对咸猪手总是放弃抵制,笑眯眯地独吞,之后摸着圆润的胃部,笑得阳光灿烂。

默默地喜欢,不愿意说再见。有人无奈地问天:人间世,情为何物?

前几天端坐在电脑前没日没夜地看《宫》,日常起居便有些异常,动辄冒出一句话来:让猫也穿越了去,变成万千宠爱在一身的美猫。

张灯结彩用同情的眼神看着猫,说:祸害了,这把年纪也不能幸免。

猫的闺密全在看穿越,她们还互相交流,要做谁谁谁的大老婆,最后发生了集体疯抢古代某才子的不愉快事件。

八阿哥"嗖"地一下穿越到当代,一个转身就看到了明眸皓齿的晴川。依《爱情真善美》那样的虐心做派，《宫》的这一情节太过性急了，为什么不让八阿哥在灯红酒绿的现世上下求索，于每一次濒临绝望中又有一线希望，如此反复，折腾不已，直到观众吐血？

得一个人的心，难于上青天，迂回、失败、窒息、崩溃，然而，心有不死。

猫看《宫》时迷恋上了四阿哥。无锡的阿福小妹说：我也爱他呢，肿么办？猫说：好办，你看的是首播，你认识四阿哥在先，你做大福晋吧。阿福妹妹道了一个万福说：谢姐姐成全。

女人都爱四阿哥，如果所有穿越都能成真，四阿哥雍正的老婆从古至今加起来可以上亿了。庞大到他不想活了，迅速钻回地下。

家庭里的爱情一般都是平淡的。广州美女作家张欣在上世纪就说，如今30岁的夫妻也不打kiss了，怕吻出萝卜味来。大量的网文总是不厌其烦地教导女人如何科学地、技巧地对付偷情的男人，也有怨妇语焉不详地声讨丈夫或情人移情别恋。但情爱专家早已撰文指出，女人出轨的比例不比男人低。俗话说，一个巴掌拍不响，这个世界上，如果出轨的男人蓬勃增长，那与之相应的，红杏出墙的女人一定也是水涨船高。

也有一种爱情可以相守一生，比如放一个高不可攀的成功男在心里，或放一个白天鹅般的女人在梦里，永远不让对方知道。这种爱情，仓嘉央措写得最美：默然相爱，寂静欢喜。

《宫》里的四阿哥跟福晋说：我要纳个妾。福晋百转千回，万般不肯。可惜她生错了年代。

从《诗经》开始的中国文字，一直在给人们灌输爱情是一个多么美妙的东西。随着女人受教育的权利与男人一样受到重视，女人对于爱情的渴望比之男人有过之而无不及，在婚姻这个只能让爱情不断流失直至沙漠化的空壳里，女人们心有猛虎细嗅蔷薇就在所难免。

有网友称，当今社会十个人里有九个半人想穿越。现代女子穿越到古时的各个朝代，哄抢帝王将相，猫的闺密秦淮女就曾说过：让我穿越了去爱上霍去病。

弱弱地问，还有那半个人，是不是就安分守己在本朝，爱着枕边的那个人呢？

> 你沿着自己的道路走过去
>
> 我不能触摸你的手
>
> 而倘若你是我随便遇见的人
>
> 我内心的忧伤——
>
> 太过恒久。

看到茨维塔耶娃的诗句，猫突然不想说话了。

把自己弄成一个混搭

南徐一钗目前有点沮丧。她听人忽悠，做了房奴。2012年1月1日起，每月贷款还息增加的部分就有近200元，单位连续8年工资一毛未涨。每日里一钗都在三省吾身：为嘛要放纵自己的贪欲？灵魂被拷问得鲜血淋漓，不忍卒睹。

南徐一钗买房的苦恼还是其次，巨额房贷哪天不是要咬牙节衣缩食。只是某一天她看到这样的排比句，精神高地沦陷了：

你提无纺布袋，给提爱马仕的人捐款；

你每天挤公交地铁，给开兰博基尼的人捐款。

说的是微博上郭美美炫富一事。

郭美美走过昨天，快乐地在淘宝网上开了成衣店。她把悲伤留给了多愁善感的南徐一钗们。

悲催得一逼。

曾经以为说谎是可耻的，信任别人才是美德，现实给了她致命的一击，剥夺了她走善良路线的资格。

心灵的扭曲加人性的挣扎，南徐一钗真想找一处世外桃源，把自己雪葬了。

可是，躲进小楼也不能成一统。比如共产党的好儿子（30年前的）张家二叔实在看不惯这世风,买什么都得提溜着脆弱的心,短斤缺两是防不胜防了,只是雾里看花,买米、买菜、买牛奶都不会了,不是毒就是药,一条老命仿佛谁都惦记着,谁都想下手。

张家二叔生生地把自己变成了食草男加宅男。他在美国的学有所成的儿子隔空教他淘宝、QQ、摄影,从此,他在网上逍遥。

一个混搭型老人趔趔趄趄着出炉了,在八十又一的年纪。他以永不言退的精神学会了电子支付、QQ 聊天及上传摄影图片。尽管快递送上门的东西十之八九是正经水货;尽管 QQ 上只有亲爱的儿子一个 Q 友,晨昏颠倒才能说上两句半话;尽管捣鼓了半个时辰,上传的只是邻居家的一只长尾巴草狗。但跟上时代的节拍,万事不求人,张家二叔总算没有被穿越,还在这个时代遛达着,历史的车轮辗过数不胜数不会操作键盘的人。做时代的主人公是幸福的,张家二叔如此感叹。

战国时有七雄,这七个诸侯国都是靠打胜仗暂时偷生。周襄王十四年(公元前 638 年)有一场泓水之战,是宋、楚两国为争夺中原霸权而进行的。宋败北。宋襄公很不服气,说了一段深奥古文,翻译成白话文是这样的:仁人君子作战,重在以德服人。敌人受了伤,就不要再伤他;敌人如果头发花白,就不应抓他。

如此迂腐,连楚国人都嘲笑他。

古时候称头发花白的人叫"二毛"。这些年,猫总是纠结于"二毛"之说。宋襄公说的"二毛",是指岁数大的人。对镜自揽,"二毛"者,四十有之,五十有之。倘若对 50 多岁的大哥喊上一嗓子:"老翁",那对方是要拿凶器杀人的,受不了那刺激。陈功权在 51 岁时还与情人玩私奔,小儿郎一般不能自拔,倘若称他老翁,那还不赶紧掩面落荒而逃?

"50 后""60 后""70 后"混搭在一个办公室,外在形象均饱经沧桑,"二毛"跨年代现象十分普遍,孰少孰长,难分伯仲。

"采菊东篱下,悠然见南山。"陶渊明做县令厌倦后,回家种山芋了。猫于 2011 年的初秋,误入一别墅,结识了沈家老大。他事稼穑乐逍遥,墙头上是扁豆,墙根边是毛豆,挖了水井,修了小桥,搭了凉棚。已成功晋级为混搭达人的沈家老大说:喜欢什么拿什么。多年的职场委屈、仕途憋屈全抛到脑后,沈家老大说:尼玛,不侍候,也当回老子。看来气还是没消透。

人们总是用固定的思维来分析问题,当一个卖茶叶蛋的大哥端起相机街拍的时候,你莫名惊诧;当开宝马的沈家老大挑大粪的时候,你莫名惊诧。你对混搭型人才感到陌生,说明你out了。如果你做领导,就不能挖掘部下的潜能,不能把一电工几经提拔成副处,不能把北大高材生摁在打杂的位置上,十年不让翻身。

混搭一词,本来专用于穿衣打扮。猫把它引进到现实生活中,以说明时代需要混搭。

买房子,忙贷款。

搞装修,买材料。

上淘宝,走网购。

自驾出行。

电视相亲。

抄底买金。

实体商城连环套打折积分刷卡兑现……

既抓革命又促生产,既生娃又升官。你是杂家又是博士。屈原的小秘说:人,本来可以活得轻松点,古人云术业有专攻,是什么造成混搭型人才比比皆是呢?屈原的小秘拈须徘徊良久,断言道:皆社会诚信缺失所致也。

猫初点头喏喏,继而反驳道:屈原的小秘,你老言之过激,观点偏颇。比如"三高"之身如何饮食;坏生姜比药毒三分;吃火锅易引起尿酸高;你也能活到120……无所不能的人是没有的,但一窍不通是要完蛋的。在信息爆炸、错综复杂的当下,快快用混搭武装自己吧!

屈原的小秘讷讷不已。

一杯红酒与本枚猫都曾经是热血诗人,跟随海子高歌"面朝大海,春暖花开"。可如今,一杯红酒当了钓鱼协会的副会长,放浪小河边;猫则时常静坐于街边的咖啡店,看落日余晖,欲说还休。

　　混搭,必须的。

对待朋友像对待什么一样

新一期时尚杂志做了一个百人征答，问：最幸福的事是什么？美女答：有一个蓝颜知己，时常相聚，他智慧地修正我，使我总在进步。

答案五花八门，只记得这一个。

蓝颜有时被称为第四种情感。

一杯红酒在石榴开花的季节，加入了中国作协这个让人仰视到脖子酸的组织。Q群里沸腾了三天三夜。有童鞋问：加入中国作协是不是就不要工作啦，只专心"做鞋"？

北京、上海、南京等地的文友都来恭喜，一杯红酒那晚喝高了，席间他真诚地对身边美女说：你是我女朋友。眼神老缠绵了。仗着酒，装得相当衰弱。你能抵挡他么？不能。泡巴小脆笑着说：手指头都没摸过，怎么就女朋友了？红酒说：那来拉拉小手。喝高了酒，男人空前豪迈：再开一瓶，谁跟我喝，我就喝死他。酒醉佯糊，对酒当歌。

马上看英雄，月下看美人。这时你看到的桌上醉汉，墙走他不走。是人都有恻隐之心。何况喝醉酒的男人，伤不起。

泡巴小脆每天骑一个多小时自行车，从城东赶到城西上班，喜欢写诗歌，也写些歌颂真、善、美的心灵鸡汤。一杯红酒认识小脆的时间长了，每每心有不爽，他的朋友都知道替他把小脆喊来。

小脆揣着聪明装糊涂，如果说一杯红酒需要一个情人，数来数去也不会是她小脆。有一杯红酒做蓝颜，她多了不少保护是真的。

一杯红酒是个太粘人的男人，一旦你有国母般慈祥如大海的包容，他就会开车压实线，走路撞山墙。男女关系剪不断理不乱。

猫是越来越不爱听官腔了（包括官太太的腔）。前不久撰文一篇，鲁迅牌匕首似的抨击了一下下。后来又遇一女官腔，有事有人，没事没人。第一次看到正宗原版的叫嘴脸的东西，气得肋下疼，斥责道：女官迷，你有什么了不起？朋友梅花雪说：你太在乎她了。猫醍醐灌顶。小学就一起混了，突然她打起了官腔，太伤自尊了。

许久没见京口一姐了，电话给她。没等猫开口，对方问：我是蒋老师，你哪位……

女人之间的友谊很难维系，一生中能有一个好姐妹相伴几十年，那就算功德圆满了。剩着的精力，像经营事业一样经营朋友关系，是正经。

满耳朵红歌，家里那位还在声情并茂地唱：今天是你的生日。重温入党申请书，纳闷那些话是不是自己写的。比如说，对待朋友要像春天一样温暖。别人经济上告急，多么需要你伸出援助之手啊！因此，像雷锋一样借钱给他。结果怎样？他用你的钱付房子首付，买高档车。后来，你急需这些钱，上门讨，跑断腿。朋友那张脸，越来越阴沉，最后竟面目可憎、出言不逊，倒好像是你欠他一屁股美金。费尽九牛二虎之力，三年后才把钱磨回来，两个人之间的"友谊"宣告泡汤。这还算好的，有时你"救济"的朋友干脆连人带钱失踪了，叫天天不应，唤地地不灵。试问玉皇大帝，跟朋友能谈钱吗？庄子一大早就踏着露水站到秋水边，说：君子之交淡若水，小人之交甘若醴。

端午节的三天里，尽在琢磨朋友是嘛东西，屈原似的百思不得其解，最后抬起头天问。但猫不学屈原，戴着白色高筒帽，穿着奇装异服。猫宁可苟活，也不会咕咚一声跳下水。

猫时常不明白，屈原为什么是爱国主义的典型，他爱的什么国？他是不是缺一个徐静蕾式的红颜？

节假日是最寂寞的日子，想到平时比较密切的几个朋友，也许有人愿意小聚。结果，谁都了不得，全加班。谁都忙，忙到她或他不加班，地球立刻就像遭遇紧急制动。为了不让地球在本猫手里毁灭，只能逛街，从东城逛到西城，人生暂时失去方向。无聊中，电话给跃进童鞋——猫的蓝颜。哪知跃进在电话里拉着个脸，仿佛生理低潮期。猫某件事办得不给力，世界观又错了位，跃进娃很生气。作为一个人生目标明确、理想崇高的男生，跃进唯一的缺点是气性太大。他蹲在农民兄弟家的池塘边钓鱼，高低不听猫的深刻检查。猫就泄气了，老取悦别人，心情不好的时候，就取悦不动了。取悦不动就犯天条了。离开了跃进娃，那地球不仅不转还要被烧坏。为了抓住唯一的蓝颜不放手，猫挖野山参一样挖思想根源，挖呀挖，跃进还是坚决不原谅，不妥协，不得过。

猫想：总是把别人当回事，人家也没把你当回事。为嘛要把人家当回事？为嘛就不要人家把自己当回事？老是把别人当回事，人家就越来越不把自己当回事。人，怎么能这样不把自己当回事呢？忽然就觉悟了。回家炖了汤，喝到肚圆，然后幸福得像猪一样。

要一个蓝颜，那是比登天还难的事！如果你有一个蓝颜，他站得像黄土高坡一样高，时常语重心长地修正你，智慧地点拨你，宽容地鼓励你，那作为女人的你，一定曾经感动过玉皇大帝。

猫又躲起来翻线装书了。话说从前，齐国有一对好朋友，一个叫管仲，另一个叫鲍叔牙……童鞋们齐声说：管鲍之谊。

大约2100多年前，司马迁写了作文《管仲列传》，说的是蓝颜的故事。

内心强大的女人未必幸福

在几乎所有读者都热泪盈眶地歌颂《山楂树之恋》有着世上最干净的爱情时，宜家猫的厌恶与日俱增。窃以为，恰恰相反，这是一段背着沉重十字架的最世俗的爱情，它不仅不纯粹，还相当瞻前顾后，相当残忍，相当功利。如果老三的出身符合那时的又红又专标准，试问静秋是不是就奋不顾身了呢？那个时代的择偶标准，把出身摆在第一位，与当今许多女生把金钱摆第一是一个道理。如果两个人经不住诱惑，在同床共枕的那个晚上偷尝了禁果，难道他们的爱情就不干净了吗？如果说没有偷尝禁果，老三是带着处子之身离开这个世界的，因而也就有了最干净爱情的说法，宜家猫是不愿意认同的。我只能说，这个女孩内心很强大。她有权扼杀自己的初恋，也有权拒绝老三的初恋。时隔30多年，她内心的悔被放大了无数倍，沉重到让自己无法呼吸，所以她把这个故事公开了。当张艺谋导演为选角一事弄得路人皆知时，她仍旧为自己清纯的旧貌所执迷，认为谁都不配演她的过去，谁都不是她的老三。活着的老三什么时候是她的了？什么时候老三得到过她的爱情？为什么至今老三却是她的？

天气闷热，重新翻看茨威格的《一个陌生

女人的来信》。从冗长、沉闷的文字里,宜家猫看到了另一个内心强大的女子。从13岁起,她隔了门缝看对门的作家,在接下来的三年多时间里,她在想象中把自己无数次地给予她的暗恋对象。她的母亲因为再婚的原因,带着她搬到了另一座城市去,但她还是找了借口回到了初恋的起点。在繁重的工作之余,天天站在作家的楼下,呆呆地仰望,一站就是几个小时,并终于得到机会与作家共眠三个晚上。她生下了他的儿子,她做妓养活儿子。但一场重病夺走了孩子的生命,也吞噬了她的生命。她像一只流浪猫,因病而死,寂然无声。她在命悬一线的时候,写信给作家,说出了这一切。但是,作家还是无法知道她是谁。他无知无觉于一个女人殉道式的爱,连一点自责、一点负担都没有。

茨威格是奥地利作家,属于富二代。他用一生中的一大半时间游历世界山水,《一个陌生女人的来信》因为被徐静蕾翻拍,因而变得家喻户晓起来,一时走红的还有背景音乐《琵琶语》。许多女人曾经沉浸在这样执迷不悟的纯粹的爱情里,但一碰触到现实,就知道这样的爱情是多么的痴人说梦。试问,谁可以这样?宜家猫还是赞同小龙女的妈妈吴绮莉的做法,生下他的孩子,拎到他跟前让他看清自己的作品。养还是不养,明着养还是偷着养,随他。

内心强大的女人,是让人畏惧的。

现实生活中,宜家猫认识一个女人,她在妙龄的时候爱上了一个男人。两个人也曾经甜蜜地牵手。但是后来男人劈腿了。这个女人不哭不闹,但佳闻每每半夜时分,她用了各种电话打已婚前男友的宅电,锲而不舍。索要她的爱情,用了这样一种方式,最后闹到要长辈出面干涉。都道红颜易老,但是她不惧,她一个人,丑给世人看,无忌给众人看,形单影只给别人看。没有人知道她的内心,果真那个男人让她念念不忘、无法释怀?世上有这样的爱情吗,永不掉色?或者她真的把自己当做琼瑶剧里的女主角,忠于爱情到山无棱的地步?

宜家猫是个软弱的人,如果爱情失败,会顺理成章地遵循转角遇到爱;而且宜家猫有着恰当的自知之明,对那些巨优秀、特卓越、超有修养、十分成功的男人,不做半点向往,自然绝缘。让别人美好着别人的美好,让登对于超男的女人去图谋去获取去享用。

其实,宜家猫见过各种各样的爱情及爱情里的偏执分子。与其说他们爱上了爱情,不如说他们始终爱着自己。他们一意孤行,不为别的,只是不承认失败。

这样就想起以前曾经自以为很懂得的《飘》。不知现在大学校园里的女生是否还爱看这本书。那时,作为前辈我们可是一本正经的,夹着这样一本书走在校园里,心比天高,真以为自己就是不食人间烟火的天使。与郝思嘉一样,看不上靠贩卖军火发大财的白瑞德,看到他嬉皮笑脸的样子,看到他的白色西装或小胡子,就脸红,觉得跟这样一个流氓谈恋爱是那么丢脸。如果不是经过家破人亡,郝思嘉依旧会惦记卫希理。这两个男人,一个是爱她的,另一个是她爱的。爱她的可以给她幸福,她爱的其实很平庸。可是等到她终于明白时,爱她的人走了,她爱的早已是别人的丈夫。

年轻的女子看不到自己内心有多么强大,但总有一天她们会知道:不是什么东西都可以为她而改变,也不是什么事情都只会向好的方面发展。好在,正如杨采妮说的:才30多岁,从头来过,一切还来得及。

相思比癌还要痛

宜家猫从不去 K 歌房，不喜欢那地儿。一个人的柔情蜜意用了麦高分贝地唱出来，实在无厘头。一说完这话，估计有人会强烈鄙视猫。偶尔有那么一回，被人千劝万劝，竟是从了。初进歌厅就听到这么一段故事，说有个女人，爱上一介穷书生，为他做牛做马，让他好好学习，day day up，哪知金榜题名后书生变心了。所以这只狐就哭啊："我爱你时你正一贫如洗，寒窗苦读，离开你时你正金榜题名，洞房花烛。"无数美女纷纷拿了麦婉转地化身为狐："能不能让我为爱哭一哭，我还是千百年前爱你的白狐。"那天苇姐唱着这歌，如泣如诉，相当怨妇，把宜家猫的小心肝都惹疼了。故事真是巧，这苇姐，公主身份，多少年前爱上了凤凰男，为他舍了自己的前程不说，还过着清贫的日子，哪知凤凰男爱上了别的女人。苇姐差点背过气去，但她爱情洁癖，从一而终，恨那厮却又放不下那厮。坎坷啊！这样的女人，就应该有一个歌厅，让她歌以咏志：爱到痛时听我用歌声来倾诉……

去年在南京开会。冬至日，与湘君散了会就应朋友邀，从中华门出发，到中山南路南捕厅 15 号的甘熙故居吃晚饭。一小时招不到一辆的士，却等来了一阵阵冷雨似箭。两个异乡人把外套脱了顶在头上，小小的狼狈。

甘熙故居是一片古建筑。雨停风骤，街灯昏暗。一转再转，到了一处：回字形走廊、楼上楼下灯笼烛照、小桥一座、戏台一处、水池一方、四合院落、老红木桌椅。走在桥上，雾气悄没声息地漫上脚背，缠绵得紧。分而食之的小点心，小而化之的山珍，一道道呈供，身份陡然高贵无比。餐毕，移榻至戏台前。坐在低矮的红木椅上，有穿了戏服的美丽女子给客人披上锦缎大氅。暖气擎在黑漆漆的高处，滋滋滋地冒着热气。如此呵护，让没见过世面的猫得瑟了半年。那情形，若年纪再长点，猫就不是猫了，活脱脱一个贾母啊！

隔水的古戏台上演的却是《牡丹亭》。痴男怨女，水红嫩绿，咿咿呀呀，曲曲折折。甘熙故居里的这家会所，戏班子是私家所养，每周上演两场《牡丹亭》。来的大多是文人墨客。一段相思成疾、死死生生的故事，就这样在太平盛世中一场场唱下去。

中国传统文化实在太累了，《诗经》里有八个字："知我如此，不如无生。"每当读到它，都为之怅然。《诗经》如果涉水来到现在，它就是流行歌曲，听听大街上飘来的："你走出了我的世界不再回来／我却为你爱到心碎痴心不改／如果我的爱只能在梦里表白／我愿沉睡万载永不醒来。"刘兰芝、祝英台、林黛玉……都醒不来了。诗文里的相思，如断肠人在天涯，伤心人各有怀抱。所以香港美女李碧华说：相思比癌还要痛。

人是情感的动物。诸般情感中，最深的是爱情，在它面前，一切亲情、友情、恩情……皆非敌手。

有一年看梁实秋的《槐安梦忆》。仲夏吧，感觉四周那么静，乱世离人，他与妻聚少离多。等云淡风轻，两个被相思折磨了许多年的人终于可以团圆时，原配竟意外而亡。大家都以为痛不欲生的梁实秋会守着亡妻过余生，哪知时隔不久，他陷入一场疯狂的恋爱里，一个更年轻、更美貌、更多情的女人取代了前妻。梁实秋前半生对妻的爱情是真，后半生的感情也是真。当时竟是欷歔不已。把文章介绍给湘君看，他幽幽地说了一句:这么情深意笃的夫妻尚且如此,今后谁还敢相信爱情啊!

　　古人说:唯有相思似春色。春色的美在于饱满,在于滋润,在于新鲜。宜家猫读到这句的时候是惊呼的。新鲜的、近前的、正在发生的相思才是美的。而留不住的、失却的、陈旧的、遥远的,是相思吗? 当人们忧伤地唱着失去的爱情时,宜家猫不敢苟同那是相思的缘故。心心相印、卿卿我我、恩恩爱爱,爱情就应该是这样美的,相思就应该这样染着喜气。纵然相思痛似癌,终有在一起的时候。如果不是,那只是爱情的尸首。那么接下来就是收拾情感细软,走人了事,不必停驻,否则沉疴多年不愈,短暂人生何乐之有?

且看情感男作家谈情说爱

　　有人说,35 岁以上的老男人一旦爱情起来,就像老房子失火,没得救。35 岁的老男人? 真是让人纳闷。那些 35 岁的男人们也许正活得像个孩子,兴冲冲的,连个对象也不想谈。前几天,《潜伏》男主角的扮演者、41 岁的哈尔滨魅力男孙红雷接了新戏,开机仪式上,摄制组请来了星爸。星爸很有范儿,说来说去希望儿子赶紧说个媳妇儿。

　　把 35 岁的男人叫"老"的是当代情感作家韩浩月。这个社会总有人在细分着人群,比如富二代、官二代、民二代;比如偶像、粉丝、博友。男情感作家是相当有魅惑的一族,福建的罗西、山东的韩浩月、福建的连岳、籍贯不明的曾子航,还有人罗列了王小波。他们的共同点是:烹煮文字、解读男女、亲近媒体、深受熟女喜欢,被亲昵地称为"妇女之友"。

　　有着一颗智慧脑袋的罗西,准确的定位是熟男。他有时好色了得,行文只适合给深度熟女,内容无外乎教唆与口授。举例子就知道猫不是在打诳语:《把性做得专业一点,就是爱》《张柏芝:有一种主旋律的表达叫怀孕》《女人调戏男人的先进性》……为了列举才又踩进罗西的博客。罗西的专栏类似于剁椒鱼头料足了些,有些人好这一口儿,有些人一点也接受不了。罗西是一家电台情感节目的 DJ;而在数家刊物上,他是主打的专栏作家。

罗西有一双友善的目光。喜欢在网上秀自己的生活照,孝顺母亲。

木子美在"南都"开了个专栏,在"南都"开专栏的还有刘原。看木子美的文章久了,觉出了她的吃力。有读者实在没有太多耐心,就问她:你除了写这些□□文章,还有其他话说不?话糙了点,但意思明了。木子美是个女的,此文不议论她。不知有没有人责问罗西:咱们也说点别的事行不? 比如,索马里海盗最近的故事。

韩浩月是猫的博友。猫早早地被此主链在新浪博客里。该生喜欢谈文化圈、影视圈的事,最近新出炉了一本情感专著《爱如病毒,喜欢潜伏》。韩浩月以前写诗。写诗的男人坏不了,也堕落不到情色写手那一层。

因为《爱如病毒,喜欢潜伏》,韩浩月发了条微博,结果近千人转发,并引发了关于"现在为什么男情感作家流行"的热门话题。

爱情、两性、男女、婚姻、健康,解读它们便是深层次解剖生活。有专家把网友归结为两类:年轻人和高端人士。韩浩月的文字吸引的恰恰是这两类人。在理性和通透的文字背后,与所有的情感作家一样,作者隐藏着的温暖气息是人文关怀,关怀我们自己。

韩浩月的"围脖"是这样的:中年人说爱,多是一种出于对青春即将逝去的不甘心。少年为赋新词强说愁,而中年乃至壮年,为显示男性荷尔蒙仍在,会不会强说爱?

这世上,对于爱情的态度,猫猜度大概有两种:一种是无爱不欢,一生都想泡在爱情里;另一种是无爱一身轻。

猫赞成老男人谈爱。老男人的爱更像尘封已久的美酒,有幸品到的女人不饮自醉,是一种福分。

老男人谈爱,也会像孩子那样爱。老男人爱女人爱得深了,会把她当作女儿来疼爱,情到深处,返璞归真,像回到初恋时代,回到青梅竹马的年代,有水乳交融般的相濡以沫,有一时阴一时晴的怄气逗乐。

比之年轻男人,老男人的怀抱更深。

"爱情在它开始的时候,通常都有在云端的感觉,晕眩,四周一片明亮的空白,脚步踩在虚空之上,不知身处何地,不知自己为何人。爱情在情到深处浓烈时,亦有在云端的意味,只是这时,晕眩感已经少了很多,而多了些携手看云、风轻云淡的畅快与恣意。过了这个时候,爱情的发展线路走向,大概就和飞机降落的轨迹差不多了,要么平缓下降,要么急速下降,个别例子还有可以用坠机事件来形容的。"

情感男作家几乎都是安慰女人心的多情种子,他们知道读者们有什么样的现实症结,读者们只是在寻找一个佐证:爱情的相似性。

爱情的正果是什么?如果是婚姻,就不会有"婚姻是爱情的坟墓"这一说。现代人终于知道,情感不是不可以拿来说,藏着掖着的爱情走不远。情感男作家们本身未必都有美满的爱情,只是他们拿了解剖刀,把爱情抽丝剥茧,然后告诉你:你不是唯一被爱情击中的人,你的痛、你的甜不是独此一份。

看到连岳这个名字还是在两年前,其文风格强硬、语言诙谐,初以为他是北方人,听他断案以为他很高大粗犷,哪知却是一个清爽文气的南方海边男生。生于海边的男人骨子里大都是多情的,谈起恋爱来拖泥带水,容易受伤却不肯丢手。性格温顺,善解人意,似乎天生适合做"妇女之友"。不怕女人絮叨,也喜欢在女人耳边絮叨。

"这是我见到过的最尊重女性的文字。"连岳的一名女粉丝这样说。

"我希望有更多的男性来讨论爱情和情感。"连岳在专栏里呼吁。

"爱情就是知识的一种,可以求取,可以学习,可以用来使我们的生活更舒服一些。"这一点,猫尤其赞同。我们身边有多少男人,不管事业是不是成功,不管官位尊卑,说到底,他们太生硬了,他们太固执了,他们对于身边的女人——陪伴他一生的女人,太不知感恩了。这也是情感男作家存在的意义吧? 尽管给老男人们启蒙是那么的不容易。

曾子航是眼下情感男作家中最出风头的一个。猫竟然没看过他的文章,但隔岸听涛还是知道他出版过《男人不说,女人不懂》《女人不"狠",地位不稳》《男人是野生动物,女人是筑巢动物》等专著。真正被称为"妇女之友"的就是该生。曾子航属于粉一族的都市丽人,猫不凑这个热闹。

《非诚勿扰》里的茶壶理论

屈原的小秘爱上了江苏卫视的《非诚勿扰》,双休日视家如归。如不巧遇有应酬,周一午间定然兴冲冲地回窝回放。说真的,对于成功男来说,这种举动是相当可爱的。因为,他不仅相信爱情,不仅想看世相,还积极地投入到缩小代沟、年轻心灵、寻找与"80后"共同语言的活动中去。上世纪七八十年代他是奋发有为的好青年,如今,他又争当与时俱进、创优争先的壮年优秀公务员。除了鼓掌、送鲜花之外,猫觉得还应该多次地给予口头表扬。

女孩们上《非诚勿扰》舞台,原因是多方面的,性质是复杂的。想当初,13号孙教授与乐嘉先生眉来眼去,青鸟殷勤飞,颇有初恋启蒙的味道,竟是美丽的。还记得郑愁予先生的《错误》不? 乐先生在《非诚勿扰》有时是一个错误,正如阿杜唱的:"你把我比下去"。如此优质才俊,真让女孩选谁都不甘心。但乐先生"达达的马蹄"是过客,不是归程。指不定现在台上的女生久不下台只是想与孟非多处些时间。一只高龄猫如此老谋深算,揣人肺腑,众女生当讨伐之、不屑之,当反面教材。主持《南京零距离》的孟非当年曾深深吸引我家邻居——一个在纱厂工作了N

年,然后在楼下卖豆腐脑的阿姨,她横看竖看只觉得孟非太可人疼了。阿姨家的闺女却看不得孟先生右嘴角一扯一扯的。阿姨急得:哪里歪了,人家正忙着说话呢!

优秀熟男是普天下单身男生和已婚女性的公敌。战国时期齐国城北徐公太倜傥了,女人们爬在墙头上偷窥,结果硬是把城墙给爬坍了。孟非已经求求女生们了:请把眼光放在男生们身上,请忽略主持人。女生们很可爱啊,至少很有眼光。阿尔卑斯山脉有一处竖着一块木牌,上面写着:"慢慢走,欣赏啊!"大文豪苏轼在《前赤壁赋》里是这样写的:"且夫天地之间,物各有主,苟非吾之所有,虽一毫而莫取。"人家孟非是主持节目的,是要收视率的,植入的每则广告都在亿元以上的。

尽管芒果台的《我们约会吧》开启在先,但因地域的原因,猫还是更爱看江苏卫视。《我们约会吧》节目中男女牵手的成功率比较高,主要原因可能有两个:一是芒果台此档节目的宗旨是相亲,二是男生比女生更包容。《非诚勿扰》的牵手成功率比较低,一场节目下来,有两对就皆大欢喜了。孟非有一个著名理论:"只创造邂逅,不包办婚姻。"有媒体称:孟非认识的高度,恰好也是孟非到达的高度。这是他与其他娱乐主持人所不一样的地方。很难想象《非诚勿扰》换个主持人,会弄成什么样子。

依猫之见,黄菡教授是嘉宾中的异类,当然她是相当投入、相当称职的媒婆,她也似乎只致力于做好一个媒婆。她是那么的想促成男女好合,殊不知,《非诚勿扰》显然不打算拷贝以往的速配模式,这是其一;其二,男女生们也未必想怎么着,说不定就是打酱油路过,看看19号就知道,在舞台上呆上半年她也不会急。《我们约会吧》里有一个31岁的海南美女,是开麻辣烫店的,牵走了一个比自己小几岁的青岛男生。猫傻傻地想,这爱怎么恋呢? 海南女生把麻辣烫店开到青岛吗? 或者男生到海南来,开夫妻麻辣烫店吗? 麻辣烫店跟爱情有什么关系? 猫所经过的永安路,夫妻店多了去了。所以,黄菡老师你太好骗了!

不知道《非诚勿扰》每期的四到五枚男款是从多少人里淘将出来的。有的实在让人看不上眼，别怪女生们眼明手快地灭灯。有的看上去不错，一开口却匪夷所思。当然，还有一种，各草入各眼，你喜欢的我不喜欢，我喜欢的你不喜欢。台下的看客，你喜欢还是不喜欢都是消遣，因为压根儿就没你什么事。

《非诚勿扰》里24个单身女人，基本涵盖了这个社会上存在的所有女性类型：女博士、清纯校花、火锅店老板娘、淘宝店店主、酒店服务员、肚皮舞教练、高级白领、假小子、离异妈妈……人说，男人这种视觉动物对美女的免疫力是很低的，即使进化到22世纪，男人好色的老毛病也是改不了的，也不想改。走到大街上，哪怕遇到一个稍有姿色的柴火女，男人也会关照上两眼，所以面对一字排开的24个经过足足两小时打磨的美女，男人们如坠云里雾里，只恨站在舞台上的时间太短。

24位女生把目光全放在一个男生身上，不管这个男生是协和的研究生还是苏州某外企修机器的；不管他是北京大宅院里的还是上海谁家的乖囡囡，感觉还挺正常。1男VS24女，猫认为这个可以有。而芒果台的1女VS18男，且待寻思。

晚清怪杰辜鸿铭说：你只见过1个茶壶配4个茶杯，哪有1个茶杯配4个茶壶的呢？其理相同。女人站在台上，目光炯炯地选婿，这女人是不是男权了点？举动是不是夸了点？封建父母教育出了传统而古典的猫，东方思想又让猫观念保守且陈旧。其实，不想看《我们约会吧》就请转台，何必论是非曲直。

谁动了谁的更年期

　　都说房地产是最大的民生。作为门外汉的猫,只知道有限的几个地产商,其中一个就是潘石屹。陇南天水的这位小伙子太像镇江这地儿一才俊了,长相与人文情怀都挺像的。这阵子猫老是犯迷糊,一出门,看到任何一个人都可以对应出某个熟人来。这世界真是乱到不可收拾了。

　　可是,上了网一切都由不得自己。比如腾讯QQ,一登录,新闻就海量地拥来,你就这样被牵着鼻子云中漫步。你用人家的QQ得心应手是不是,再给你点儿精神食粮,相信你没有意见吧? 说真的,还是比较喜欢腾讯首页的。就看到一条最新的:宋丹丹隔空责问潘石屹。丹丹美女才表完态说不上春晚,就自己给自己松绑玩"围脖"了。玩玩就算了,还较上真儿了。可是,一厢情愿,人家小潘童鞋没空理她。

　　起头是这样的:

　　演员宋丹丹于2011年1月17日21：20发出一条微博:长安街南边那么好的位置你盖了那么一大片难看极了的廉价楼(指建外SOHO),把北京的景色毁得够呛,你后悔吗今天? 求你了,不带这样的!

　　尽管天寒地冻,尽管丹丹是一个非地产

人,问得也极业余,但这条微博仿若瞬间引爆了一个深水炸弹,评论与转发转眼之间过万条,引起了包括演艺圈、地产业人士、闲杂人等对 SOHO 中国董事长潘石屹的围剿和围观。在当晚22：31,宋丹丹又发出第二条微博,把网友的情绪提升到了沸点:我每次路过那儿都有一种要犯更年期的感觉。求求他了,别再盖了,爱爱北京吧！！

1月18日晨7：30,潘石屹发了两条微博,没有搭讪宋丹丹微博事件。

潘石屹写博之勤是有目共睹的,猫迅速找到了潘家小窝。极有讽刺意味的是,猫看到了潘总从前写的名言:

1. 我是一个纯粹的商人,不管做什么行业,只要纯粹就好,人就怕不纯粹。

2. 不赚钱的商人是不道德的,不赚钱你就只能确保自己的生活,不能给员工好的工资福利待遇,不能给国家上缴利税,不能给客户带来实惠。

3. 如果什么事情你都在乎,你就什么事情都做不成。

如果丹丹美女看过这一帖,就不会羡慕嫉妒恨了。小潘是商人,不在乎建筑美丑的讨论。何况风格不一、喜好不一,男生与女生的审美不一。他在乎,会半夜爬起来"织围脖";他不在乎,在线他也不出声。

有潘氏超粉对小潘的先进事迹做了统计,荣誉一栏多到转页码,版面所限,只选一个:2002年至今,连续担任"博鳌亚洲论坛"主讲人和"房地产分会"主持人……

以小潘的口才,或温柔地或目眦俱裂地回帖丹丹都是轻而易举的事。如此,网友们将有好戏看了,新浪微博也指望着这一场恶战掀起狂澜,但小潘顾左右而言他。

有一个捧的,缺一个逗的,好戏不能开场。看客们回家洗洗睡了。

(猫在第一时间写了以上这些话。这次多了个心眼儿,且看结果怎样?)

果然,网上热炒,说"丹丹体"流行,说白了也就是网民惯用伎俩,造了几个句子而已。

果然又是猜测,说:丹丹跨行越界,无非是老公也是地产中人,暗中帮老公的忙。

有很多人挺身而出,说:丹丹懂什么呀,SOHO 不是挺好的嘛,怎么就丢脸了?

君子坦荡荡,小人常戚戚。以潘的智慧,断乎是不会人家说他一句,他立马回敬一句的。事情一冷却,即使曾经万箭齐发,结局也不会尸横遍野。

中学时读过一篇古文:"上兵伐谋,其次伐交,其次伐兵,其下攻城。""不战而屈人之兵,善之善者也。"来自《孙子兵法·谋攻》。小潘不出一兵一卒,丹丹女士尴尬地刀枪入库。

任志强等高人是领教过小潘的,其主公声东击西、真真假假、雾里看花。纵观他在微博、腾讯、博客等上发表的言论,你就知道小潘童鞋嗅觉灵敏,善于掌握市场机遇,在舆论上翻手为云,覆手为雨,不断借助各种机会散播言论,引导投资者得出结论:商业地产投资正是机遇期。"项庄舞剑,意在沛公",SOHO中国 2010 年 9 月便超额完成全年 180 亿的销售目标。试问当今天下,有几人能敌?

近日更是读到这样一条经济新闻:《10 万! 潘石屹旗下项目创沪写字楼单价新高》。行文如下:

上海绝大部分写字楼的销售均价只有每平方米 5~6 万元,仅个别项目的销售均价能达到每平方米 7 万元。潘石屹的SOHO 东海广场却能够卖出单价 10 万元。据介绍,潘石屹在宣传项目时,会跑到浙江包下当地五星级酒店的一个包间作展示。"你我都在上海,自然知道东海广场并不处于南京东路或静安寺核心位置,但那些人知道吗?"一位不愿意透露姓名的房地产业内人士说。

18 日,小潘童鞋在快下班的时候打开了博客,看到网友们转移了注意力,开始玩儿一种叫"丹丹体"的小把戏游戏,于是闲情偶发,迅速地键下一句话:谢谢大家,建筑是大众的艺术,欢迎各位朋友的批判和点评。与我们一起努力把北京建设得更美好！

　　猫轻轻的碎花步悄悄地踩到小潘家，目光很快就锁定了这样一句：一位成功的企业家必须具备两种基本素质，第一是定力，不容易被周围的环境所干扰；第二是化解危机的能力，能够在危机和矛盾中抓住机遇反败为胜。

　　就这么收场了，还能咋的！众所周知，2009 年 5 月，建外 SOHO 大楼就集体抢眼地矗立在那里了，那次活动锣鼓喧天、鞭炮齐鸣、红旗招展、人山人海的场景，猫记忆犹新。

　　女人到了年纪会出现一系列更年期症状，女人的更年期也许与诸多元素有关，但与建筑有关还是第一次听到。

我要来看你了

丁卯湿人年前在 QQ 里留言"我要来看你了",猫摸摸胸口,暖暖的感觉至今仍在。

一座小城,两个凡人,所忙无非俗务,却20 年不曾坐下来好好叙谈,相遇之时小激动之外就是纳闷:也不是了不得的人物啊,为什么忙得像个成功人士?

树老根多,人老话多,宜家猫在每篇文章的开头都是这么绕的。

话说学生时代,有一回一晚上看完郭沫若晚年的封笔之作《李白与杜甫》。郭沫若是力挺李白的,对杜甫则是竭尽贬损之能事。但知道了一个知识点:公元 744 年,在洛阳,李、杜相遇了。这一公案在猫心里一直放不下。都说参商不相见,这哪里是两个普通人呢,他们就是横亘中国文化历史长河的永不陨落的星斗啊!人间怎能相遇?

果然,有许多与猫一样没有识见的书蠹。

年初五开始,"打假斗士"方舟子与"歌坛天后"王菲因为一尊佛像的事纠结上了。据说微博上硝烟弥漫,战火纷飞。猫对前方传来的消息已经相当免疫。对于极端之人,近两年才知道回避,所以不关心方舟子,要不是上网搜罗,也不会看到方舟子写着的这段:公元 744 年,在东都洛阳的一片繁华中,两位大诗人——杜甫和李白相遇了。

方舟子引了闻一多说的一段话:"青天里太阳和月亮走碰了头。如今,李白和杜甫——诗坛中的两曜,劈面走来了,我们看去,不比那天空的异端一样的神奇,一样的有重大的意义吗?"

闻一多老先生,居然也激动得乱抖。

"我要来看你了",杜甫漂在京城,见到了比他大 11 岁的李白大哥。李先生有名、有地位,还拽得不行。杜先生自然是无比景仰。杜的一生中写了很多诗献给李白。李白写给杜甫的诗,确凿的只有两首。

是啊是啊,论友情,李白和王昌龄要亲密得多。当王昌龄被贬西南时,李白写下了这样的诗句:"我寄愁心与明月,随君直到夜郎西。"

安史之乱后,盛唐犹如一朵牡丹走向凋零,李白被流放到夜郎。杜知道后,写了一首《梦李白》:"浮云终日行,游子久不至。""冠盖满京华,斯人独憔悴。"李白辗转他乡经年,最后死于安徽族叔李阳冰家中,杜甫落笔:"敏捷诗千首,飘零酒一杯。"情到此时,无语凝噎。

猫有个广西文友,老臭美了,却是个可造之材,喜欢读古籍,芳心里爱煞历史上一个叫做王荆公的男人,爱到骨头里。每读王荆公诗作,无不净手焚香,恭敬至极。曾经有长达三年,她想着穿越相遇王荆公,然后轰轰烈烈地恋爱一场。可见头脑发热到何种程度!为此,她焚膏继晷完成了一本《王安石考证之终极篇》,藏之于闺阁。

王安石与南京有着不解之缘,少年时随父上任来南京,在南京度过了青年时代,后又两度来南京居丧、两次辞相,三次到南京担任江宁知府,先后在南京居住达 20 年之久。

据说王安石对南京紫金山特别亲切,常骑一头毛驴漫游,遍寻佳景。他在《游钟山》一诗中说:"终日看山不厌山,买山终待老山间。山花落尽山常在,山水空流山自闲。"

政治家王安石改革受挫,再次回到南京家里,在城东门到钟山半道上的白塘,建住宅取名"半山园"。在园内,经常会见米芾、李公麟、欧阳修和苏轼等。"遥知不是雪,为有暗香来。"春之始,南京钟山梅香阵阵,仿佛是与王荆公有着无尽之约。

宜家猫喜欢王宰相的那首《钟山晚步》:"小雨轻风落楝花,细红如雪点平沙。槿篱竹屋江村路,时见宜城卖酒家。"楝树是猫家乡最常见的一种树,紫色的花笼着雾气,仿若有着永远不醒的梦。

苏轼与镇江的渊源,本土老一辈文人说起来自然头头是道。南京与镇江,数山之隔,近在咫尺。苏轼与王安石同游钟山并各自赋诗记游,史有记载。一个是政治家兼文人,一个是文人兼不成熟的政治家。但没听说有美女想穿越爱上苏轼的。

猫去南京的次数不少于去大市口的次数。从前是动车,此地到彼地,27分钟,不出火车站,坐地铁至新街口。后来则是坐城际高铁,风驰电掣,有时甲地到乙地,15分钟即可。到南京吃早饭成了现实。傍晚坐在玄武湖边看完落日,然后回镇江买菜煮饭,也是现实。

与广西才女网络交往甚密,说起镇江与南京之间交通之便捷,那小女子甚是向往。猫有时成人之美,建议她首先要落地江苏,然后等在瓜洲渡口或西津渡口。春三月,找一个适宜穿越的混沌天气,大梦一般一头扎进时空里去。王公子晚上在扬州洗了脚,次日晨吃了富春的包子,坐头班船到了镇江西津渡口。王公子忽然不想回南京上班了,就荡在绿绿的江南岸边。这时广西双眼皮妹妹逮住了机会,目光狠命地逡巡王荆公,从头至脚,从脚至头数遍不已。传闻王公子是个混搭相公,不讲究穿着,哪管得了这些呢?广西妹妹早已尖叫后晕将过去。要了命的艳遇啊!惊醒了她,一睁眼,公元2011年。

广西妹妹听了宜家猫瞎掰,中等程度昏迷,真的计划要来西津渡,原地穿越,她情意绵绵地说:王公子来与不来,见与不见,爱与不爱,我都在那,情都在那……

嘿嘿,王公子,有人就要来看你了。清醒的猫本来想提醒她:即使林志玲穿越到宋朝,百般修炼,也未必迷得住王公子。

可是,暗恋本属病得不轻,何况王安石的确具有重量级杀伤力。细一想,本来就是无厘头,还提个什么醒。

话到这里,看官已明白,好男人谁不心动?如若果真有得穿越,这天时地利的,猫还不赶紧的,第一个穿越了去!并在心里揣上一句话:"王公子,我要来看你了。"

老红木床上做不成美梦

好长时间找不到兴奋点了。人家全学雷锋去了,有的上街使劲儿地擦栏杆,有的在马路边修电脑,小孩们东张西望,盼着斑马线上出现步履蹒跚的老人好上去搀一把。想想,本枚猫除了眯瞪与迷糊,也没个一技之长,于是就马不扬鞭自奋蹄,天天看《新闻联播》,关心国家大事,崇高状、严肃状跟离休老干部有得一拼。

在电视机前看两会消息更不得了。那脸面,不带一丁点表情,是典型的会议脸。

猫是有不少会议要参与的,虽然会议档次实在提不上嘴,但会议脸在无形中练得八九不离十。一照镜子,看到猫脸与电视机里的会议脸是一样一样的。

不苟言笑,很拽。

不拽能行? 笑嘻嘻的成何体统。

天天看主旋律,总觉得哪里不对劲儿。家里有个轻度脑痴,同事家里搁两个脑痴,还天天记着晚7点档的节目。如果一味蹲在电视机前,保不准提前脑痴,所以猫决定上网。

迎头就是围观景象。仗着身段妖小迅速地挤到了前排。

见一老者,脸红脖子粗,估计心脏病就要犯了。

侧耳一听,原来是争论祖宗诸葛亮是襄阳人还是南阳人。板砖乱飞,不亦乐乎,一看 ID 标志头像全是男银,谁也说服不了谁。大伤和气,襄阳人快拿锄头锄人了,河南人快抢大刀砍人了。

只见那襄阳老人涕泗纵横,声泪俱下:我是一个快古稀的人了,别跟我争了,求求各位,让"南阳说"见鬼去吧。

猫很不高兴。

近古稀有什么了不起,拿年龄吓唬谁啊?做学术研究是雅得不行的事,为什么如此怒发冲了冠,有失斯文?再说了,谁不知道现在的准古稀男走在街上无不劲昂昂的,精神抖擞,如果有人胆敢在他过马路的时候鸣一下喇叭,那他立刻就是斗士了。如果在公交车上遇到一美女,那他让座的冲动比谁都强烈。别往歪里想,他这是要证明自己尚强壮。

千万别拿70岁的老男不当回事。

猫住多层,汗颜至今住不上别墅,猫曾经的闺密在住上别墅后把本猫好一番奚落:你何以忍受头顶上住着人家?话岔开去了,话说楼上住着一退休先生,某天与一上门送快递的吵上了。现在的快递员你懂的,东跑西颠累到趴,却拿不了多少报酬,脾气渐大。客户都跟爷似的,买个几十元的便宜货,还想送快递的高度文明礼貌,这哥们还就没修养了。楼上的老先生出言不逊,快递哥吼得比他还响:你个老东西,老胳膊老腿的,小心我办你。

楼上的先生气得乱抖,当时就扶墙抹胸,接下来的几天嘀咕开了:怎么就老东西了,才古稀嘛!都恍惚了。

为了弄清诸葛亮做村夫时耕的是哪块地,猫在寒冷的夜里好一阵翻书,弄得都厌弃了。

年近古稀的襄阳老人为什么不厌呢,他都考证几十年了,难道要猫表扬他的治学精神?

有人就说了,为了弄清楚《尚书》是一部什么书,历代祖宗们花 600 年去考证,又花 600 年去推翻;花了 600 年去求证,又花了 600 年去质疑。没完没了。

不过,据说河南那方面有件事做得不地道,运作上显然是有猫腻的。南阳一群人秘密地到了北京,揣了个大红包,要送给某知名历史学家,还允诺历史学家带上夫人到河南游山玩水,吃、住、行全包,只要说一句"诸葛亮躬耕地是俺们南阳的"就行了。历史学家当场就用力拂袖 N 次。

有夜郎自大的典故,也有邯郸学步的典故。前两年西门庆都有人争抢。

历史上,行政区划时有变动。与镇江有深厚感情的人曾在"西祠论坛"里单打独斗,历数常州曾是镇江的,金坛曾是镇江的,溧阳曾是镇江的,嘉兴曾是镇江的……说到最后,自己也茫然,争这些做什么?与丹阳人同车出游,人家跟你井水不犯河水,根本不搭理你镇江人。

电视里穿越剧仍在上演。要是某块地确实是诸葛先生下过锄头的,是不是穿越起来把握就大点?否则争到了又有何意义?

一个小学生雄赳赳地直往水塘里跑,刘兰芝似的,眼睛都不带眨一下的,她说:就这样,我都穿越迟了,我要到清朝去。看看,年幼无知的被祸害了。

又话说,一枝黄花年初五就在 QQ 里留了一句:去西塘,放花灯。结果昨天才去。

一枝黄花回来说,看到一个老宅子里有双三寸金莲绣花鞋,本来以为美的,结果感觉却是不爽。憋了半天,又说:哎!本来以为雕花的红木大床是多么美,结果站在它面前,看看都恐怖。想想那样的床放在家里,美梦是做不成了,只怕还噩梦连连。谁知道老红木床上有过怎样的惊悚故事呢?

一枝黄花是个穿越迷,天天盯着人说她的穿越梦。这下该醒了。

有人说,西方人喜欢探索未来,中国人却总在怀古。但有谁真正愿意回到古代去?不过是叶公好龙罢了。

附

文

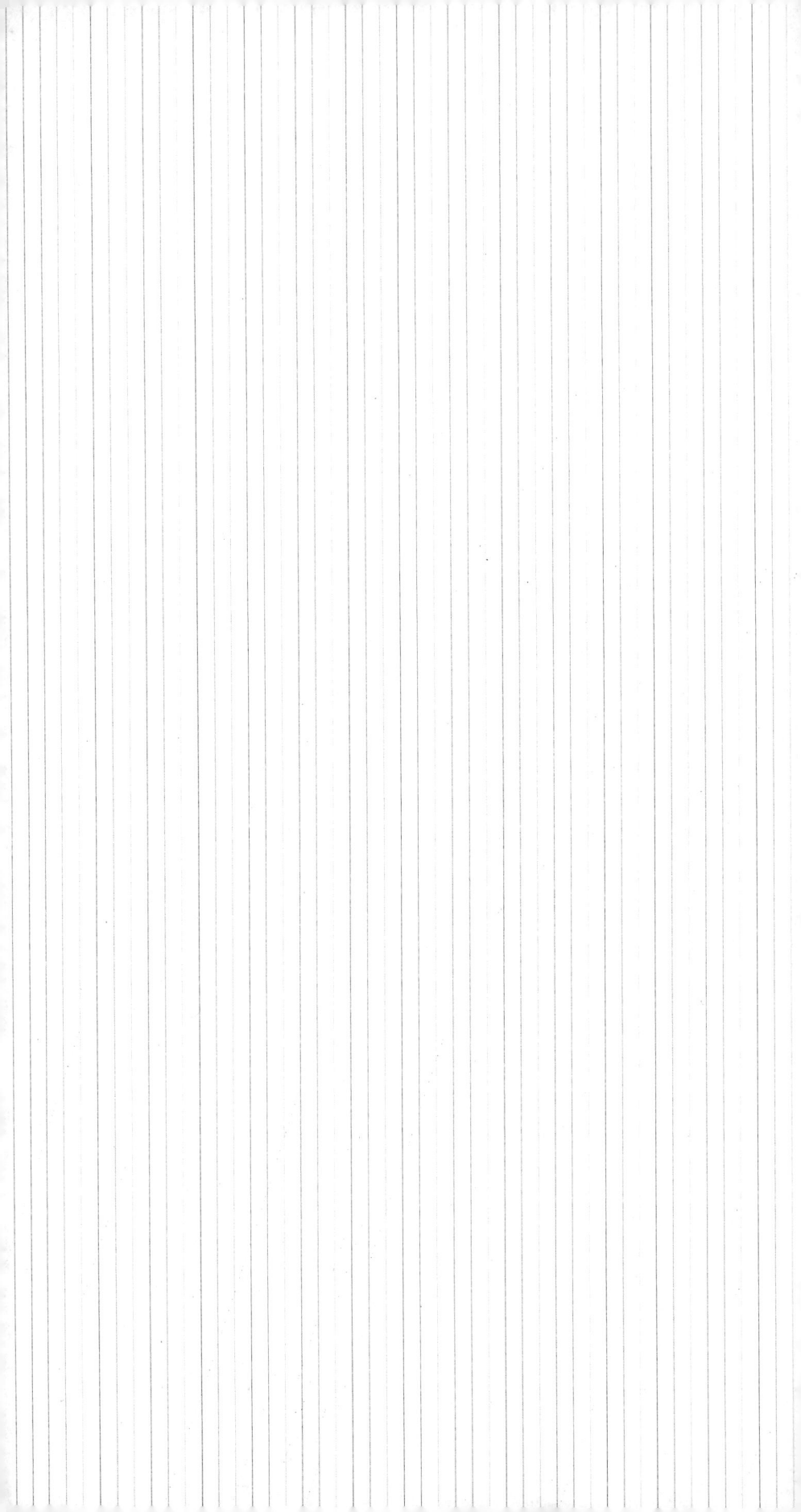

知性猫咪

《像一朵莲那样萌》一书即将付梓,可喜可贺!

猫嘱我为新书写点什么。

愚一介白丁,文笔拙劣,怕写出的东西实在没有分量。

这是一只收敛、含蓄的猫,永远地把自己放在低处,依靠自己诚实的劳动和不懈的追求,静下心来读点书,动起笔来做文章。

在时下浮躁和急功近利普遍存在的状况下,追求低调地为人、做事和从文,实属难能可贵。低调的人是生活的智者。他们知道自身的渺小,因而懂得敬畏,懂得山外有山、天外有天的道理。

低调为人是一种境界,低调是装不来的。猫不会做作,不懂世故,但颇有个性。想自己该想的,说自己该说的,做自己该做的。牌桌上你数落她几句,她能当场与你翻脸,且声泪俱下,拂袖而去;路见不平,她能当街与彪形大汉唇枪舌剑,语速之快,语调之高,无人匹敌。

低调为人,就是不喧闹、不娇柔造作、不无病吟呻、不假惺惺、不卷进是非、不招人嫌、不招人厌;即使满腹才华,也要学会藏拙。

纵观《像一朵莲那样萌》数十篇文章,文

风新颖,措辞犀利,锋芒毕露,一针见血,幽默风趣;通过诙谐、鲜活的语言,这样的文字不能不让读者读性盎然。正所谓"与人庄言危论,则听者寥寥,与之谑浪诙谐,则欢声满座","谐语之收功,反出于正言格论之上"。

猫的诙谐、幽默,完全是来自她丰厚的学养。她古典文学功底深厚,各种典故、雅事、丽辞、俗语几乎是张口就出,提笔就来。在书中,你能看到古今中外睿智的大家信使、消闲的大师轶闻、搞笑的名家趣事、雅致的哲人新语,从历史的多个侧面撷取风趣诙谐、笑料百出的趣味故事。再加上她还十分善于妙引现实生活中的"源头活水",把历史典故、文学艺术、时事新闻、网络事件、娱乐八卦等方方面面内容巧妙穿插,激趣其言,激趣其文,已然将其言其文之诙谐、幽默,演绎、挥洒到一种极致。茶余饭后,把盏小读,常常令人喷饭,带给你轻松的心情、乐观的态度、开怀的大笑。

20多万字的文章中,文字毫无故意华丽辞藻堆砌、故意扭捏做作和一般文人的酸臭气,字里行间流淌着原汁原味的浓郁的生活气息,流淌、喷涌和宣泄着作者发自心底的真情实感。无论是喜、是怒、是哀、是乐,抑或纠结愤慨、兴奋愉悦,文字里始终体现着女性温柔、体贴、慈爱的胸襟和善良本性。

猫对文学的热爱、痴迷、执著、不悔,委实不易,难能可贵,一个有梦的人,不忍心在浑浑噩噩中浪费生命,想给自己的梦寻找一个归宿。多年来,猫手中的笔从未停下,她辛勤地默默耕耘,坚守着爬格子的清苦和寂寞,追寻着自己的文学之梦。

多雨江南

大美 Style

在这个什么都随手可得的年代，"亲爱的"充其量只是一个问候。

为体现我对猫的亲爱，我称呼她大美。大美。天地有大美，只缘镇江城。多华丽丽……

2009 年的一天，春光灿灿，花儿朵朵。因为工作的关系，我和大美相识，之后便成了相交淡如水、情谊香如茶的忘年好友。

和大美在一起的时光总是缓缓美。看看电影、品品茶、聊聊中年豆腐渣、叹叹四郎怎没把嬛嬛的心拿下，当然，还有至今没有搞明白的包大人为什么那么忙。总之，很静好，很嘻哈……

说来惭愧，至今还不晓得大美的芳龄。嘿，怎么好意思问噢！曾尝试在度娘偷窥一下下，度娘只展示了她的一篇篇大作，不见什尼个人信息。估计猫在保密局安插人了。么的事，但凭她家 baby 小我四五岁，我就要叫她阿姨了。但，正如琼瑶阿姨用她的纯纯的文字骗了一代又一代人的眼泪，大美用她的萌萌的文字骗了我们一阵又一阵的欢心。

收藏夹里有两个大美的博客地址。一个是用来刊登在当地日报或晚报的大稿稿，大抵是世界很和平、祖国很昌盛、人民很和谐尔尔。另一个是猫的本色演出,如同我们手里的《像一朵莲那样萌》。这本书里的每篇文章,俺都是相当熟悉滴。因《镇江壹周》每期载有猫的大作,每周五临近中午时拿到报纸,我都会泡上一杯香喷喷的翠芽或是普洱,来欣赏大美本周的大作。

《像一朵莲那样萌》是大美在《镇江壹周》上的专栏的结集。猫的文章,是随处可读滴。不需要为了迎合书中的阳春白雪到安静的书房,不需要到小资调调的咖啡厅和茶社,no! no! 都不需要。无论何时何地,你拿起来只管读吧。无论你是在客厅的沙发上歪歪着,还是在高铁的车厢里无聊着;无论你是在办公室磨洋工,还是在 WC 里酝酿着什么。读,你拿起来只管读吧。如若鸟叔 style,"我爸刚弄死他"般凌乱。猫的文字够无厘头,够深刻,够犀利,够杀人于无形……

《六六才女　可以横行》

《婚姻里的愚公移山》

《倒追　追来一大爷》

《饭局里面有乾坤》

《美眉不爱陶大哥》

《李白哥哥　带上我去旅游吧》

《加 V 不是件容易的事》

《那些坚持与放弃了的》

《我达达的马蹄》

《荷尔蒙是个什么东东》

……

这一篇篇的文字都曾让我笑喷,让我灿烂无比。这是猫文字的皎洁之处。后来,再读下去,让人酸楚,让人疼痛,让人成长,让妹纸我没有少流泪花花。时而看到自己的脆弱和小邪恶,时而看到身边人的面具和小情歌……

一枝黄花的可悲和辛酸,屌丝男的寻常和讨厌,丁卯湿人的×××……。就像猫说的,当我们谴责别人越来越功利、越来越冷漠时,其实我们也不淡定。我们同样伸长了脖子,尽找有用的人搭讪。

这便是猫的文字。太坏。谈笑风生间，能把我们的吃喝拉撒数落完，能把人间的真真假假吐槽了个遍。中枪了，躺着也中枪了……中枪是必须的。猫天天咕噜着的那双眼不就是挖掘俺们的小心肝嘛！

读大美的文字，萌！雷！饕餮！这是属于大美的欢乐文体。

吹吹牛。吐吐槽。谈笑之余，开怀了，减压了，最后还能沉下那么一点什么——贪、嗔、痴、真、善、美。

元芳，你怎么看？

稀饭，记得给好评呀，亲！

瑾　尚

"壹周"的期待与绽放

　　宜家猫在《镇江壹周》开设独家的专栏已有近两年的时间,诙谐的文字配以清新的图片成为独挡的内页封面,这一直都是《镇江壹周》版面中不可或缺的小资一页。

　　猫的文字里样样不缺,说社会、说婚姻、说家庭、说小三……更不会放过当下最流行的话题。饱读诗书、博学历史、文字老练,都体现在她的文字中。比如《老女 剩女》中对当下"剩女"这一话题的见解。从当下最火的热播电视剧到选秀节目,再到身边的奇人,生活气息的浓郁是她拥有较高人气的原因,猫的灵感大多源于发生在身边的小事,而她总能敏锐察觉到大多数人见怪不怪的"习惯",然后一针见血地戳破它,让读者大呼赞同,思考许久。

　　猫文字轻松且诙谐有趣,多影射当今社会中的惯存现象。如《饭局里面有乾坤》以对无休止的饭局的切身体会,道出了不少当代人的苦衷:饭局像一场戏,众生世相,生动鲜明,就如她文字里所描述的:"喧哗不已的饭局让寂寞的大多数找到了浪费时间的正确方式。"

　　偶尔"猫性",难得倦怠,便会有读者问:"这期怎么没有宜家猫的文章?"可见逐渐强大的粉丝群和日渐增长的被关注度。

猫的专栏文章已百篇有余,内容不拘泥于小城之内,却又不失本土风味。只出现在专栏里,想想有点可惜。我想为什么猫不出一本合集,让更多人共鸣起来?而猫确实这样做了。

我想,当你翻开书后看到的"猫"世界,定不会让你失望,也许你喜欢缠绵热烈残酷的安妮宝贝,又或是过眼烟云的亦舒、悲欢离合总无情的张爱玲……而我更推荐这位充满小资情调的现代诙谐女文人。她用成熟的眼光看这个世界,用猫性来回归生活,不矫情,慢小资。

一杯茶,一个明媚的下午,飞驰的列车抑或温暖的被窝……好好地享受这本书吧。

《镇江壹周》 周婷婷

说说猫语

在我的 QQ 好友里,熟悉的朋友我将他们的备注名都改成了本名,而宜家猫我则恭恭敬敬地写上陆老师。猫年长于我,我们平时相处很随意,仿佛姐妹,但我内心尊她为师。某日有某熟男请吃饭,开口称我家陆老师为陆先生,那份敬重相当了得,但我觉得她足以担当。

喜欢宜家猫的文字,起于上世纪 90 年代初,那时只有《镇江日报》,尚无《京江晚报》;那时她仍然是陆渭南,而不是宜家猫。哪天《镇江日报》副刊上若有陆渭南的文字,我肯定要多看几遍的,记忆极深的是她写一位架子鼓手,将其旁若无人、投入洒脱的演奏刻画得淋漓尽致,以至于给儿子选修乐器时,我毫不犹豫地选择了架子鼓,无人知道个中缘由。

记得我刚到单位时,年终聚会,恰好跟陆老师的部门聚在一起,那是我第一次见到温文尔雅的陆老师本人,我特意挤到面前给她敬酒,告诉她一直喜欢读她的文章。

陆老师以宜家猫之名在《镇江壹周》上开专栏,我也是偶然看到的,一看便不能罢休,先去网上找到她的博客把以前漏掉的篇章全补看,再每期跟进,如追星一般。读那些文字总觉得文如其名,字里行间跳动着猫的俏皮和灵气。既有女人的细腻与感性,又有对生活的解嘲与幽默,哪怕是琐琐碎碎的小事,她也能描述的妙趣横生。看似随意抓个古人在说话,却显示着她深厚的学养和文字功底;看似文章不知松散到哪里去了,最后,她轻轻一点,便全盘收回。

宜家猫如今名气渐长,时时会有朋友向我打探宜家猫是何许人也,每当此时,很让我以认识她为荣。

梅花雪

猫粉举手要讲话

○《屌丝男也有样本》

全部好看,混搭滴如此有意境,猫,崇拜你! ——流苏淡影

○《重口味　真滋味》

世道人心看得透透的,你快成精了! 哈哈! ——镇江·天堂马匹

○《且慢把甄士隐了》

真真是嬉笑怒骂皆文章啊! 这个猫,不喜欢也难。——北京·阿简

《掀一掀古人的面具》

这个写得,把几个家伙一路贬得体无完肤了。堪比毛姆大叔的读书随笔哈。——无锡·脚丫丫

○《当胸器无人喝彩》

很是喜欢猫姐姐的辛辣笔锋,字字挂在刀枪上,又句句化为绕指柔。——河南·魏峰

○《都卒章显志了吧》

我也卒章显志一下,好久好久没有见到猫姐姐了,怎么咱这人这么浮躁了? 这社会肿么啦? 哈哈。——文心雕龙

○《众里寻狼千百度》

现在的狼太多了,饿狼、恶狼、白眼狼,狼狼相随;古朗、刀郎、阿里郎,朗朗恋情。——泰州·老夫子

○《我达达的马蹄》

这故事,貌似可以写个穿越小说了——上海·叶叶婀娜

哎,都没荒废啊! 猫现在写史写出风格了,手到擒来。——四川攀枝花·笑看

○《我有美食　与尔分享》

这篇文字早就拜读过,再读还是忍俊不禁。猫猫什么时候都可爱。——丹阳·冷欣

○《加 V 不是件容易的事》

《鸿鹄歌》的翻译经典,你太有才了! ——无锡·脚丫丫

○《给眼睛以星级礼遇》

此刻,我的眼睛已受到了星级待遇啊!你的文,有阳刚之美。——南京·半亩方塘

○《你看你看　狗的脸》

每次看到这类文章,总会心情转好。——扬中·芳心

○《好你个衣不蔽体》

呵呵,看得笑翻鸟。这个世界真是翻天覆地了,俺老一辈只能瞪眼看着,露小白状。跟不上这时代。——四川攀枝花·笑看

○《荷尔蒙是个什么东东》

"与喜欢的人做开心的事,那结果就是:集体老房子谋划着失火,且哭着喊着说:遂了我们的愿吧!由我们去吧!让我们自甘堕落吧!谢谢啊!暂时不需要拯救。"哈哈,春晚小品可以用的台词啊!喜欢这段。佛真的这么说过吗? ——无锡·脚丫丫

○《劳心者 VS 劳力者》

劳心者最后成为劳力者的附庸,寄生在老婆身边:另类的视角。——淮安·小坏

看了 N 遍,笑了 N 遍,女性作者有如此幽默的文风,第一次领教,喜欢!欣赏! ——新浪网友

在《镇江壹周》报上看得不过瘾,到底在网上搜到了。——新浪网友

喜爱之极。写得很好。小女人的聪慧、情致,都在。——新浪网友

后 记

2010 年春天,没什么大事,所以印象模糊。但老友安先生不这样,他要接手办一份广电报。为了办好这份报纸,他把自己泡在上百种别人的报纸及十几个先锋专栏写手的文字里。最后,少不了拿来主义,这就是宜家猫专栏的来历。

为了不辜负安先生的期望,我把纯粹文学、时事新闻、历史典故、网络事件、娱乐八卦好一个乱炖。说心里话,为了赢得读者,十八般武艺全用上了,有时也来点儿削足适履。但渐渐地尝到了乱炖的美:因为它更酽、更厚、更有味儿。

渐渐地有了粉丝队伍;渐渐地有了奋斗的动力;像一场与精力、体力、学识、才气较量的马拉松,在放弃与坚持之中,在得与失之间,在肯定与否定之下,一只励志猫不舍昼夜。

一奋发就是两年,两年中攒下了 20 多万字。

回望两年的努力,知道没有虚度的人生是多么值得自豪。所以,十分感谢老友的鼓励,感谢《镇江壹周》这个平台。如果说,这只猫有了点儿名气,也是因为有《镇江壹周》这个让人敬佩的团队,他们默默地做了绿叶。

谢谢 2010 年春至 2012 年春这段时光,及时光里浸染过的人与事。

陆渭南
于 2012 年仲秋